書下ろし

聖域の亡者

傭兵代理店

渡辺裕之

祥伝社文庫

目次

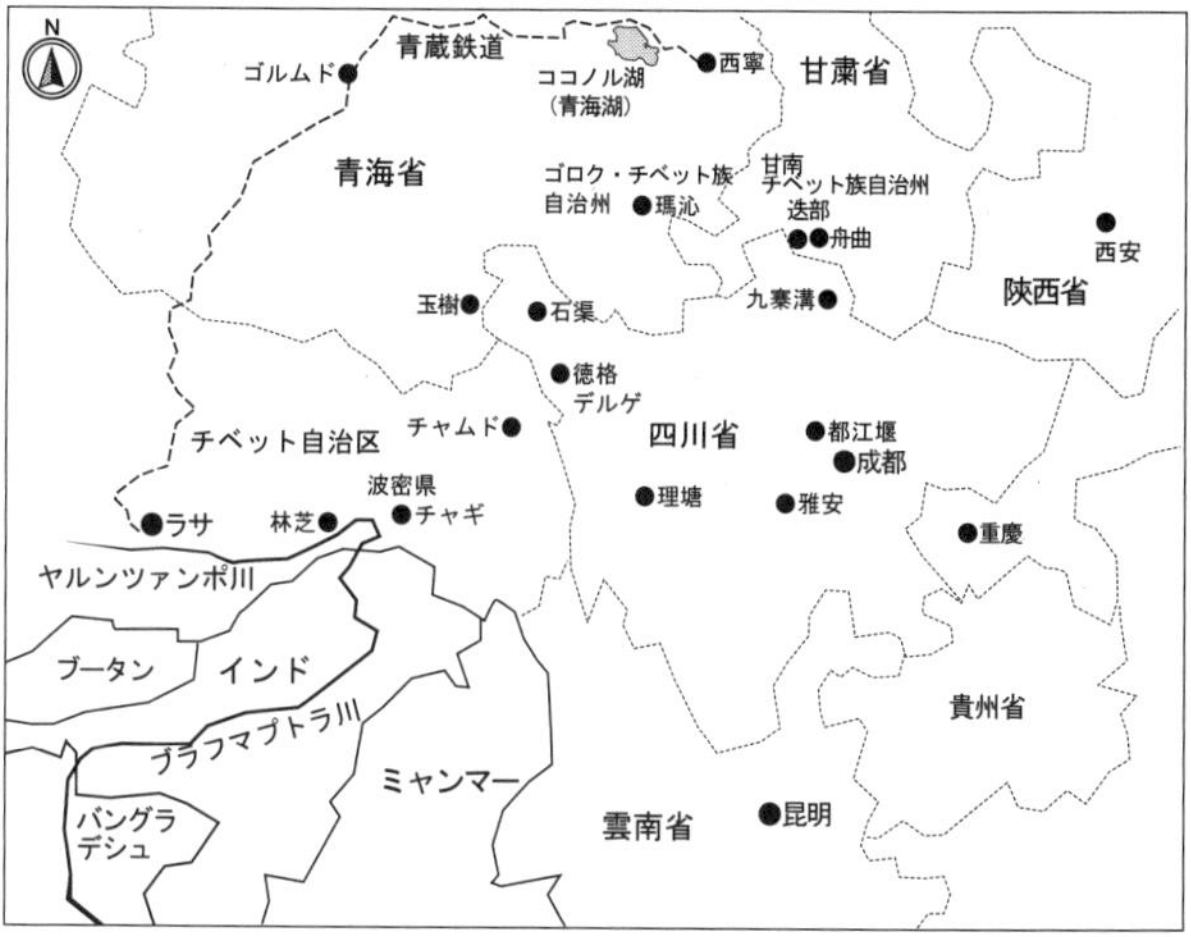
N
青蔵鉄道
ゴルムド
ココノル湖
（青海湖）
西寧
甘粛省
青海省
ゴロク・チベット族
自治州
瑪沁
甘南
チベット族自治州
迭部
舟曲
西安
陝西省
玉樹
石渠
九寨溝
徳格
デルゲ
チャムド
チベット自治区
四川省
都江堰
成都
波密県
理塘
雅安
ラサ
林芝
チャギ
重慶
ヤルンツァンポ川
ブータン
インド
貴州省
ブラフマプトラ川
ミャンマー
バングラ
デシュ
雲南省
昆明
本書関連地図

各国の傭兵たちを陰でサポートする。
それが「傭兵代理店」である。
日本では東京都世田谷区の下北沢にあり、
防衛省情報本部と密接な関係を持ちながら運営されている。

【主な登場人物】

■傭兵チーム

藤堂浩志《とうどうこうじ》……………………「復讐者《リベンジャー》」。元刑事の傭兵。現在行方不明。
浅岡辰也《あさおかたつや》……………………「爆弾グマ」。爆薬を扱わせたら右に出るものはいない。
加藤豪二《かとうごうじ》……………………「トレーサーマン」。追跡を得意とする。
田中俊信《たなかとしのぶ》……………………「ヘリボーイ」。乗り物ならば何でも乗りこなす。
宮坂大伍《みやさかだいご》……………………「針の穴」。針の穴を通すかのような正確な射撃能力を持つ。
寺脇京介《てらわききょうすけ》……………………「クレイジーモンキー」。Aランクに昇級した向上心旺盛な傭兵。
ヘンリー・ワット………「ピッカリ」。元米陸軍犯罪捜査司令部(CID)中佐。浩志たちと行動を共にしたことがあり、それが縁で傭兵チームに加入。
瀬川里見《せがわさとみ》……………………「コマンド1」。自衛隊空挺部隊所属。
黒川《くろかわ　**章《あきら》**……………………「コマンド2」。自衛隊空挺部隊所属。

森《もり》　**美香《みか》**……………………内閣情報調査室情報員。藤堂の恋人。
池谷悟郎《いけたにごろう》……………………傭兵代理店社長。防衛省出身。
土屋友恵《つちやともえ》……………………傭兵代理店の社員で凄腕のプログラマー。

タクツェル・トンドゥプ…チベット・カム地方でゲリラ組織〝スタグ〟を作り上げた。「将軍」と呼ばれている。
神崎《かんざき》　**健《けん》**……………………〝スタグ〟で「参謀」と呼ばれるアジア系外国人。
ユンリ……………………〝スタグ〟でチベット人の若者の実質的リーダー。

チベット

一

ゴロク・チベット族自治州は中華人民共和国が支配下に置いている青海省《せいかい》の東側に位置し、チベットの地理区分ではアムド地方の南部に相当する。

日本では桜の花が咲く春を迎えている四月上旬、標高三千メートルを超すチベット高原では真冬と変わらない寒風が吹き荒れていた。

青海省の西寧《せいねい》からゴロクに通じる省道一〇一号をトヨタのランドクルーザーが凍《い》てついた路面から砂塵《さじん》を巻き上げながら疾走している。

傭兵代理店のコマンドスタッフである瀬川里見《せがわさとみ》がハンドルを握り、助手席には同じくコマンドスタッフの黒川章《くろかわあきら》、後部座席には社長の池谷悟郎《いけたにごろう》とガイドの王偉傑《ワンイージエ》が乗っていた。

前日成田《なりた》空港を出発した彼らは北京《ペキン》、西安《せいあん》を経由し西寧に一泊していた。出発してまだ一時間半ほどだが、池谷は軽い頭痛を覚えていた。

傭兵代理店は下北沢《しもきたざわ》の住宅街にある質屋〝丸池屋《まるいけや》〟の裏稼業であるが、その実態は防衛省情報本部隷下《れいか》の特務機関である。機関長であり丸池屋の主人でもある池谷はめったに海外に出ることはないが、今回情報本部からの依頼を自ら引き受けて瀬川と黒川をともなって中国にやってきた。

前方に長い毛のマントを羽織ったような水牛のヤクの群れが道を横断している。瀬川は道路を埋めるヤクの手前で車を停めた。

「ヤクの遊牧が見られるとは、こちらも春が来たということですか」

緑の少ない平原が延々と続く荒涼とした景色を見てきただけに、のんびりと道を渡って行くヤクの群れを追う遊牧民に池谷は思わず頰を緩ませた。

「とんでもない。チベットでは昔ながらに放牧をしている遊牧民は、今ではほとんどいません。目の前にいるのはおそらく観光用に許された遊牧民でしょう。彼らは外国の観光客にチベットが平和であるように宣伝しているに過ぎないのです」

ガイドの王は顔の前で手を振ってみせた。日に焼けているせいか目尻の皺《しわ》は深いが、歳は二十八とまだ若い。訛《なまり》のある英語で早口にまくしたてた。

「何と、観光用ですか」

池谷は馬面をさらに長くして驚いた。

「二〇〇三年に中国政府は環境保護を名目に国内にいる多くのチベット遊牧民を草原から追いやり、国道沿いのアパートに移住させています。職を失った彼らは、わずかな保証金では食べることはおろか、アパートの賃料すら払えずに、農奴になるか街に出て浮浪者になっています」

〝環境移住〟の名の下に政府が実施した、チベット高原に住んでいた二百二十五万人の遊牧民のうち五割から八割の移送は、二〇一〇年の時点で終わっている。チベット亡命政権によれば、政府にとって鉱山資源採掘に遊牧民の存在が邪魔であることと、ダライ・ラマの支持者である彼らを都市部で監視するためだそうだ。またそれを裏付けるように懸崖《けんがい》な土地に住むか、鉱物資源のない場所で暮らす放牧民は対象になっていないようだ。

「生活を奪われて与えられたのが、賃貸のアパートですか。それにしても、環境保護というのは、ヤクが草原の草を食べ尽くすということですか」

「それは中国政府のデマですよ。政府は行動範囲の広い遊牧民を単に管理下に置きたかっただけです。もっとも遊牧民の移動を管理していたチベットの高僧が政府に捕らえられてしまったため統制が利《き》かずに、遊牧民同士のいさかいが近年頻発していたことも理由の一つです」

「そんな勝手な理由で政府は遊牧民の暮らしを奪ったのですか」

池谷は大きな溜息《ためいき》をついた。

「先に遊牧民の移動を禁止された内モンゴル自治区では、羊が草原の同じ場所を食い荒らすことにより、草原が急速に砂漠化しています。日本に飛来する黄砂の大半は今や内モンゴルにできた砂漠からのものです」

内モンゴルでは、日本の国土（三十八万平方キロ）をはるかに凌《しの》ぐ四十四万平方キロの緑が失われて、さらに砂漠は広がりを見せている。中国政府は過放牧が原因として遊牧民のさらなる閉め出しを推し進めている。だが、それはごく一部のことで、実は中国政府が内モンゴルに大量の農民を送り込み、農地に適さない平原を開拓したことにより砂漠化が進んだのが最大の原因である。

「黄砂はゴビ砂漠や黄土高原から来るものだと思っていたのですが、内モンゴルが今や主流ですか。しかも異常気象ではなく人災だったとは知りませんでした」

「異常気象とはなんの関係もありませんよ」

王は吐き捨てるように言った。

「それにしてもだいじょうぶですか、そんなことばかり言って」

池谷は王の歯に衣《きぬ》を着せない物言いに驚いた。王とは昨日西寧の空港で会ってまだ一日しか経《た》っていないからだ。

中国では警察が市民を逮捕し、裁判を経《へ》ずに強制労働所に送り込む〝労働教養制度〟がある。この制度で中国は市民の政府批判を抑え込み、愛国教育で、日本を憎むことにより政府に批判の矛先を向けさせないようにしている。

「もちろん、中国人の前では口が裂けても言いません。密告されたら、公安警察に何をされるか分かりませんからね。あなた方のように信頼できる人たちの前だからこそ、鬱憤《うっぷん》ばらしに話しているのです。私の父は漢人ですが、母方はチベット人です。そのために幼い頃は中国人の子供によくいじめられました。だから、私の心は中国人ではなくチベット人なのです。それに父もチベット人に同情的です。漢人でもチベットのことをちゃんと理解できる人なのです。その辺の中国人とは違います」

王は誇らしげに答えた。どうやら王が軽蔑《けいべつ》する中国人とは、政府のプロパガンダに洗脳された漢人のことを指すらしい。

彼は西寧にある父親が経営する旅行代理店に勤めており、池谷はマレーシアの中国マフィアのボスである陳鵬宇《ちんほうう》から紹介を受けた。もちろん仲介してくれたのは、マレーシア国内の政財界や闇の組織に顔が利く大佐ことマジェール・佐藤《さとう》だ。

王偉傑の父親である王春来《チユンライ》は反政府ネットワークのメンバーで陳とも古くからの付き合いがあり、中国政府を目の敵《かたき》にしているらしい。また息子の偉傑は、これまでも傭兵チームの捜索にガイドとして参加しているため、初対面の池谷に気を許しているようだ。

王親子には観光ではなく行方不明の友人を捜していると事情を正直に説明してある。そのため何度もチベット入りしている瀬川らの行動をよく理解していた。

ヤクの群れがようやく道路を渡り切り、瀬川はアクセルを踏んだ。

ランドクルーザーは標高三千八百二十メートルの拉鶏山《ラージー》の峠に達した。峠は聖なる場所らしくタルチョと呼ばれるチベットの祈禱旗《きとう》がはためいている。

峠を越えて岩肌が剝き出す山々に囲まれた広い平原に降りてきた。一行はトイレ休憩のために車を降りた。寒いかと思ったが、日差しが強く思いのほか暖かく感じられる。

池谷はガイドの王と並んで道端から放尿した。

「峠に比べれば高度が低くなったせいか遠くの山裾にも緑が見えますが、不毛の土地ですな。なんとも寂しい景色だ」

池谷は大きな雲のような白い息とともに溜息を吐き出した。元来出不精で海外に行くことを嫌っていた池谷が遠くチベットまで来たのにはわけがある。

一年前の三月、ベトナム沿岸で、米国と台湾、それにベトナムとフィリピンを加えた合同演習があった。それは自国の利益を優先するという〝核心的利益〟の政策の下に軍備を拡大し、南シナ海で領土、資源問題で周辺国を脅《おびや》かす中国を牽制《けんせい》する目的があった。だが、演習中に開発中のミサイルを搭載した米軍の最新鋭機F二十二〝ラプター〟が行方不明になった。

世界最強と言われた〝ラプター〟とミサイルを巡り、米国、ミャンマー、ロシア、中国の争奪戦に藤堂浩志《とうどうこうじ》が率いる傭兵チーム〝リベンジャーズ〟は巻き込まれた。チームは中国が強奪した〝ラプター〟と搭載ミサイルを追ってミャンマーから中国の雲南省《うんなん》を経てチベットへと潜入し、〝ラプター〟を回収し、ミサイルの爆破にも成功する。

だが、ミサイルの強奪は口実に過ぎず、画策した中国政府の高官の最終目的は核廃棄物の処理ミスを隠蔽《いんぺい》するために処理場を爆撃し、米国の仕業《しわざ》に見せかけることだった。だが、爆撃により何万もの市民が犠牲になることを知った浩志は作戦を妨害するために爆撃機に乗り込み、機とともに行方不明になってしまう。

池谷は帰国した傭兵チームを何度もチベットに送り込んで捜索したが、今日まで浩志の行方は分かってはいない。たとえ飛行機から脱出できたとしても、過酷な環境のチベットでの生存率は極めて低い。浩志が遭難したのは四月の十三日、あと一週間ほどで一年になる。池谷は上部組織である防衛省の情報本部からの指示もあり、捜索の終了を決断するために自らこの地に足を運んだのだ。

いつも憎まれ口を叩いては浩志を怒らせていたが、誰よりも正義感が強く悪に対して毅《き》然《ぜん》と闘《たたか》っていた彼を池谷は尊敬していた。それだけに捜索を終わらせるには現地を見て自ら納得させる必要があったのだ。

「今の季節は荒涼とした風景ですが、目の前の平原は、夏になれば青々とした麦畑になりますよ」

先に用を足した王は説明した。

「荒れ地と思ったら、農地でしたか」

池谷はズボンのファスナーを閉めながら言った。

「もっとも収穫の大半は中国の都市に運ばれます。中国人はなんでもチベットから搾取《さくしゅ》して行きます。チベットの平均高度は四千メートルあり、草木も生えない場所も確かにありますが、東南部には壮大な森林がありました。しかし、それも中国人は伐採し尽くし、植林することも知らない。そのために荒れ地となったチベットでは昼夜の寒暖差が大きくなったほどです」

王は首を振って悲しげな表情をみせた。

中国の人民解放軍がチベットを占領する前の一九四九年には、チベットの原生林は二十二万千八百平方メートルあったが、中国の実効支配が進んだ一九八五年の段階でほぼ半分の十三万四千平方メートルに減っている。

「ひどい話だ。こんな場所であの女《ひと》はがんばっているのか」

第一の目的地がある南の空を見上げ、池谷の表情は曇った。

二

西寧を早朝に出発した池谷らは、トヨタのランドクルーザーに乗りチベット高原をひたすら走った。欧米の四駆は日本車に比べて価格が高く、ＭＩＴＳＵＢＩＳＨＩの文字が書かれたトヨタのワゴン車も見かけるというほど、この地域の住人は日本ブランドと日本車に信頼を寄せている。

西寧から西塔《せいとう》高速を経て省道一〇一号を南下し、貴徳《きとく》のタルチョが架けられた黄河《こうが》大橋を渡ったのは午後零時五十分、途中休憩を入れたものの西寧から百五十キロを三時間かけた計算になる。瀬川は巧《たく》みなハンドルさばきをしているが、路面が凍結している場所もあり、スピードはあまり出していない。それに高山病の危険性があるため、あえてスピードを出さないようにしているようだ。出発した直後から池谷は頭を押さえつけられるような痛みを感じているが、他の三人の男たちはなんともないらしい。

貴徳の街で三十分ほど休憩がてら軽い昼食を摂《と》り、すぐに出発した。池谷らが今夜の宿泊地としている同徳《トンドウー》にはまだ百七十キロも距離があるためだ。

郊外に出た途端、羊の群れに行く手を阻《はば》まれたバスが前方に現われた。バスの運転手は慣れたものでクラクションを鳴らして羊の群れを追っ払いながら進んでいる。バスは西寧から同徳への定期便らしい。窓から羊の群れを写真に収めている観光客の姿も見える。

「のどかな風景としか見えない。ここでは中国がチベットに過酷な政策をしているようには見えませんね」

道を横切った羊たちが振り返って池谷らを見ている。思わず手を振りたくなる衝動を抑えて池谷は微笑《ほほえ》んだ。

「この辺りに公安警察や武装警官はいませんからね。しかし、街に行けばどこにでも彼らはいますよ。しかもどこに行っても彼らは腐り切っている」

ハンドルを握り、ほとんど口をきくこともなかった瀬川が皮肉な口調で言った。瀬川や黒川は浩志を捜索するためにこの一年の間に数度、中国に入国している。何度もいやな経験をしているようだ。

「彼らに観光客だとばれれば、必ずと言っていいほど賄賂《わいろ》を要求されますよ。車をレストランの前に一時間ほど停めていたら国際空港じゃあるまいし、検疫が済むまで街を出ることはできないなんて言われたこともありました。もちろん賄賂を渡したら免除されましたけどね。やつらは泥棒と一緒ですよ」

瀬川は鼻息も荒く言った。普段冷静な男とは思えない口調だ。おそらく池谷の中国入りの目的も気に入らないに違いない。そのせいか助手席に座る黒川も日本からほとんど口をきかないようだ。

「すべての警察官がそうだとは限りませんが、地方都市に行くとそういう連中は多いですね。私は職業柄、彼らに賄賂を渡すことには慣れてしまって、今では腹も立ちませんよ。もっとも賄賂を要求するのは警官に限らず、中国の役人にとっては普通の行為なのです。チップと思えばいいのですよ」

ガイドの王は屈託なく笑ってみせた。

「なるほどチップか」

瀬川もつられて笑った。

羊の群れが途切れたのでバスが走り出した。瀬川はしばらくバスの後ろに甘んじていたが、見通しのいい直線に入ったところでバスを追い抜いた。

午後五時四十分、貴徳から百七十二キロ、およそ四時間かけて同徳の街に着いた。この街は〝チュバ〟と呼ばれる袖の長い民族衣装を着たチベット人が多い。それにバイクを乗り回す男をよく見かける。現代のチベット人の足は馬からバイクに替わったのだ。

同徳は平原の蛇行《だこう》した川沿いに細長く延びた小さな街だった。街の中心部にある同徳賓館と呼ばれるホテルにチェックインした。一泊百元、日本円にして千二百円ほどだが、チベットの地方都市ということを考えれば少々高い。

部屋に荷物を置いた池谷らは街のメインストリートにあるレストランに入った。すると後から托鉢《たくはつ》の修行僧が付いて店に入ってきた。席に着くと案の定、修行僧はしつこく布施《ふせ》を要求してくる。常識はずれな行為に池谷は金を払うべきかどうか迷ってしまった。

「相手にしてはいけませんよ。本当の僧侶かも分かりませんから」

遅れて店に入ってきた王は、修行僧を追い払った。

「草原を追われた遊牧民は、浮浪化していきます。年々増えるばかりです。どこの街も浮浪者で溢《あふ》れかえっています。彼らが僧侶の格好をしているのかもしれません。もっとも一般市民でも生活ができなくなった人が増えています。チベットで金持ちになるのは漢人か、中国に魂を売った二級チベット人だけですから」

王は皮肉を込めて言うと店の女にトゥクパと呼ばれるチベット風のうどんとモモと呼ばれる餃子《ぎょうざ》、それにバター茶を注文した。

チベットでは浮浪者がしつこくつきまとうことが度々ある。観光客からの施《ほどこ》しで生活を維持するほかないという事情もあるが、浮浪者となった自分をアピールすることでチベットの窮状を訴える者も中にはいるのかもしれない。

「武装警官が外にいたので、単独行動はとらないでください。気のせいかもしれませんが、なぜか彼らは緊張状態にあるように見えました」

注文をとった女が厨房に消えると、王は小声で注意を促《うなが》してきた。店に後から入ってきたのは武装警官の動向を見ていたようだ。

人民武装警官は中国の準軍事組織で、日本の警察のような組織は公安部の警察、いわゆる人民警察になるのだが、通常は武装をしない。大都市では武装警官と人民警察は役割が違うのだが、地方都市では武装警官が配置されて公安部の警察の役割もする。

そもそも武装警官という警察の名を借りた軍隊など、諸外国には存在しない。一九八九年の天安門《てんあんもん》事件で大勢の市民や学生を人民解放軍の戦車が踏みつぶし、世界中から批判を受けたことで武装警官は生まれた。市民を鎮圧するのは軍ではなく警察があたれば、世間体がいいからだ。

しばらくするとヤクの肉や野菜などが入ったトゥクパと、丸い形をしたモモがテーブルに並べられた。

「池谷さん、食べないと動けなくなりますよ」

王は食が進まない池谷に忠告してきた。

池谷は移動中頭痛に悩まされていた。おそらく軽い高山病にかかっているのだろう。それにヤクの乳の脂肪分と塩を入れたバター茶がどうしても馴染《なじ》めなかった。

「高地を移動するのがこんなに大変だとは思いませんでした。歳ですね」

池谷は力なく笑うとトゥクパを啜《すす》った。

一方瀬川と黒川は、病人のような池谷を尻目にトゥクパとモモをあっという間に平らげてお代わりをした。二人とも陸自の空挺部隊出身だけに体力はあり余るほどある。

食後、レストランを出た一行の前に緑の制服を着た五人の武装警官が立ちはだかった。身長は全員一七〇センチ前後、その中で一番背の高い男が池谷の前に出た。地元のチベット人は関わらないように足早に通り過ぎて行く。

王が慌てて二人の間に分け入って、身分証明書を提示して武装警官に北京語で説明をはじめた。池谷らは観光でラサまで行くことになっている。

「警官は、瀬川さんと黒川さんの体格がいいことを怪しんでいます。本当に日本人の観光客なのかと彼らは言っています。パスポートを提示してください」

王が振り返って困惑の表情をみせた。瀬川は身長一八六センチ、体重八十キロ、プロレスラーなみの体格をしている。黒川は一七三センチだが胸板厚く腕の筋肉も締まっている。確かに二人とも一般人には見えないだろう。

「俺たちはラフティングで何度もチベットに来ている。身体を鍛えているんだ。そう言ってくれ」

瀬川はパスポートを警官に渡し、両腕の力こぶをみせて笑ってみせた。

これまでの捜索で傭兵仲間がまとまって行動する場合、怪しまれないようにラフティングのチームとして潜入している。というのもチベットは、黄河、長江《ちょうこう》、メコン川、サルウィン川などアジア有数の大河の源流が流れており、いずれも急流でラフティングでは水のエベレストとして世界的に有名だからだ。

武装警官はパスポートを見て一応納得したようだが、表情はまだ硬い。王はすかさず警官を路地裏に連れて行った。すると戻ってきた警官の表情は緩んでいた。すばやく賄賂を渡したに違いない。武装警官は隊列を組んで街のはずれに消えた。

「またゆすりか」

瀬川は警官たちを忌々《いまいま》しそうに見送った。

「それが、賄賂を出そうとしたら苦笑されてしまいました。まじめな警官もいるもんですね。怪しい者を見かけたら知らせるように念を押されました。ひょっとすると何か事件でもあったのかもしれません。ただ、後でパスポートのコピーを取るために出頭してくれと言われました」

王は肩を竦《すく》めてみせた。

「事件ですか、巻き込まれたくないですね。それにしてもお金を取られなくてよかった」

池谷は金がかからなかったことで安堵《あんど》の溜息を漏らし、瀬川らの苦笑を誘った。

三

翌日、出発時間を遅らせて池谷らは街のはずれにあるチョルテンと呼ばれる仏塔を見学したり、デジカメで街をバックに記念撮影するなど観光客を装《よそお》った。狭い街なので三十分も歩き回れば充分だった。昨日と同じレストランで朝食を済ませた一行はランドクルーザーに乗り込んだ。

午前九時五分、街のはずれで舗装もしていない村道を抜け、省道一〇一号に出た。この道をひたすら南下すれば、目的地であるゴロク・チベット族自治州の州都である〝瑪沁《マチエン》〟に昼過ぎには着けるはずだ。

三十分ほどすると道は渓谷《けいこく》に入り、徐々に高度を増していった。さらに一時間近く谷間を縫うように走ると、渓谷を抜けて視界の開けた場所になった。

「池谷さん、大丈夫ですか。これから四千メートルの峠を越えますよ」

王は青い顔をしてぐったりとしている池谷に気を遣った。

池谷は無言でゆっくりと頭を上下に振って答えた。

道は再び渓谷に入り、複雑な地形に沿って急なカーブが続いた。貴徳から瑪沁にかけての雄大な景観は青海省のグランドキャニオンと呼ばれている。人間界とは縁のない壮大な世界が広がるのだ。チベット人の純朴さはこうした世界屈指の大自然に育てられていることも関係しているに違いない。

「大丈夫ですか。社長?」

ハンカチで口元を押さえる池谷をバックミラー越しに見て瀬川が声をかけた。カーブのため車は大きく左右に揺さぶられ、池谷は成す術《すべ》もなく頭を横に振っていた。

「峠を越えたら、休憩します。ガンバッテ!」

王は片言の日本語も交えて池谷を励ますのだが、峠を越えても険しい山道は続いた。

まるで日光のいろは坂のようなカーブが続く坂道を下ると黄河の支流が見えてきた。流れは穏やかで、広いところで川幅は百メートル近くもある。しばらくすると高度も下がったせいか池谷の顔色も良くなってきた。

川沿いを三キロほど進むと岩山をバックにした村があり、村の最上段には山城のようなりっぱな寺があった。

「ここで休憩をとります」

王の指示で瀬川は村の小さな広場に車を停めた。

池谷は五分ほど車内で休んだ後、車を降りた。

「この歳でこんな辛い経験をするとは思わなかった」

池谷も今年で六十一歳になる。サラリーマンなら定年後の第二の人生を送っているはずだ。稼業の質屋も裏稼業の傭兵代理店も、まして防衛省情報本部隷下の特務機関の機関長としてもリタイヤなど考えずにこれまでがんばってきた。だが、一年前もっとも信頼を寄せていた浩志が行方不明になってから、池谷はめっきり老け込んでしまった。日本に帰ったら、傭兵代理店も特務機関も、瀬川や黒川に任せて裏稼業からは引退しようと思っている。残りの人生を質屋のオヤジとして静かに送るつもりだった。

一行は王の案内で村の路地を抜け、寺の敷地に入った。

「この寺は名刹《めいさつ》と言われ、ゲルク派〝ラブジャ・コンパ〟、中国語では拉加《らか》寺といい、ツォンカパが開祖です」

王は池谷ら三人の前でガイドらしく解説をはじめた。

大乗仏教のチベット仏教は、ニンマ派、サキャ派、カギュ派、そしてツォンカパを宗祖とし、ダライ・ラマ、パンチェン・ラマが属する最大主流のゲルク派を四大宗派と呼んでいる。

「この寺でも、二〇〇九年のチベット動乱五十周年のときに多くの僧侶が暴動に加わり、逮捕されたのち処刑あるいは追放されました。今この寺に限らずチベットの僧侶は、難しい立場に置かれています」

一九五九年に中国政府から、観劇に招待することを口実にしてダライ・ラマ十四世を拉《ら》致《ち》する陰謀が発覚した。それを阻止しようと数十万ものチベット人たちが暴動を起こした。これを機にダライ・ラマはインドに亡命し、現在に至っている。

「難しい立場とは?」

王の曖昧《あいまい》な説明に池谷は質問をした。

「ダライ・ラマ十四世は今でもチベット人の最高指導者ですが、チベット人がその名を口にすれば投獄、あるいは処刑されます。僧侶はダライ・ラマを信じるかどうか中国政府から諮問《しもん》を受けます。信じる者は寺から追放され、信じないと答えた者は生き残ることができるのです」

周りには誰もいないが、王は人に聞かれないように小声で説明した。

下の村の方から話し声が聞こえてきた。数人の村人が階段を上がってくるのが見える。

「みなさん、記念写真を撮りましょう」

王は口調を変えて池谷の持っているデジカメを借りて三人の写真を撮りはじめた。

午後零時二十分、昼間というのに寺は閑散としている。時おり見かける僧侶も気のせいか人目をはばかるように通り過ぎて行く。

一行は村を一望できる寺の最上階に上った。眼下に茶色くすすけた村と蛇行《だこう》した黄河が見渡せる。

「この寺は古刹と聞きましたが、ずいぶんときれいですね」

開祖がツォンカパなら少なくとも六百年近い歴史を持つ。色あせた壁や所々崩れかけた緑色の軒は確かに歴史を感じさせるが、オレンジ色の屋根やその上の金箔が張られた飾りなどはほとんど傷《いた》みがなく、何百年も年を重ねたとは思えない。池谷は思わず王に尋ねた。

「ここに限りませんが、中国がチベットに侵攻してきた時に六千以上あった寺院はことごとく破壊され、仏像、教典、書物などあらゆる歴史的遺産も焼き尽くされました。ですからどこの寺も近年になって修復されたのです。仏教を認めない中国政府ですが、重要な観光資源として今は寺の修復を奨励しています。もちろん政府からお金は出ませんが」

「……なるほど。中国政府のチベット政策はひどいと聞いてはいましたが、そこまでとは。もし日本で同じように法隆寺や金閣寺が壊され、正倉院の宝物が焼かれてしまったらと考えると、恐ろしい。そんな事情を知っていたら、観光どころではありませんね」

池谷は絶句してしまった。

二〇〇六年に四川《しせん》からラサまで青蔵《せいぞう》鉄道が開通したことにより観光客は爆発的に増え、年間四百万人にも達した。その中でも一番多いのが日本人である。欧米人には観光客を装《よそお》った研究者やジャーナリストが多いのに比べて、日本人は夏期に集中した花見気分の観光客がほとんどらしい。

「普通の観光客には、こんな話はしませんよ。みんなマニ車を回して喜んで帰って行きます。それはそれでいいと私は思っています。観光客に深刻な話をすれば彼らの口から中国当局にばれる心配があります。捕まれば、間違いなく処刑されてしまいますから」

王は池谷らが観光客でないと知っているだけに、チベットの窮状を訴えるために話しているに違いない。

「我々もマニ車を回してそろそろ移動しましょうか」

マニ車とは、円筒形の筒の側面にマントラと呼ばれる呪文《じゅもん》が記され、内部には経文がロール状に収められている。チベット仏教ではマニ車を右に回すことにより、マントラと経を唱《とな》えたと同じ功徳《くどく》があるとされているため、どこの寺院でも大小様々なマニ車が置かれている。

「さて、そろそろ車に戻りますか。おかげで気分はずいぶんとよくなりました」

池谷は村に戻ろうと階段を下りはじめた。

「昼飯は食わないんですか！」

　時刻は午後一時を過ぎている。瀬川は慌てて尋ねてきた。高山病と車酔いで食欲がない池谷と違い、瀬川と黒川は普段と変わらない食欲があるからだ。

「大丈夫ですよ。昼ご飯はちゃんと考えてありますから。この村にはレストランはありませんが、知り合いの民家で、ツァンパとバター茶をいただきます。大抵の観光客はチベットらしいと大喜びです」

　王はうれしそうに説明した。

「ツァンパ！」

　瀬川と黒川が同時に声を上げると、

「バター茶！」

　まるで合の手を入れるように池谷が悲鳴を上げた。

　ツァンパとはチベットの主食で、ハダカ大麦を炒《い》って粉末にしたものにバター茶を加えてスプーンで食べるか、よくこねて団子状にして食べる。見た目はオートミールのようなものだが粉っぽい味に外国人は閉口する。

　池谷と瀬川と黒川の三人は肩を落として王の後に従った。

四

ツァンパとバター茶で質素な昼飯を終えた池谷らは、再びランドクルーザーに乗り、省道一〇一号を南下した。

午前九時五分に同徳を出て二百五キロの道のりを走り、〝瑪沁〟と書かれた標識を確認したのは午後三時半だった。ロータリーのような交差点を右折し、省道から黄河路と呼ばれる道へと進んだ。

「ほお、さすがに州都だけあって開けていますね」

池谷は道路沿いの看板を掲げた店を見て、頭痛も忘れて安堵《あんど》の溜息を漏らした。

黄河路の両脇に学校やガソリンスタンドなどが点在する。これまで岩山や土が剝き出した荒涼とした景色ばかり見てきたので、建物を見ただけで大都市にでも来たような錯覚を覚える。

池谷の旅の目的は、確かに情報本部からの指令もあった。だが、それは人民解放軍の情報を受け取るだけで、誰にでもできる仕事だった。一番の目的は、〝瑪沁〟に一年近くも滞在して単独で浩志の捜索活動をしている森美香《もりみか》に会うことだった。

彼女に浩志が乗り込んだ爆撃機の墜落場所を教えたのは、ほかならぬ池谷だった。まさか彼女がその三日後に、単身チベットに向けて旅立つとは予想もしないことだった。池谷は〝瑪沁〟に住む美香に衛星携帯を送って定期的に連絡を取り、生活必需品も送るなど何かと便宜《べんぎ》を図ってきた。

浩志が行方不明になってからまもなく一年になる。特務機関の長として池谷は現地での捜索活動から撤退する決断を迫られていた。いつまでも三人の部下や浩志が作り上げた傭兵チーム〝リベンジャーズ〟が代わる代わるチベット入りしていては、任務に差し障《さわ》りがあるからだ。

だが、捜索の打ち切りを宣言する前に、是が非でも美香に浩志を諦めさせて日本へ連れて帰るつもりだった。彼女にチベット入りを決断させたのは池谷がもたらした情報だけに責任を感じていたのだ。それに彼女を説得できれば、自分も踏ん切りがつくと信じていた。

〝瑪沁〟はアムネマチン山脈の山間盆地にある南北に長い街で、南にある街の入口から北の端までは約五キロ、街の中心は〝环城〟と呼ばれる一周九キロほどの環状道路で囲まれ、〝环城北路〟、〝环城西路〟と方角で名称が変わる。

街の近くから道路は交通量もないくせに六車線はとれそうな広さになる。それだけに味気ない道路脇の建物がより無機質に見え、大きな街の割に活気が感じられない。チベットの地方都市のメインストリートはとかく不必要に広い。これは緊急時に軍用機が滑走路として使えるようにするためだ。

池谷らは、街の中心にあるカサール文化広場からワンブロック南にあるホテル〝果洛賓《ゴロク》館〟にチェックインした。

石畳で整備された文化広場は幅百メートル、奥行き二百二十メートルもあり、奥には二階建ての立派な文化会館とこの地域のチベット人が崇拝する伝説的英雄カサール王の騎馬像が建てられている。だが中国人が建設した英雄像を気にするチベット人は一人としていない。

街は三千七百三十五メートルという富士山頂並みの標高がある。部屋は四階建ての四階、ただでさえ標高が高いのに最上階というので池谷は王に文句を言ったところ、下の階はシャワーはあるがトイレは共同で、機能しているかも保証できないと言われたので渋々承諾した。

最上階ということなのか部屋代は二百元もするらしい。だが、案内された部屋は洋式のトイレとシャワーこそあるものの、ほかはテレビと粗末なベッドがあるだけだった。これには金に渋い池谷としては我慢できなかった。再び王にクレームをつけようとすると瀬川と黒川にたしなめられた。

「私たちは、こんな贅沢《ぜいたく》な部屋に泊まったことはありませんよ。大抵どこへ行ってもシャワーなしの安宿で我慢してきました。トイレだって屋外の共同なんてざらです。富士山の山小屋で温泉に入りたいと文句を言うようなものですよ」

瀬川が半《なか》ば呆れた様子で言った。むかしお助け小屋とよばれた富士山の山小屋と比べるのも変な話だが、世間を知らない池谷を納得させるには充分だった。

「富士山の山小屋ですか。……なるほど標高は頂上と変わりませんからね」

池谷は肩を落として自室に戻った。

瀬川らも荷物を置くために部屋に入った。小休止した後、美香の所に行く予定だ。彼女には今日か明日訪問すると伝えてある。

「社長、はやくしないと日が暮れてしまいますよ。それとも私が美香さんに会って来ましょうか？」

部屋からなかなか出てこない池谷を、瀬川がドアをノックして催促した。黒川もすでに廊下で待っている。

「……今、行きます」

「なっ！」

部屋から顔を出した池谷を見て、瀬川は息を呑んだ。顔は土気色、髪は乱れ目の下には隈《くま》ができている。

「しゃ、社長、今日は休んで明日の朝一番に行かれたらどうですか。そんな調子じゃ、まともな話もできないでしょう」

「……気力はあるのですがね」

池谷は弱々しく答えた。

「おそらく高山病になっているんですよ。無理をしたらかえって悪化します。後で食べ物でも買ってきますので休んでいてください」

「それでは、おにぎりとおいしいお茶を買って来てください」

そう言うと池谷はドアを閉めた。

「おにぎりにお茶か。チベットでもっともありつけない食べ物だな」

瀬川と黒川は苦笑した。

二人は池谷を王に任せて、ホテルの近くにある清真《せいしん》料理のレストランに入った。清真料理とはイスラム料理のことで、宗教上豚や魚は使わずに羊肉を主に使った料理が多い。時刻は午後四時二十分と早いのだが、昼飯が少なかったために二人とも腹が減っていた。

「瀬川さん、ちょっと相談があります」

オーダーを済ませると黒川は神妙な顔つきで言ってきた。瀬川と同じ空挺部隊でも二期下のためにいつも敬語を使う。

「どうした?」

中国入りしてからほとんど口をきかなかった黒川の改まった口調に、瀬川は首を傾げた。

「日本に帰ったら、仕事を辞めるつもりなんです」

「理由は？」

黒川の衝撃的な告白に瀬川は顔色も変えずにあえて冷たく聞いた。

「社長は、藤堂さんの捜索を打ち切るつもりです。私としては仕事のモチベーションを保つことはできません」

「我々は特殊任務に就いているために隊には戻れないかもしれない。一生守秘義務を課せられているから、行動も制限される。再就職も今どき難しいぞ。それでも辞めるのか」

「後悔はしません」

黒川はきっぱりと言い放った。

「本当は、一人で藤堂さんを捜すつもりなんだろう？」

「えっ。……たった一年で諦めるつもりはありません」

瀬川に言い当てられて黒川は口ごもった。

「藤堂さんはいつもチームに私を指名してくれましたが、スペシャリストが集まるチームなので、単純な数合わせだと思っていました。ソマリアに行ったときのことですが、藤堂さんは私にどんな場面でもサポートできることがスペシャリストだと褒めてくれました。私を仲間として認めてくれていたのです。それが、めちゃくちゃうれしくて……」

黒川は言葉を詰まらせた。

「あのチームに数合わせなんて、最初からいないんだ」

瀬川は黒川の肩を叩いた。

「先に言われたから格好悪いけど、俺も辞めるつもりだ。自腹を切ることになっても捜索をやめるというのは、チームでは誰もいないよ。みんな藤堂さんに命を助けられたのは一度や二度じゃない。それに何よりも藤堂さんを尊敬している。あの人のためなら死ねると思っている連中ばかりだ。簡単には諦めないさ」

「そうですよね」

瀬川の言葉に黒川は笑みを浮かべた。

「だけど一度に辞表を出したら、社長は腰を抜かすぞ」

「確かに」

二人揃って声を上げて笑い、周囲の客を驚かせた。

五

翌朝、〝瑪沁〟の街に小雪がちらついた。

午前九時、メインストリートには民族衣装を着たチベット人が数えるほどしかいない。もっとも日の出が七時五十分過ぎと遅いせいもある。

メインストリートと言っても単なる省道の延長で中央分離帯があるわけでもない。以前は街中でも馬に乗った遊牧民が見られたらしい。だが、馬はバイクに取って代われ、街の看板は漢字で溢れかえっている。こんな山奥の街でも中国化が進んでいるのだ。

中国政府がチベット文化圏に建設を進める学校では、チベット人に中国人としての教育を徹底させている。特にチベット自治区では、子供にチベット語の読み書きを教えることも禁止されている。そのため民族の将来を憂《うれ》いて子供を伴って亡命するチベット人たちが後を絶たない。チベット人として教育が受けられるチベットの亡命政府があるインドのダラムサラを目指すのだ。

だが、それには中国の国境警備が緩められる真冬のヒマラヤを二十日以上かけて踏破《とうは》しなければならない。想像を絶する厳しい冬の氷河を越える途中で、命の尽きる幼い子供たち、また生きて脱出に成功しても凍傷で止むなく足を切断する子供も多い。

ガイドの王偉傑がトヨタのランドクルーザーの運転席に乗り、ホテルの玄関前で待っていた。美香が住んでいる場所はホテルから一・五キロほどの距離だが、池谷の大事を取って車で行くことになったのだ。

ホテルの近くにある緑色粥《かゆ》屋という中華粥の店で朝食を摂《と》った池谷は、顔色がいいとまでは言えないが昨日までと違い足取りもしっかりとしていた。池谷と黒川が後部座席に乗り、助手席に瀬川が乗り込んだ。

街のメインストリートは、南にある省道の交差点から黄河路、街の環状道路を過ぎた辺りからは団結路、さらに北に進むと人民政府の庁舎があるブロックからはアムネマチンの山脈へと向かう雪山路と名を変える。ちなみ雪山とはアムネマチンを意味する。

王は車を進め、雪山路沿いの〝黄城商店〟という店の前で停めた。瀬川と黒川が降りようとすると、

「あなた方は、ついてこなくても大丈夫です」

と池谷は言って、日本から持ってきた土産《みやげ》を手に一人で車を降りた。土産は、化粧品や食料品など美香が喜びそうなものを段ボール箱に詰め込んで持ってきた。

「王さん、二人をお昼まで観光に連れて行ってください」

池谷は瀬川と黒川が不満を持っていることを充分知っていた。そのため二人を遠ざけたいのだろう。

「しかし、通訳はいらないのですか?」

王は心配げな表情で尋ねた。

「実は私は中国語なら不自由はしません」

池谷は流暢《りゅうちょう》な北京語で答え、あっけにとられている三人を置いて店の前に立った。部下である瀬川らも池谷は英語が堪能ということは知っていたが、北京語まで話せるとは知らなかった。

〝黄城商店〟は街の中心からは外れているが、街の北側にある住宅街に近い。看板には店の名前の下にコンビニを意味する方便店と書かれている。池谷は両開きのガラスのドアを開けて中に入った。香辛料と香が混じった独特の匂いが鼻をつく。美香からの連絡では、この店の二階の一室を間借りしているらしい。

レジが置かれたカウンターの上の蛍光灯が切れかかって、チカチカと点滅している。店内は、金属製の棚に食品類や衣類などがところ狭しと並んで見通しが利かない。コンビニというより、雑貨店のような感じだ。

「ニーハオ」

池谷は髪を後ろにまとめて縛り、棚の商品を一生懸命整理している女に声をかけた。

女は振り返って池谷を見た。化粧気もなく肌が浅黒い女は、くすんだオレンジ色の地味なセーターに汚れた黒いパンツを穿いている。

「あら、池谷さん。お久しぶりです」

女はほつれた髪を直しながら頭を下げた。

池谷は持っていた荷物を床に落とした。現地の女性のように日に焼けた女は美香だった。街を歩けば誰しも振り返る雑誌モデルのような面影《おもかげ》などなかった。

「……この店で働いているのですか」

やっとの思いで声を出した池谷は、慌てて床に落とした段ボール箱を拾った。

「大家さんに店番を頼まれたの。といっても毎日店番をしていますけどね」

美香は、おおらかに笑ってみせた。

池谷は正直言ってもっと暗く荒《すさ》んだ彼女を想像していた。外見はともかく、目の前の美香は陰《かげ》など感じさせない野に埋もれた花のような輝きがあった。

六

美香は、一年ほど前に行方不明の浩志を捜索するために勤務していた内閣情報調査室に辞表を提出し、ゴロク・チベット族自治州の州都である〝瑪沁〟に植物研究家としてやってきた。それは〝瑪沁〟の北西六十八キロの山中に浩志が乗り込んだと見られる爆撃機の残骸が軍事衛星で確認されたためだ。

〝瑪沁〟は街自体には見るべきものはないが、アムネマチン山脈一帯は夏ともなれば高山植物の宝庫で日本からもランドクルーザーを連ねて観光客が来るほど人気がある。美香はあらかじめ就労ビザを取得した上で、長期滞在しても怪しまれないように植物の研究家になりすまして、この街に潜入したのだ。

春から夏にかけて、美香は毎日装備を整えて山に出かけては爆撃機の墜落現場を直接調べようと試みた。そのうちの何度かは瀬川や辰也《たつや》ら傭兵チームも同行している。だが、墜落現場の途中に人民解放軍の山岳駐屯地があった。高地に弱い軍を訓練するためのもので、チベットに駐留する二十五万の兵士の中から五百人が交代で赴任しているようだ。そのため現場に近づくことはできなかった。

仕方なく高山植物のサンプルを集める作業をして機会を窺《うかが》っているうちに、いつしか厳しい冬になってしまった。遊牧民すら寄せ付けない冬の山中に行ったところで浩志の痕跡など探せるはずもない。そのため昨年の十月からもっぱら地元で情報を集めているのだが、墜落事故のことなど軍の箝口《かんこう》令が敷かれているわけでもないのに噂話も聞かない。

夏も終わり捜索活動ができなくなると、美香は日頃から懇意にしていた〝黄城商店〟の中国人のオーナーに店の二階の空き部屋を借りて、宿舎としていたホテルを引き払った。ホテルは一日八十元、日本円で千円弱、一ヶ月三万円ほどだが、なるべく経費は抑えたかったのだ。

〝黄城商店〟のオーナーは夫に先立たれた気のいい中年の女で、子供も娘二人と女ばかりで気兼ねすることもない。空き部屋を一ヶ月四百元、日本円では五千円足らずであるが、彼女たちにとっては大きな副収入になるようだ。

池谷は土産を詰めた段ボール箱を抱えて美香の手が空くのを待った。客は中国人ばかりでなくチベット人もいる。なかなか繁盛しており、客が代わる代わるやってくる。

しばらくすると店の裏が騒がしくなり、中国人の五十代と二十代と思《おぼ》しき女たちが段ボール箱を抱えて裏口から入ってきた。オーナーの親子が商品を仕入れてきたようだ。

美香が年輩の女に北京語で池谷のことを日本から叔父《おじ》が訪ねてきたと説明した。

「はるばるよく来られました。美香には助かっています。この娘が店頭に立つととっても評判がいいの。なんならずっといて欲しいくらいだよ」

女は四川あたりの出身なのか、訛《なまり》の強い北京語で美香を手放しで褒めている。渋谷で高級スナックを経営する美香の立ち居振る舞いは、優雅でそれでいて手際いい。サービス業を知らない地方の中国人にとって魅力があるに違いない。

美香は店をオーナー親子に任せると池谷を二階の自室に案内した。

「おう！」

池谷は部屋に入るなり感嘆の声を上げた。

八畳ほどの部屋の正面の壁一面に、美しい高山植物の写真が番号を振られて貼られていたからだ。

「全部私が撮影したんですよ」

美香の言葉に頷き池谷は写真の前に立った。彼は趣味で園芸をしていたこともあるだけに、花には目がないのだ。

「ブルーポピーにイエローポピー、これはイチリンソウだ。それにこれはわすれな草かな。……いやはやすばらしい。あとは見たこともない花ばかりだ」

池谷は得意げに花の名前を挙げていったが、あまりの種類の多さにすぐに降参した。

「わすれな草に似ているけど、それは、クワガタソウ属のヴェロニカ・ケファロイデス、花弁が少し違うの。隣の黄色い花はおなじみのクレマティス、それからこの紫の花はデルフィニウム」

美香は写真を指差しては丁寧に説明をする。その手を見て池谷は息を呑んだ。かさついた手はあかぎれでひび割れ、ところどころ血が滲《にじ》んでいた。だが当人はそれを気にする風でもない。池谷は日本にいた頃の彼女を知っているだけにショックを受けた。

「……本当の植物学者になれますね」

池谷は動揺を隠すために適当に言い繕《つくろ》った。

「私はここでは植物研究家の森美香。でも夏は短いから秋からバイトに明け暮れているの。おかげで裕福な中国人の子供に英語を教えたりして、地域に溶け込んで色々な情報を得ているわ。それに案外収入もいいのよ。日本より、暮らしやすいかもしれないわね」

美香は冗談を言って笑った。

ネガティブな話をしようと思っていただけに、彼女の笑顔は池谷にとっては眩《まぶ》しかった。彼女から視線を外し部屋の中を見渡すと、質素な生活を物語る鉄パイプのベッドに小さな机、それに衣装ダンスが一つ、振り返って反対側の壁を見ると番号が書き込まれた大きな地図が貼ってあった。

「これは、この州の地図で植物の分布図を作っているの。番号は花の写真を撮った場所。それと、頭にPが振られた番号は爆撃機の残骸の位置を示している。Bはベースキャンプ。冬の間は人民解放軍を警戒しないですんだから、爆撃機を調べるためのベースキャンプの場所だけは確保しておいたの」

「ベースキャンプ?」

池谷はまるで登山家のような言葉に思わず聞き返した。

「墜落現場まではここから直線距離で六十八キロ、しかも標高は四千四百メートルもあるの。近場の村まで行っても三十キロもあるから、徒歩での往復を考えるとベースキャンプを途中に作らないと無理。それに夏になると人民解放軍の山岳駐屯地が村の近くにできるはずだから、ベースキャンプの予定地に少しずつ食料を運んだの」

「墜落現場まで行くつもりですか!」

傭兵チームもまだ行ってないだけに池谷は驚きの声を上げた。

「そのために中古のランドクルーザーも買って、何度も行っているのよ」

「ランドクルーザーですか。大胆な」

「今度は人民解放軍が駐屯する前に現場まで行くつもり。少なくとも一週間は野営する予定よ。でももう少し暖かくならないと難しいかもしれないわね」

美香は事も無げに言った。

経験のある登山家でなければ入山できるものではない。池谷は怪訝《けげん》な顔つきになった。

「池谷さん。ひょっとして私が都会育ちだからって疑っているんでしょう。実は去年の秋からチョモランマでガイドをした経験があるチベット人に登山の特訓を受けているの」

美香は部屋の片隅に立てかけてあるピッケルを摑《つか》んでにこりと笑ってみせた。

「……」

愛する男のためなら女はここまで強くなれるものなのか、と池谷は心の中で唸った。

「……忘れていました。お土産を持ってきたのでした」

池谷は話題を変えるべく、持っていた段ボール箱を美香に渡した。

「うれしい！　口紅やハンドクリームもある。それに缶詰にお米、みそ汁もあるわ。これはご馳走《ちそう》ね」

美香はさんまの缶詰と白米のパックを両手に抱えて満面の笑みを浮かべた。

「わざわざこんな山奥まで本当にすみませんでした。ラサにお仕事でいらっしゃるんでしょう。こんな大回りをして大丈夫なのですか？」

「仕事は二の次、チベットの観光も兼ねていますのでご心配にはおよびません。奥地に住まわれているので心配していましたが、お元気そうで安心しました」

「瀬川さんと黒川さんも一緒なんでしょ？　お昼ご飯一緒に食べませんか？　ご馳走しますよ」

美香は愛くるしい笑顔で尋ねてきた。

「そうですね。また顔を出します」

池谷はそう言って部屋を出た。日本に帰るように説得するなどできるものではなかった。

戒厳令の街

一

チベット自治区の東部、チベットの地理でいうカム地方の西部にあるチャムド地区のジョムダ県にチュコルという小さな街がある。

二〇〇八年にチベット動乱が起き、各地でチベット人はデモを繰り返した。このチュコルでも僧侶や市民がデモに参加した。しかし、翌二〇〇九年の一月五日に爆破事件が起こり、僧侶六人が事件の首謀者として逮捕された。

ジョムダ県人民法院は、審議することもなく彼らに十二年から十五年の実刑判決を言い渡した。だが、彼らの本当の罪は〝ダライ・ラマは敵対勢力の分裂主義者〟であることを認める書類にサインをしなかったことだったらしい。

この街に限らず、爆発物の知識もない僧侶が爆破事件の首謀者とされるケースが各地で後を絶たない。しかも、なぜかデモが起きた後に爆破事件が起きる。そのため、デモ関係者を捕らえるために当局が仕組んでいるというのが、チベット人の間では常識になっているようだ。ラサから遠く離れたこの街で起きたことは中国でも話題に上ることはなく、まして日本でニュースになることもなかった。

午後十一時二十分、チャムド地区の中心チャムドから車で六時間近くかかる街チュコルは、水を打ったように静まり返っている。もちろん日が暮れてから外出するチベット人がいないこともあるが、国道三一七号沿いに六百メートルほどのエリアしかない小さな街だけに歓楽街というものも存在しない。

街の南にある中華レストランのドアが開き、女の嬌声《きょうせい》と男の笑い声があたりの静寂《せいじゃく》を破った。街が静かなだけにまるで拡声器でも使っているような騒ぎだ。歓楽街こそないものの中国人が経営するレストランが、中国人向けの深夜営業をしているようだ。

緑色の制服を着た二人の男が胸元をあらわにした女たちに抱きついたり、キスをしたりしている。制服からすると武装警官のようだ。ドアを開けたままなので、店の中からはカラオケの音楽と男の罵声《ばせい》が聞こえてくる。まだ中には客がいるようだ。

男たちは女たちとひとしきり猥雑《わいざつ》な話をすると気がすんだのか、女たちに別れを告《つ》げて街の北へと国道を歩きはじめた。驚いたことに男たちは、店の入口付近に立てかけてあった〇三式自動小銃を肩にかけて店を出た。パトロール中に店に寄ったのだろう。

〇三式自動小銃は、兵士に不評だった弾倉が後ろにある九五式自動小銃から置き換えが進められ、人民解放軍や武装警官に配備されているノリンコ社製のアサルトライフルである。口径五・八ミリ、ストックは折りたたみ式で重量三・五キロと軽量だ。

深夜に車の通りはない。大声で笑いながら、男たちは千鳥足を楽しむかのように大きく蛇行して歩いている。

そのうちに男の一人が雑貨店の前に立って股間をごそごそと動かしはじめた。すると連れの男もその横に並び、二人揃って立ちション便をした。

二人の男が笑いながら振り返ると、いつの間にか目出し帽を被った男が立っていた。身長一七六、七センチ、黒いジャケットに黒いパンツ、そして黒いタクティカルブーツとまるで闇から抜け出したような姿をしている。

男たちは声を失い、慌てて肩に掛けている銃を構えようとした瞬間、目出し帽の男が左右の拳《こぶし》を男たちの鳩尾《みぞおち》に命中させ、前屈《かが》みになった二人の首を両腕で抱え、脇を締めながら勢いよく腰を落とした。バキッという首の骨が折れる鈍い音がし、男は二人の警官を瞬殺した。すると雑貨店の陰から四人の男が現われて殺された男たちの銃を奪い、死体を黒いシートで包んだ。

ほぼ同時に、街の南側から二台のランドクルーザーがライトも点《つ》けずに現われた。男たちはシートに覆われた死体を車に載せてその場を離れた。その間、たったの十数秒、たとえ目撃者がいたところで彼らの特徴など観察する暇もなかっただろう。

先頭を走るランドクルーザーの助手席に武装警官を倒した男が座っている。男は目出し帽を取ったが、暗い車内では髪の毛と髭《ひげ》を伸ばしていることが分かる程度で顔の表情までは分からない。

「お見事でした、参謀。おっしゃるとおりあの店を見張っていたら、酔っぱらった武装警官が出てきましたね。しかも都合のいいことに二人でした。あれほどの手際なら三人以上いても参謀なら倒せるんじゃないですか」

運転をしている男が、助手席の男に英語で話しかけた。

「キルティ、俺がいつも口を酸っぱくして言っているように、二人ならたとえ一人でも瞬時に倒すことはできる。だが、どんな武道の達人でも三人以上の相手には時間がかかる。悲鳴でも上げられたら終わりだ。俺がわざわざ見本を見せたのはそのためだ」

「しかし、なぜナイフを使わないのですか」

キルティと呼ばれた男は正面を向いたまま質問をした。

「ナイフを使えば血痕が残る。ここで殺しましたと言うようなものだ。それにナイフの場合致命傷であっても叫び声を上げられる可能性がある。はじめに後頭部や鳩尾などの急所を痛打することにより、気を失わせる方が安全だ」

参謀と呼ばれた男は、冷酷な殺人テクニックを理論的に説明した。おそらくこれまで数えきれないほどの人間を殺傷してきたのだろう。

質問を終えたキルティは、北京語で後部席に座る仲間に参謀との会話を説明した。

「俺が見本を見せるのは今日でお仕舞いだ。次回からはおまえたちだけでやってみろ。これからは、実戦が必要だ」

参謀はそう言うと座席に深く座り目を閉じた。

二

おそらく大多数の日本人はチベットと呼ばれる地域は、中国のチベット自治区のことを指すと思っているのではないだろうか。

だが、一九五〇年に中国人民解放軍がチベットに侵攻する前までは、チベットは現在のチベット自治区があるウ・ツァン州、中国の青海省と甘粛《かんしゅく》省の一部を含むアムド州、それに四川省、雲南省の一部とチベット自治区の一部を含むカム州の三つがチベットと呼ばれていた。

現在もチベット自治区に行くには飛行機を乗り継がねばならない。確かに遠い国ではある。ゆえに日本人にチベット問題に関する知識がないのは、やむを得ないというのは間違っている。というのもかつて日本とチベットは固い絆で結ばれていたからだ。

仏教研究家で探検家でもある河口慧海《かわぐちえかい》が、一九〇一年に日本人としてはじめてチベットに入国している。飛行機もない時代、彼の体験記である〝西藏旅行記〟が衝撃的なものであったことは言うまでもない。

ダライ・ラマ十三世の下《もと》、チベット軍の指導にあたり軍事顧問に任ぜられた矢島保治郎《やじまやすじろう》。チベット国旗のデザインをしたと言われる青木文教《あおきぶんきょう》や国際情勢を重臣に教える役を担《にな》った多田等観《ただとうかん》の二人は、十三世の信頼が厚い僧侶だった。

彼らの働きでチベットは困窮を極める戦時中の日本の助けにと羊毛を輸出した。また、中国侵攻を進める日本軍に対抗するために英米の連合軍はチベット国内の基地使用を要請したが、チベット政府は拒否した。日本との友好関係を重視し中立を通したのである。もっともチベットは仏教国で闘いを好まない。日本との友好関係は別にしても、自国が戦地になることを嫌ったに違いない。

連合国にとってみればチベットの行為は裏切りと見られた。戦後、チベットを占領した中国が国連の常任理事国になり、チベット侵攻が黙殺された理由はそこにもある。

現在では青海省や甘粛省、および四川省や雲南省に飲み込まれたチベットの中国化は進み、事実上中国の領土と見なされている。その証拠にチベット原産のパンダが、中国固有の動物として世界的な平和のシンボルとされているのは皮肉な例と言えよう。

だが、ラサを首都とするチベット自治区は、未《いま》だに中国にとっても占領地域あるいは外地としての認識があるようだ。そのため自治区ではありとあらゆることが規制され、事実上戒厳令下に置かれている。外国人観光客は、自治区内の移動はバスや鉄道、あるいはガイド同伴で手配された車を使用することになっており、個人の自由旅行は禁止され入域許可証がなければ一歩たりとも入ることはできない。

池谷らはゴロク・チベット族自治州の州都である〝瑪沁〟に住んでいる美香に会った翌日の早朝に出発し、十六時間かけて四百四十三キロを走破し、西寧に戻った。〝瑪沁〟からラサまでは二千二百キロ、車では三日はかかる。旅慣れぬ池谷に耐えられるものではないことは最初から分かっていたからだ。

西寧からラサの間には、二〇〇六年に開業した総延長千九百五十六キロを二十六時間で走り抜ける寝台列車の青蔵鉄道が運行されている。外国人は入域許可証が必要であり、許可された旅行代理店のツアーに参加する必要があるため、個人で乗車することはもちろん乗車券を購入することも難しい。

強行軍ではあったが、〝瑪沁〟から一日で西寧まで戻り、翌日の午後七時五十三分発の列車に池谷らは間に合った。

座席は二段ベッドが二つある四人一部屋のコンパートメントの一等寝台、上中下三段あるベッドで六人のコンパートメントの二等寝台、それに座席だけの二等車の三種類がある。だが、一等寝台は十五車両のうち二車両で六十四席しかなく、共産党幹部あるいは役人に優先的に切符が発行されるために民間に行き渡らないケースも多々あるらしい。そのため、池谷らは仕方なく二等寝台の一室を借り切るために二席余分に切符を購入した。

西寧を出発しゴルムドまでの八百キロは夜のため、乗車早々池谷はベッドに横になった。車両はカナダのボンバルディア社製で、高地を走るために車両に酸素が供給されたり、各席に酸素吸入器が設置されていたりと考えられているが特別広いわけではない。窮屈なベッドに揺られなければならないのは、他の中国国内の寝台列車と同じだ。

瀬川と黒川は疲れて早々に寝てしまった池谷を残し、ガイドの王偉傑を誘って食堂車に行った。食堂車は十五両の客車のほぼ中央である八両目にある。四人掛けのテーブル席が十一あり定員は四十四名、食事やソフトドリンクにワインやビールも出されている。

瀬川らはビールとつまみ代わりに野菜炒《いた》めを注文し、カウンターに近い中ほどの席に座った。シーズン中は予約をしなければ座れないらしいが、今は観光客も少なく空いている。それに中国人やチベット人の乗客は、食料を持参するため値段の高い食堂車ではあまり食べないようだ。

「王さん、一番入口に近い奴、まだ俺たちのことを見ていますか」

瀬川と黒川は連結部に近い場所に目つきの鋭い中国人が座っていたために、あえて背を向けて座った。

「まだ見ています。おそらく私服の公安警察なのでしょう。これまで列車にまで乗り込むことはありありませんでしたが」

王は首を捻《ひね》った。

「そう言えば、〝同徳〟でも警官に呼び止められたな」

「やっぱり瀬川さんの人相が悪いからじゃないですか」

黒川がビールを飲みながら瀬川を茶化した。

「人相が悪いのはお互い様だろう」

瀬川が黒川を見て鼻で笑った。

身長の差はあれ二人とも髪を短く刈り上げて、長年軍隊で鍛え上げられた身体と風貌を持っている。

「実は、会社の仲間から変な噂を聞いたのです」

王は急に声を潜《ひそ》めて話しはじめた。彼は西寧に戻った際に会社に出勤していた。

「この半年の間で、チベットの地方都市で何人もの武装警官が行方不明になっているらしいのです」

「武装警察は軍隊だろう。軍人に脱走や自殺は珍しくないさ」

瀬川はあんかけの白菜と人参を箸で摘《つま》んで口に放り込んだ。

「地方都市や村で一人、あるいは二人という具合だったため、当局も事件として扱っていなかったようです。ところが最近、行方不明者を合計してみると六十人近くなることが分かり、当局は慌てたらしいのです。もちろんこれは不祥事なので一般のニュースにはなっていません。会社の仲間も公安警察の親戚から聞いたようです」

「なるほど、行方不明者の多さに事件だと認識したものの、犯人はおろか手口も分からない。それでとりあえず人相の悪いやつや体格のいいやつを怪しんでいるというわけか。一般人と違って、武装警官を拉致《らち》するなり殺害するのは普通のやつにはできないからな」

瀬川はそう言うと、わざと大きな声で笑って黒川の背中を叩いた。

「確かに瀬川さんなら怪しまれて当然ですね」

黒川も相槌《あいづち》を打って馬鹿笑いをした。

離れた席に座っていた中国人は二人の様子を見て席を立った。

「いなくなりましたよ」

王はにこりと笑って親指を立てて見せた。

三

青蔵鉄道の狭い寝台車のベッドでも池谷はいつの間にか熟睡していた。

成田を発って五日目、食事が口に合わず高山病にもなった。だが寝台車には酸素が供給されているためか、頭痛は消え目覚《めざ》めも良かった。同室の瀬川や黒川はイビキをたてて寝ている。池谷はベッドをそっと抜け出し部屋を出た。

午前五時五十八分、遠くに見える雪を被った山々が、月明かりに照らされて幻想的な風景を星空の下に浮かび上がらせている。池谷は通路の窓の側にある補助席を倒して座った。辛い旅ではあるが、楽しみにしていたこともあった。今でこそできなくなったが、池谷は鉄道マニアで若い頃は全国の鉄道に乗り車窓を楽しんだ。青蔵鉄道は政治的な問題は別として、一鉄道ファンとしては憧れの存在だった。というのも六つの世界一を持つと言われる鉄道だからだ。

第一にチベット高原は世界最大級の高原だけに、そこを横断するために世界最高所にレールが敷かれている。

第二に当然ながら世界最高所にトンネルがあり、全長千三百八十六メートルの〝風火山《ふうか》トンネル〟の標高は四千九百五メートルある。第三には標高四千六百メートルにある〝崑《こん》崙《ろん》山トンネル〟は全長千六百八十六メートルもあり世界最高所の最長のトンネルである。

第四に世界最高所の駅は、チベット自治区ナクチュ地区にある〝タングラ駅〟で標高は五千六十八メートルもあり、それまで世界一だったアンデス山中の〝ガレラ駅〟より二百八十七メートル高いのだ。

第五に世界最高所の鉄橋としては、ゴルムド市にある〝三岔河大橋《サンチヤコウ》〟が標高三千八百メートルで全長六百九十メートルあり、第六に世界最長の高架橋である〝清水河特大橋〟

は、標高四千六百メートル、全長一万千七百メートルあるという。高地を開拓した鉄道だけに一般に言われる六つの他にも世界一と名の付くものは数えきれないほどある。

池谷でなくともこれほどファンの心を鷲掴《わしづか》みするような鉄道は、世界でも類がない。たとえ青蔵鉄道がチベット人の聖地としている山々を汚し、永久凍土の上に建設されて構造上の問題があるとしても、少なくとも中国政府と観光客には関係ないことである。

午前六時二十八分、予定より少し遅れて標高二千八百二十九メートルあるゴルムド駅に到着した。この駅で高地用のディーゼル機関車に交換するので、停車時間も二十分ほどある。ちなみにゴルムドには、チベット人から〝チベットのグァンタナモ〟と呼ばれる、チベット人僧侶が大勢拘束されている収容所があることでも有名だ。

「やっぱり、警戒が厳重ですね」

背後で王の声がするので池谷は驚いて振り返った。するといつの間にか瀬川と黒川と王の三人が立っていた。

「いつもと違うのか?」

「見てください。ホームの端に武装警官が何人も立っています。それに駅舎の前に公安警察の姿も見られます。何か事件があったのかもしれませんね」

瀬川が尋ねると王は不安げな表情で答えた。

ホームから乗客が乗り込んできた。

「聞いてきます」

王はそう言うとさりげなくゴルムドから乗車した中国人の客に話しかけた。

「武装警官が二人も行方不明という噂が流れているらしいです。駅で一人一人手荷物を厳重に調べられて大変だったみたいですね」

中国人の話はこれまで聞いた噂と似ていた。

「それにしても、迷惑な話ですね。何も我々がチベットにいる間に騒動が起きなくてもいいのに」

池谷はせっかくの旅気分が台無しとばかりに文句を言った。だが、それも列車がゴルムド駅を出て一時間もすると東の空が明るくなり、池谷は不満を忘れて夜明けの雄大な景色に魅了された。

ゴルムドから国道一〇九号が青蔵鉄道に沿ってラサまで続く。

「さすがにチベット。ランドクルーザーが多いですね」

池谷は国道を二台のランドクルーザーが朝日を浴びて走る姿を見て感心した。

一台はトヨタ、もう一台は三菱、型は古いが力強い走りを見せている。

「池谷さん、列車はこれから崑崙山脈を越えます。見所はたくさんありますから、早目に朝ご飯を食べましょう」

王が窓際の席を離れようとしない池谷をたしなめた。

「そうですね。今朝は気分がいいせいかお腹が空きました」

池谷も素直に忠告に従い、瀬川や黒川らとともに食堂車に向かった。

池谷の見ていた二台のランドクルーザーには五人の男たちが乗っていた。日に焼け、鍛え上げた筋肉を隠すように防寒のジャケットを着込んでいる。全員オールバックの髪にサングラスをかけているため、年齢不詳である。どちらの車にも座席の後部には、黒いシートで包まれた大きな荷物が載せられていた。

「ユンリ、あやうく検問に引っ掛かるところだったな。後ろを調べられそうになってひやひやしたよ」

先頭の車の助手席の男が、後部座席に悠然と座っているユンリと呼ばれる一番大きな男に北京語で言った。

「俺の身分証明書は、青海省地質鉱産探査開発局の鉱山調査部の主任なんだぞ。検問をする人民解放軍も肩書きがある役人は調べない。俺たちは完璧に中国人になりきっているんだ。堂々としていればいい」

ユンリは笑いながら答えた。彼らは中国人ではないらしい。

「それにしても身分証明書をもっと早く出してくれよ。胆《きも》を冷やしたぜ」

「偉そうに振る舞っている検問の警官たちが慌てる姿を見たかったんだ。それにびびってすぐに出したんじゃ、余計怪しまれる」

「まったく、おまえは剛胆なやつだな。それにしても、あいつらの間抜けな面は見物だったな」

二人の男の掛け合いに、乗り合わせた男たちが声を上げて笑った。

「とにかく、また武器が手に入った。これで参謀も喜ぶだろう」

助手席の男が顔を紅潮させて言った。

彼らの背後にある黒いシートには、武器とゴルムドで行方不明となった武装警官の死体が包まれていた。

四

崑崙山脈を越えた列車は予定より二十分遅れの午後九時二十分にラサに到着した。

ホームは観光客やラサを巡礼する僧侶などでごった返している。

「おかしいな?」

ガイドの王偉傑が人ごみを見て首を傾げた。

「いつもなら、みんな急いで駅を出てホテルに向かうはずですが、何かあったのかな」

改札に行くためにはホームの階段を下りて地下通路に出なければならないのだが、階段付近の人の流れは止まったまま動かないのだ。

そのうち中国人観光客がホームの駅員や列車の乗務員に文句を言って騒ぎはじめた。しばらくすると構内放送が入った。放送を聞いた中国人たちは首を振って溜息をついた。

「改札の手前で手荷物の検査をしているようです。そのため改札が混雑して動きがとれないようですね。こんなことははじめてです」

王は通訳しながら肩を竦《すく》めてみせた。

結局長い地下道で延々と待たされたあげく、地上階の改札を抜けたのは一時間後のことだった。ラサはヤルンツァンポ（ブラマプトラ）川の支流であるラサ川の北の沿岸にあり、ポタラ宮を中心に東西に街は長く延びている。ラサ駅はラサの対岸にあるため橋を渡って街に入る。

四人は駅前でようやく見つけたタクシーに乗り、ラサに向かった。駅は武装警官が要所に立ち物々しい警備ぶりだったが、ラサ河柳吾《ソウウ》大橋を渡って市街に入ると警官の姿は減り、代わって人民解放軍の兵士を多く見かけるようになった。

助手席に池谷が座り、後部座席は、王を真ん中にして瀬川と黒川の三人が座っているため、身動きがとれない状態になっている。街の中心にある旧市街の北京東路沿いにあるホテル〝吉曲飯店《キチュはんてん》〟に着くまで息苦しさのため誰も口をきかなかった。

北京東路に人通りはあまりなかった。ポタラ宮前に軍の車両が連なっていたためにほっとさせられる。

「まるで戦時下の街のようですね。まったく軍のトラックは無粋《ぶすい》だ」

池谷はタクシーを降りると腹立たしげに言った。

「チベット自治区だけで二十五万もの兵が配備されています。ラサに駐屯する兵士もおそらく二万や三万ではすまないでしょう。彼らはこれ見よがしに隊列を組んで行進し、チベット人を威嚇《いかく》するんです」

王はあたりに中国人がいないことを確認して答えた。

「軍が三万！　まるで軍事基地じゃないですか」

池谷は口をあんぐりと開けて長い顔をさらに長くさせた。

「世界中から批判を受けないように、中国政府はラサで二度と暴動やデモが起きないように軍を駐屯させています。そのかわり兵士らは軍事演習もできずに暇を持て余し、悪さをしているようです。カラオケバーや売春宿の常連という話もあります」

一九五九年のチベット蜂起から四十九年目を迎えた二〇〇八年三月、チベットでは全国的にデモが起き、一部では暴動へと発展した。中でもラサの暴動は公安および武装警官を大量に動員して武力排除された。だが、チベット人に百名以上の犠牲者が出たために世界中から非難の嵐が巻き起こり、八月に開催予定の北京オリンピックの開催も危ぶまれた。

「ラサにカラオケバーや売春宿があるのですか？」

池谷は信じられないとばかりに首を振った。

「なんでもありますよ。すべて中国政府の後押しでできました。神聖な街を荒廃した観光地にすることで、チベット人の心のよりどころをなくすための政策です。実際一部のチベット人の若者はそれで堕落《だらく》しています」

王は自嘲《じちよう》ぎみに笑って見せた。

「なるほど、ポタラ宮の目の前にデパートがあるのはそのためですか」

「それもありますが、この街に住んでいる中国人のためです。さあ、早くホテルに入りましょう」

王は答えるとなおも何か言いたげな池谷を促した。

「ここが宿泊するホテルですか？」

王が〝吉曲飯店〟の入口に立つと池谷は絶句した。

四階建ての小さな雑居ビルのような建物に小さな赤い看板が掲げられている。ホテルというより、ただのレストランかという外見だ。

「三ツ星のホテルは確かにありますが、こうした中堅のホテルの方が公安警察の目を気にしなくてすみます。それに西洋風のホテルと違いチベットの雰囲気を堪能できますよ」

王は渋い表情の池谷の袖を引っ張ってホテルに入った。

瀬川と黒川はやれやれと首を振ってその後に従った。二人は池谷と違い、街角に立っていた男たちの視線が気になっていたのだ。

池谷らがホテルの中に消えると瀬川らが気にしていた二人の男たちは懐からメモ帳を取り出してチェックをした。彼らは私服の公安警察官のようだ。

五

池谷らがチェックインした旧市街にある〝吉曲飯店〟は、ヨーロッパ人のツアー客の間では三ツ星、四ツ星のホテルを抜いて圧倒的に人気があるようだ。

午前一時三十分、夜中に観光客やチベット人が外出することは禁止されている。

瀬川と黒川はホテルの非常階段で屋上まで行き、隣接するビルの屋上に飛び移った。チベットは三階から五階までの低層な建物が隙間《すきま》なく建っている。室外機で埋め尽くされた日本の屋上と違い、屋上や屋根には障害物はほとんどない。

瀬川らはさらに屋上から隣接するビルを飛び越して、北京東路と娘熱路の交差点の角に建つ〝西蔵郵政酒店〟の屋上に立った。〝西蔵郵政酒店〟は郵政局系列のホテルで、ガラスをふんだんに使った白壁の外観と内装もモダンな三ツ星のホテルだ。

強い風が頬を殴りつける。気温は二度だが、体感温度は氷点下まで下がっている。瀬川らが屋上の中ほどまで進むと片隅に置かれていた黒い荷物が突然起立し、人の姿になった。荷物ではなく黒いガウンを身にまとった男が踞《うずくま》っていたようだ。

「久しぶりですね」

男は瀬川に気さくに話しかけてきた。

「待たせたか？　孫《そん》」

瀬川は男と固い握手を交わした。

「待つことには慣れていますから」

男はにやりと笑った。きちんと分けた髪型はヘアースプレーで固めてあるのか乱れはない。目が細く中国系の顔立ちをしており、身長は一七二センチ、贅肉《ぜいにく》のない締まった体をしている。孫永波《えいは》、三十六歳、北京に本社がある中国の貿易商のビジネスマンということになっているが、防衛省情報本部のエージェントで、チベット自治区の担当をしている。

「ホテルのラウンジでお話ができればよかったのですが、この街で中国人以外と接触すると公安に目をつけられてしまうので、すみませんでした」

孫は軽く頭を下げた。

ラサでは住民や観光客よりも公安や武装警官の方が多いのではないかと思うほど、どこでも彼らは目を光らせている。

「しかも中国では公安に荷物や郵便だろうがかってに開けられてしまいます。そのうえサイバーポリスときたら数十万人もいますので、国内のサーバーを使ってメールを送ることもできません。正直言ってわざわざ取りにこられて助かります」

そう言うと孫は小さな中国語の本を瀬川に渡した。

中国には各地域の公安に設《もう》けられた〝網絡警察〟と呼ばれる世界で最強、最大のサイバーポリスがある。その数は、五十万とも六十万とも言われ、中国のネット人口の増加に併せて人員を増やしているようだ。

彼らの仕事は、もっぱらネット上に掲載される反中国的な内容のテキストや単語を削除し、掲載したユーザーを特定することにある。また、要注意人物とされるとパソコンだけでなく携帯のメールまでチェックされてしまう。政府に不満を持つ人民に罰則を与え、また最悪密かに収監して言論統制をするのである。

「本の背にマイクロSDカードを埋め込んでおきました。チベットにおける最新の中国人民解放軍の配置図が納められています」

「ところで、ここまで来るのにずいぶん公安や武装警官の目が厳しかったが何かあったのか？　この一年の間に何回か中国入りしているが、こんなことはこれまでなかった」

瀬川はチベット入りしてから気になっていたことを話した。

「やはりそうでしたか。分かっているのはチベット各地で武装警官が行方不明になっているということだけです。……聞いた話ですが、チベット人の間で、ゲリラの仕業じゃないかと噂になっているようです」

不確かな情報のせいか孫は戸惑《とまど》い気味に言った。

「ゲリラ？　まさかそれはないだろう。精神的指導者であるダライ・ラマ十四世は非暴力をチベット人に呼びかけている。偶発的な暴動なら仕方がないが、ゲリラは違う。ダライ・ラマの意思に背《そむ》けば民衆からも支持は得られないはずだ」

「そうなんです。だから、単なる噂なのです。しかし、警察関係者の間では明日は我が身と、かなりナーバスになっているようです」

孫は中国の反政府組織と接触したり、中国の党や軍幹部に賄賂を与えて極秘情報を得ている。ということは中国政府の方でもまだ何も摑んでいないのだろう。

「ところで、今回、わざわざ機関長の池谷さんまでいらしているようですね。藤堂さんの捜索をまだ続けられているのですか？」

はるばるチベットまで池谷自ら来た理由を孫も分かっているようだ。

下北沢のしがない質屋のおやじに扮《ふん》している池谷は、彼を知るセキュリティレベルが高い情報本部の関係者からは伝説的な存在として知られている。そもそも池谷が傭兵代理店を隠れ蓑《みの》に特務機関を作り上げたのは、当時まだ省でなかった防衛庁を私物化していた衆議院議員の鬼胴巌《きどういわお》の組織に対抗するためだった。結果的に闇の組織を粉砕し、鬼胴を死に追いやったのは浩志だったが、その功績は池谷が寄与したということで一躍関係者の間で名を挙げた。また浩志が次々と日本の危機といえる事案を解決したことも、池谷の名声を揺るぎないものにした。孫の池谷に対する言葉遣いにも尊敬の念が感じられる。

「そうだが、なぜ?」

「別件で分かったことですが、ゴロク・チベット族自治州に墜落した爆撃機を人民解放軍は捜索していませんよ。彼らは遭難機を探索する能力に欠けているのです」

四川省大地震で成都《せいと》軍区から派遣された救援部隊のヘリコプターが墜落した際、その飛行コースが分かっていたにもかかわらず、軍では発見することができなかった。事故後十一日経って、民間人が赤外線空中スキャナーを使って発見したそうである。

「何! 捜索をしていない?」

瀬川は声を上げ、振り返って黒川と顔を見合わせた。

爆撃機の墜落場所を発見したのは、傭兵代理店の情報スタッフである土屋友恵《つちやともえ》だった。彼女が爆撃機の飛行コースを計算し、米国の軍事衛星のスキャナーを使って捜し出した。だが、発見したのは墜落した三日後のことだった。

というのも、それまで中国に強奪された米軍の秘密兵器を追跡するために友恵は軍事衛星をハッキングして何度も使用していたが、なぜか強制的に回線を切断されてしまったのだ。そのため新たに衛星を使用するのに三日も要してしまった。

この三日の差で瀬川らは中国に遅れをとったと思っていた。現場は人民解放軍に調べ上げられているはずで、わざわざ行っても無駄だという気持ちがあった。まして夏場は人民解放軍が近くに駐屯しているために、危険を冒してまで捜索することはできなかった。

「事故機は、空中で爆発したか、少なくとも墜落してから爆発炎上し、機体は四散したはずです。発見するのは不可能と最初から諦めたようです」

「とすれば、フライトレコーダーも残されている可能性があるんだな」

「おそらくそうでしょう」

孫はゆっくりと頷いた。

爆撃機が墜落し浩志が行方不明になったことは、防衛省の情報本部やごく一部の政府高官には報告されている。というのも政府はこれまで浩志に様々な仕事を依頼してきた。どんな困難な作戦でも命懸けで達成してきた浩志を、政府は高く評価し重要人物としていたのである。情報本部の方でも独自に彼の行方を追っていたのかもしれない。

「それにしても軍が行方不明の爆撃機の捜索もしないというのは」

瀬川は鼻で笑った。

「理由はもう一つあります。藤堂さんが行方不明になったのは、四月十三日、翌日の十四日に何があったのか覚えていないのですか？」

孫は目の前で人差し指を振ってみせた。

「青海地震のことだな。私たちはそのころ震源地から二百キロ離れたチャムドにいたが、ホテルで激しい揺れを経験したよ。あの地震の騒ぎが関係しているのか」

浩志は混乱に乗じてチベットを脱出するように仲間に命じていた。だが、彼らは全員命令を無視して三日間チャムドに留まった。

「震源地の玉樹《ぎょくじゅ》では建物の九十九パーセントが倒壊する大地震でした。軍では墜落した爆撃機の捜索どころではなかったのですよ。それに中国では、軍事訓練で死亡した兵士を回収するようなことは経費の無駄遣いと放置されることもあるようです」

報告を終えた孫は屋上から非常階段を使って下りて行った。

瀬川が寒風の中でじっと二人の話を聞いていた黒川を振り返って頷くと、彼もそれに応えた。墜落機のブラックボックスを手に入れれば何か手掛かりが掴めるかもしれない。言わずとも二人の次の行動は決まっていた。

六

二台のランドクルーザーが四川省の北西部カンゼ・チベット族自治州の徳格《とくかく》に通じる省道二一七号を疾走していた。一台はトヨタ、もう一台は三菱、池谷がゴルムドの郊外で列車の車窓から見た車であった。

この地域はチベットの地理で言うカム地方となり、中国に侵略される前は、気性が荒いためチベットの中央政府ですら気を遣っていたと言われるデルゲ王国があった。

交通手段がなく道も整備されていなかったチベットでは、ラサから遠く離れた地での部族間のもめ事に中央政府が関わることはなかった。これは中国の人民解放軍の侵攻を一方的に許してしまった理由の一つでもあるのだが、干渉しようにも当時の中央政府の軍隊は、旧式の武器を身につけた軍隊とも呼べないものだった。

気性が荒いと言われたカム地方に住むチベット人は、武器を絶えず身につけていた。土地や財産を巡るトラブルで部族間の争いが度々あり、自分で身を守るしかなかったからだ。そのため中国がチベットに侵攻したときに、最も激しく最後まで反中共闘争をしたのもこの地方だった。

ランドクルーザーには長髪のチベット人が五人乗っている。四川省に入るまでオールバックにしていた髪をといたようだ。カム地方の若い男たちは古くから髪を伸ばす習慣がある。だが、この地域のチベット人にランドクルーザーを乗り回すような裕福な者はいない。

渓谷を縫っていた省道はやがて少し開けた平野を抜ける。ランドクルーザーは国道を外れて平原を疾走し南西の山に向かった。しばらくすると山裾が複雑に入り組む谷間の道なき道を進み、断崖に囲まれた場所で二台の車は停まった。よく見れば奥の方に数台のランドクルーザーが、枯れ草を絡《から》めたネットで覆《おお》い隠されていた。

男たちは車を降りると荷物を外に出し、次いで車をネットで隠した。身長一八〇センチはあるユンリと呼ばれる男は、リーダーらしく目つきが鋭い精悍《せいかん》な顔立ちをしている。

風で吹き飛ばないようにネットを岩に固定すると男たちは荷物を担《かつ》いだ。するとユンリが先頭に立ち拳を前に出し、進めの合図を送った。後ろに続く男たちは訓練された軍人のように一糸乱れずに歩きはじめた。

渓谷は徐々に狭くなり人一人がやっと抜けられるような幅になると、足下は冷たい水が流れる細い渓流となる。さらに進んで行くと谷は少し開け、男たちは取り付くように断崖を登りはじめた。よく見れば岩壁に幅二十センチほどの道があった。

十五分ほど登り続け渓谷を跨《また》ぐ五メートル近い吊り橋を渡り、男たちは岩山に囲まれた小さな村に入って行った。六十年前までこの地域を支配していたデルゲ王国には、大自然に囲まれたこのような村がいたるところにあった。

カムの男たちはゲリラを組織して、押し寄せる人民解放軍と勇敢に闘った。だが圧倒的に数の勝る人民解放軍の徹底した掃討作戦で、こんな辺鄙《へんぴ》な場所にある村さえも戦士ばかりか女子供関係なく殺戮《さつりく》され、村は略奪された挙げ句に火を放たれた。

村の跡地には日干しレンガで作られた家が何棟も建っている。近年になってから修復されたようだ。焼け焦げた壁の土台に真新しいレンガが積まれている。

五人の男たちが村に入ると家々からチベット人が大勢出てきて男たちを拍手で迎えた。二十人ほどですべて二十代の若者ばかりだ。

村に入ってきた男たちは、出迎えた男たちに手を挙げて挨拶《あいさつ》をした。拍手をしていた男の一人が笑顔で前に出た。身長は一七六センチほど、肩幅が広く手足も長い。精気のみなぎった若々しい男だ。

「キルティ、もう帰っていたのか?」

ユンリは出迎えた男に右手を差しのべた。キルティと呼ばれた男はチャムド地区のチュコルで二人の武装警官を襲撃したチームのリーダーである。

彼らは握手するわけでもなく軽く手を合わせた。古いチベット人の挨拶だ。

「参謀と一緒だったから仕事が早く終わったんだ。ユンリ、ゴルムドの仕事はうまくいったようだな」

「当然だ。今回の収穫は武装警官の〇三式自動小銃が三丁だ」

ユンリは得意げに話した。

「何! ということは武装警官を三人も始末したのか、掟は二人までだぞ」

キルティは悲鳴にも似た声を上げ、出迎えた他の男たちからもどよめきが起こった。

「知っている。二人だと思って襲ったら、離れたところにもう一人いたんだ。仕方がなかったんだ。だが、気付かれずに死体も始末した。問題はないはずだ」

ユンリは肩を竦めてみせた。

「すぐに報告した方がいいぞ」

「将軍は来ているか？」

「まだだ。それより参謀に報告するんだ。というか、すぐ謝って来い！」

「分かって……」

ユンリは言葉を切って、直立不動の姿勢になった。

すると他の男たちも振り返って姿勢を正し、動かなくなった。

一人の男が村の奥の家から出てきたのだ。身長は一七六、七センチ、サングラスをかけた顔は髭で埋もれていた。顔立ちはアジア系だが、チベット人とも少し違うようだ。

直立する男たちが次々と敬礼する中、髭の男は軽い敬礼を返しながらゆっくりと歩いてユンリの前までやってきた。ジョムダ県のチュコルで二人の武装警官を襲った男だ。

「ユンリ、報告せよ」

男は北京語を話した。

「参謀、ゴルムドで武装警官を襲撃し、〇三式自動小銃を手に入れました。誰にも気付かれることなく仕事を終えましたが、誤って三人の武装警官を死なせてしまいました」

ユンリは背筋を伸ばして報告した。

「貴様は、格闘技、銃の扱いが一番うまい。それに英語も話せる。だからこそここにいる全員のリーダーじゃなかったのか？」

参謀は英語で言った。北京語は苦手らしい。

「はい、そのつもりです」

ユンリが答えた瞬間、その巨体はバク転するようにのけぞって地面に叩き付けられた。参謀が目にも留まらないスピードでユンリの顎《あご》を掌底で殴りつけていたのだ。

「襲撃する敵は二、ないし一人だ。〝スタグ〟の掟《おきて》を忘れたのか！」

参謀が口調を変えて怒鳴《どな》りつけた。起立しているほかの若者すべての顔が引き攣《つ》った。

〝スタグ〟とはチベット語で虎の意味だ。ゲリラ部隊の名前らしい。

「すみません！　私の確認不足でした」

ユンリは急いで立ち上がって謝った。

すると参謀はユンリの腕をねじ上げた。

「……かっ、勘弁《ゆが》してください」

苦痛に顔を歪ませたユンリは悲鳴を上げた。すると参謀はユンリを軽々と腰投げで地面に叩き付けた。

受け身も満足に取れなかったユンリは、ふらつきながらも立ち上がった。

「少しのミスが命取りになる。三人目、あるいは四人目の男を取り逃がしたら、どうなる。おまえたちは逃げればいい。だが、報復を受けるのは地域の住民だ。中国人を一人殺せば、チベット人は百人殺されるんだぞ。忘れたのか！」

参謀は英語でまくしたてた。ほとんどの男たちは何度も同じことを聞かされているのだろう。通訳がなくても参謀の言葉に頷いてみせた。

「違う街で警官を襲うのは、単に武器を奪うためだけじゃないんだぞ。やつらが失踪《しっそう》したと見せかけるためだ。作戦の意味をよく考えろ。二度と命令に背《そむ》くな！」

「はっ！」

参謀の言葉に周囲の男たちも同時に返事をした。

「ユンリ、おまえのチームは全員腕立て伏せ二百回だ！」

ユンリと彼のチームの男たちは、すぐさま腕立て伏せをはじめた。

参謀はゆっくりと起立する若者の間を通って小屋に戻った。

恐怖に引き攣って いた男たちは姿勢を崩し、息を吐いた。

山岳の再捜索

一

米国陸軍第一特殊部隊デルタ作戦分遣隊、通称〝デルタフォース〟は、米国最強の特殊部隊と言われている。将来はデルタフォースの司令官と目されていた男、ヘンリー・ワットは藤堂浩志と出会い傭兵として彼のチームに参加する道を選んだ。

アフリカの作戦で部下を大勢亡くし、将来の希望を失いかけたことはきっかけに過ぎない。理由を挙げればきりがないが、悪を許さないという浩志の毅然《きぜん》とした態度、軍人としての行動力、そして何よりもワットも彼に命を助けられた一人なのだ。

ワットは浩志が行方不明になってからチームの仲間と行動を共にしていたが、この二ヶ月ほどは単独で動いていた。かつてデルタフォースの中佐として陸軍に所属していた現役時代に築いた軍やＣＩＡとのパイプを最大限利用し、米国が持つ中国の軍事情報を引き出そうと考えてのことだ。

一年前リベンジャーズがF二十二〝ラプター〟を回収し、ミサイルの爆破にも成功した功績は米軍で高い評価を得ていた。その指揮官である浩志が行方不明になったということで、協力が得られるのではないかという淡い期待もあった。

元の上官であり、デルタフォースの司令官でもあるジョナサン・マーティン大佐に最初に会った。だが彼は浩志が乗った爆撃機の情報を軍が掌握していないことを残念がっていた。

当時、軍はF二十二と秘密兵器であるミサイルの捜索を極秘に行なっていたために、大統領との関係が悪化していた。強奪されたミサイルを大統領命令でミャンマー北部で爆撃した時点で、軍は作戦から完全に撤退するように命じられた。それ以降はCIAが極秘に行動していたらしいが、軍は情報を遮断された。友恵の軍事衛星へのアクセスは、こうした政府と軍の衝突に巻き込まれて、強制的に切断されたようだ。

ワットは軍がだめならCIAから情報を得ようと、様々な知人と密かにコンタクトを取ってみたが、むかしの仲間は思いのほかクールだった。二ヶ月近く米国を飛び回り、知りうる限りのCIAのエージェントと会って嗅《か》ぎ回った。だが最近では常に何者かに尾行されるようになり、身の危険も感じはじめていた。

四日前の深夜、ワットはワシントンD・Cのホテルの地下駐車場でレンタカーから降りたところを数人の男に取り囲まれた。スーツを着た者もいれば、ウインドブレーカーにジーパンというラフな格好をしている者もいる。

「ハッシュパピーじゃないのか」

男たちはサイレンサー付きのグロック一九を構えていたが、ワットは両手を軽く拡《ひろ》げただけで動じなかった。

ちなみに〝ハッシュパピー〟とはS&WのM三九をベースにしたMK二二の愛称で、暗殺用の銃としてサイレンサーを装塡《そうてん》することを前提に開発され、軍の特殊部隊やCIAに納入されたものだ。

「今どき〝ハッシュパピー〟を使うやつはいない。私は別だがな、ワット」

ピンストライプのスーツを着た黒髪の男が背後から現われ、男たちに銃を仕舞うように命じた。身長は一七二センチほどでアジア系の瘦《や》せた男だ。銀縁のメガネをかけた鼻は高く、口髭を生やしている。

「ブライアン・リーか。探す手間が省《はぶ》けたぜ。今の中国に最も詳しいCIAの情報員はあんたしかいないからな」

ワットが指揮するデルタフォースのチームがアフガニスタンで秘密作戦を行ない、そのときに情報支援をしていたのがCIAの現地責任者であるリーだった。

「私のことを探していたようだが、はっきり言って迷惑だ。君とは一緒に仕事をしただけで友人ではないからね。だが、君は大統領の命を救ったという過去の栄光がある。粗末には扱えない。一緒に来てもらおうか」

リーが顎で近くに停めてある黒いベンツを指すと、他の男がベンツの後部ドアを開けた。

「殺すつもりじゃなかったのか？」

「それも選択肢の一つであることは事実だ。一緒に来れば分かる」

リーが再び顎で車に乗るように示すと、ワットはアイマスクをされて車に乗せられた。車は場所が特定できないように何度も方向転換をし、三十分ほど走って停車した。

「マスクを取って降りてくれ」

命じられるまま車を降りると、そこは窓もない薄暗い場所だった。広さは、二〇〇平方メートルはあり、天井は三メートルほど、壁は年季が入ったレンガ作りだ。空気が淀《よど》み湿気臭いところをみると使われなくなった古いビルの地下室なのかもしれない。

暗闇に目が慣れてくると、奥の壁際にソファーセットが置かれているのが分かった。天井のライトが点《つ》き、ワットは思わず手をかざした。

「ミスター・ワット、こっちに来てくれたまえ」

ソファーにスーツを着た黒人が座っていた。

「リーが、手荒な真似をしてすまなかった。私が誰だか知っているかね？」

黒人は立ち上がった。一八〇センチを超す長身で、黒ぶちのメガネをかけた精悍《せいかん》な顔立ちをしている。

「知っていますよ。ミスター・シャープトン。ホワイトハウスで見かけましたから」

男はデボルト・シャープトン、CIAの国家秘密本部のアジア担当局長だった。大統領主催のパーティーで、知り合いのCIAの情報員からデボルトは近いうちに副長官に昇格すると聞かされた。アジアとりわけ中国が重視されたことによる昇進なのだろう。

「さすがだね。君のように優れた軍人が年々少なくなっていくのが残念だよ」

デボルトは大きな掌を差し出し、ワットに座るように勧めてきた。

「君は、藤堂浩志という日本人の傭兵を探しているらしいね。彼の経歴を調べてみると驚いたことに君と同じく大統領の命を救ったらしいが、所詮傭兵に過ぎない。うちの局員を訪ね回るのは、彼が何か重要な情報でも握っているからなのか？」

CIAの幹部だけにワットの行動に興味があるようだ。

「私はだいじな友人を捜しているというだけで、他意はありませんよ。あなた方には分からないでしょうが」

ワットは苦笑混じりに首を振った。

「男の友情とでも言いたいのかね。人間の裏側を知り尽くした我々に、ジョン・ウェインが演じるカウボーイを信じろと言うようなものだな」

今度はデボルトが首を振ってみせた。

「一つだけ忠告しておこう。君が仲間と中国で無駄な捜索活動をしているのを知っている。だが我々の活動に支障を来《きた》すようなら、容赦《ようしゃ》なく排除するからそのつもりでいてくれ」

デボルトは抑揚のないしゃべり方をした。それだけに高圧的に聞こえる。

「活動に支障？　中国で何か作戦中なのか？」

ワットは右眉を吊り上げた。

「作戦など何もない。君が中国当局に目を付けられて逮捕されるようなことがあれば、我々は君を救い出すために政府から命令される。それが嫌だから言っているのだ。中国は、国連の常任理事国で今や世界の中心を気取る、非常識極まりない国だ。個人的にはあの国に反省を促すようなことをしてやりたいと思っているがね」

デボルトの言葉に感情が入っていた。よほど中国が嫌いなのだろう。

「今でも常任理事国は中華民国になっている。もとはと言えば、戦後のソ連と日本の台頭を抑えるためにルーズベルトが蔣介石《しょうかいせき》を担ぎ出したことが原因だ。まさか米国が支援する蔣介石が毛沢東《もうたくとう》に敗れるとは思っていなかったらしいがね。だが、中華民国が中華人民共和国に途中で擦り替わった。それも米国の裏工作があったからだ。今の中国は米国が作り上げたんじゃないのか」

ワットはデボルトの勝手な言い草に思わず皮肉を言った。

米国は長引くベトナム戦争で、北ベトナムに肩入れする中国と裏取引きをする必要があり、中華民国と距離をとった。そこで中国は一九七一年に友好国であったアルバニアを通じ、中国の正式代表は中華人民共和国であるという決議案を国連に提出して採決させた。そのため中華民国である台湾は、常任理事国に名を残したものの、国連に異議を唱《とな》えて脱退した。

「さすがに中佐だっただけに歴史にも詳しいんだな。君は米国市民として今後も尊重されるが、中国には入国できないようにすでに手配済みだ。どこの国からも入国はできない」

「何だと！」

ワットはスキンヘッドに青筋を立て、目の前のテーブルを叩いた。

「親切で言っているんだ。ありがたく思いたまえ。君のような勲章を沢山持つ元軍人が、中国から強制送還されるような無粋な真似をして欲しくないから忠告しているんだ。出国もチェックされることを忘れるな」

そう言うとデボルトは低い声で笑った。

アメリカン航空機のファーストクラスで、ワットはコーヒーを片手にニューヨークタイムズを読んでいた。間もなく飛行機は北京空港に到着する。

隣の席には傭兵代理店の中條修《なかじょうおさむ》が疲れた様子で寝ている。ワットはデボルトに忠告を受けた直後に、日本の傭兵代理店に偽造パスポートを手配していた。チベットにいる池谷と連絡を取った中條は迅速《じんそく》に対応してくれた。

ワットが米国ではなく、池谷が経営する傭兵代理店に直接登録した理由はここにあった。米国の傭兵代理店は、ＣＩＡと繋がりがあるからだ。

中條が三日後にパスポートを持ってシカゴ空港に現われると、その足で二人は北京行きの飛行機に乗った。チベットにいる瀬川から傭兵仲間全員に招集がかかったのは、ワットがシカゴ空港に到着するわずか二時間前のことだった。

二

瀬川と黒川は、車椅子に座った池谷を伴いラサ・クンガ空港から早朝の便で四川省の成都双流《そうりゅう》国際空港にやってきた。

ラサで防衛省情報本部の情報員と接触し、人民解放軍の極秘情報を得た後、池谷と日本に帰国する予定だった。しかし高山病と疲れで、まさか池谷が病人になるとは予想外の出来事だった。

瀬川が池谷の車椅子を押し、黒川が三人分の荷物を運んでいる。広いターミナルビルは人でごった返していた。大半が中国人らしく国内線の客なのだろう。

「だいぶ気分は落ち着きました。これなら一人でも帰れそうです」

ラサのホテルからほとんど口をきかなかった池谷が弱々しい口調で言った。

ラサ・クンガ空港の標高は三千五百六十五メートル、一方今いる空港は四百九十四メートル、それだけでも肉体に及ぼす影響は違う。

「あと一時間半もすればワットと中條が到着する予定です。中條がちゃんと日本まで送ってくれますよ」

一時間前にワットと中條は北京空港から国内線に乗り換えて成都に向かっていた。

池谷は大事をとって成都で一泊してから、中條とともに日本に帰る予定になっている。

だが瀬川はワットや辰也らとうまく合流できれば今日中に西寧に行きたいと考えていた。

「藤堂さんの捜索に一人でも人員は多い方がいいでしょう。中條も加えてください。彼は北京語が話せます。あなた方よりも適任かもしれませんね。私のことは心配しなくても大丈夫です。今日一日休めば、明日には目をつぶっても一人で日本に帰ってみせますよ」

池谷は冗談も交えて笑ってみせた。

「しかし……」

瀬川は墜落した現場に調査に行くため仲間を呼び寄せたことを池谷に昨日話している。反対されると思って事後報告にしたのだが、意外にも池谷は賛成し積極的な姿勢を示した。

「正直言って、捜索は一年で切り上げるように情報本部からは通達を受けていました。ですが、捜索は飽くまでも藤堂さんの行方が分かるまで続けましょう」

「社長」

瀬川は立ち止まり池谷の顔を覗き込んだ。

「美香さんを見て私は恥ずかしくなりました。一刻も早く藤堂さんを見つけて彼女が日本に帰れるようにしましょう」

池谷の言葉に瀬川は笑顔で頷いた。

「それより浅岡《あさおか》さんたちもここに来るのですよね」

池谷は腕時計を見た。時刻は午後四時二十八分になっている。

「確か四時十分着の国際線ですから、そろそろでしょう」

浅岡辰也ら日本にいる仲間も成都双流国際空港で合流することになっていた。チベットでの捜索にあたり、全員が衛星携帯を持っている。税関を通過すれば連絡が入るはずだ。

瀬川の携帯が鳴った。

「今どこにいるんだ？」

携帯から辰也の声が響いてきた。

「中国銀行の両替所の近くです」

「分かった。荷物を受け取ったら、両替所の前で会おう」

瀬川は携帯を切って池谷を両替所の近くまで押して行った。

「来ましたよ」

池谷は車椅子に乗っているため視線が低いはずなのに一番に声を上げた。

先頭に身長一八〇センチの辰也が大きなボストンバッグを担いで歩いている。その後ろは一八二センチの宮坂大伍《みやさかだいご》、一七八センチの田中俊信《たなかとしのぶ》、まるで背の順に並んでいるように一六七センチの加藤豪二《かとうごうじ》が続き、最後に一六六センチの寺脇京介《てらわききようすけ》がカートに大きな荷物を載せて押している。京介は一年前にミャンマー軍との戦闘で頭部に被弾し生死を彷徨《さまよ》ったが、奇跡的に復帰していた。

彼らは堂々とまっすぐ歩いてくるために周囲の人間が道を開ける。そのため車椅子に座っている池谷も辰也らをすぐに発見できたというわけだ。

これまで中国に揃って入国する際は、ラフティングのチームということで何度か行動していたが、今回は登山のチームということになっている。冬山の装備を持ってきたために荷物は多い。

「墜落現場に行けるそうだな」

池谷に軽く頭を下げると、辰也は瀬川に尋ねてきた。

「美香さんからの情報です。今なら行けそうです」

「それにしても、墜落した飛行機を中国の軍が調べてないとは思わなかったな。フライトレコーダーを回収すれば大きな手掛かりになる」

辰也は興奮気味に話した。

「翌日に起きた青海省地震のせいもあるのですが、中国では軍の事故機は回収しないこともあるようです。捜索や回収には経費がかかりますからね」

「なるほど。それにしてもワットはまだか。まさか今日は成都泊まりになるんじゃないだろうな」

辰也が苛立《いらだ》ち気味に自分の掌を拳で打ちつけた。

「ワットさんはあと一時間ほどで到着しますが、出発は明日ですね」

瀬川はそう言って池谷をちらりと見た。すぐにでも行きたいのは彼も一緒だった。だが中條が捜索に参加するとなると、池谷は単独で日本に帰らなければならない。休養をとれば大丈夫そうだが、今日のところは病人を一人でホテルに行かせられるものではない。

「瀬川、私をすぐに成都のホテルまで送ってください。往復四十分もあれば充分戻って来られます。あなた方はワットさんの到着を待って西寧まで行きなさい。今日行動すれば一日動きが早くなりますよ」

池谷は瀬川に毅然とした態度で言った。声にも力強い響きがあった。

「いいのですか?」

瀬川は笑みを浮かべて尋ねた。

「むろんです。黒川、全員のチケットをすぐに手配しなさい」

池谷は勢いよく腕を振り上げて立ち上がったかと思うと、すぐによろめいて車椅子に座り込み、辰也らの失笑を買った。

三

チベットの地方都市で中国人の警官を襲撃し、武器を奪っているグループはカム地方の山奥にある廃村をアジトとしていた。彼らはこの場所を〝ドゥルサ〟、チベット語で死の島と呼んでいる。不吉とも言える言葉は、ここでゲリラとして訓練を受ける者にとって特別の意味があった。

カム地方は、チベット語で四つの川と六つの山脈を意味する〝チュシ・ガンドゥク〟という別称がある。また〝チュシ・ガンドゥク〟は、人民解放軍によるチベット侵攻以来抵抗を続けているカム地方のカンパ族を、一九五八年六月にゴンポ・タシがまとめあげて作った抗中統一ゲリラ組織の名称でもあった。

このゲリラ組織がＣＩＡから様々な援助を受けていたことはあまり知られていない。

当時の米国大統領アイゼンハワーはチベットからもたらされる悲惨な状況に接し、一九五八年にＣＩＡに対して抵抗勢力を援助することを命じている。

　ＣＩＡの極東司令部はチベット人の特別空軍チームを作るためにカンパ族から六人の青年を選び出し、彼らを沖縄経由で空軍基地があるサイパンまで連れて行った。彼らは五ヶ月に及ぶ軍事訓練と諜報員としての猛訓練を受ける。だが、標高四千メートルの高地で暮らしていた人間が海抜数メートルの熱帯の島で訓練を受けるのだ、彼らにとってまさに地獄の特訓になった。そのため、彼らはサイパンを死の島〝ドゥルサ〟と呼び自らを叱咤《しった》激励し耐えぬいた。

　五ヶ月後、優秀な諜報員となった六名は、チベットにパラシュート降下して潜入し〝チュシ・ガンドゥク〟に加わり、ＣＩＡとの連携を保ちながら活躍した。だが、圧倒的な勢力の人民解放軍に敗退を続け、〝チュシ・ガンドゥク〟は、一九七四年にＣＩＡの支援が打ち切られたことによりさらに弱体化し、ダライ・ラマが降伏のメッセージを提示することにより消滅している。

　カム地方の若者を密かに集めて軍事訓練を行ない、チベット語で虎を意味する〝スタグ〟という名のゲリラ組織を作り上げたのは、タクツェル・トンドゥプという名の男で若者らからは将軍と呼ばれている。年齢は四十一歳、元僧侶らしくチベット語、北京語、英語も堪能だ。タクツェルは、半世紀も前に遠い海外の地サイパンが特殊任務を帯びたゲリラの訓練地だったことに倣《なら》って、山間の村を〝ドゥルサ〟と名付けた。

一方、参謀と呼ばれる男はアジア系外国人で英語を話し、北京語は片言しかできない。だが元軍人のようで武器や格闘技に通じ、〝ドゥルサ〟での実質的訓練はこの男が行なっている。ＣＩＡの情報員が昨年の八月に軍事顧問として村に連れてきたのだが、彼の経歴は若者らに教えられてはいない。

参謀は普段は無口で自らの過去を語ろうとはしない。またプライベートでは若者と接触することを避けているようで、誰も彼の素性を知らない。だが、訓練は厳しいが彼の軍事的知識および技量は豊富で、若者に絶対的な信頼がある。

ゴルムドで武装警官を襲撃したユンリのグループが〝ドゥルサ〟に戻ってきた翌日、村の広場ではいつものように厳しい軍事訓練が行なわれていた。

五人の男が村の広場で片膝をついて〇三式自動小銃を構えている。その周りでは二十人の男が彼らの訓練を見守っていた。

「撃て！」

参謀が命じると一番右端の男が引き金を引いた。すると参謀が銃口を薪《まき》で叩いた。男は姿勢を崩すことなくそのまま構えている。参謀は頷くと右から二番目の男の前に立ち、再び撃てと命じた。男が引き金を引くと同時に参謀は薪で銃口を叩いた。ところが男は叩かれた瞬間にのけぞって姿勢を崩した。

「馬鹿者！　脇をもっと締めろ」

参謀は英語で怒鳴り、薪で叩いて間違いを正した。

「すみません！」

左腕を叩かれた男は銃を構え直した。

銃を撃った瞬間の衝撃を再現するため、銃口を薪で叩いているのだ。むろん弾薬を節約するために行なっているもので、貧しいゲリラの訓練ではよくある光景だ。

「もう一度撃ってみろ」

男は引き金を引いた。今度は銃口を叩かれても姿勢を崩すことはなかった。

「よし、次、撃て！」

参謀は歩きながら命じ、最後の男まで指導すると若者たちの前に立った。

「弾丸は限られている。お前たちは半人前だ。撃つときは必ず狙って撃て。間違っても走りながら撃つな。弾を無駄にするだけだ。的外れな銃撃は威嚇《いかく》にもならない」

参謀の言葉に若者たちは大きく頷いている。

「参謀、質問があります」

ユンリが手を挙げた。彼は仲間からも一番優秀だと認められ、実質若者たちのリーダーだった。

「我々は警官を襲撃して武器をかなり調達しました。いつになったら銃を使うような大きな作戦に出られるんですか？　早く憎い中国人たちをチベットから追い出したいのです」

ユンリの言葉に若者らが奇声を上げた。これまで彼らは警官を襲うときは武器を使うことを禁じられていたのだ。

「静かにしろ！」

参謀は北京語で怒鳴った。

「おまえらが憎しみで闘うのは、仕方がないことかもしれない。だが、それは冷静さを失わせ、やがておまえらに敗北をもたらすだろう。兵士というものは冷酷であれ平常心を失ってはいけない。冷酷は残酷とも違う。戦闘力はアドレナリンでアップされる。憎悪も同じ効果があるかもしれないが、判断力を失わせるだけだ」

参謀は髭で埋まった顔を右手でさすりながら言った。

「参謀、お言葉ですが、ペマの祖父は人民解放軍に両腕、両足を切り落とされて殺されました。ガワンの祖母は犯された上に首を斬られて殺されました。キルティの父は公開処刑で殺されました。それでも人民解放軍を憎むなと言うのですか！」

ユンリは仲間の悲惨な過去を話して言い返してきた。

人民解放軍は近年までありとあらゆる残虐《ざんぎゃく》な行為をチベット人にしてきた。それは圧倒的な力を見せつけチベット人の反抗心を削《そ》ぐためでもあったが、共産主義で染まった彼らはむしろ、それを楽しんでいるようだと生き残ったチベット人は口を揃える。また現在でも、電気ショックを与える電気棒などの道具を使った虐待《ぎゃくたい》や拷問《ごうもん》は日常的に行なわれていると、亡命したチベット人からは報告されている。

「チベット人も五十年前人民解放軍に通じていた僧侶を石打ちにして、死体を馬で引きずり回したと聞く。憎しみは人間を残酷にするものだ。いつも言っているようにチベット人であることを忘れ、チームワークを乱さぬ一人の兵士になることを心がけろ」

「しかし、人民解放軍の悪魔の所業を忘れることなどできません」

ユンリの言葉に若者らは同意を示し、「憎しみこそ力だ」と口々に叫んだ。

「それなら憎しみを糧《かて》に闘うがいい。そして彼らと同じ餓鬼《がき》になるんだな。おまえたちも仏教徒なら輪廻《りんね》転生を知っているだろう。カルマ（業）によって人民解放軍の兵士に生まれ変わるかもしれない。生まれ変わってチベット人を笑いながら殺すのか？」

参謀は諭《さと》すように言った。

「人民解放軍の兵士に……」

ユンリは真っ青な顔になった。それまで奇声やブーイングを上げていた若者も肩を落とした。彼らは中国政府の政策により、チベット人としての教育をされていなかったが、チベット語と仏教の教えは将軍であるタクツェルから学んでいる。

「自惚《うぬぼ》れるといけないと思い、これまで言わなかったが、おまえたちは人民解放軍の兵士と互角に闘えるはずだ。そこで今日からは作戦に備えて、爆弾の取り扱い方を教える」

「参謀！　作戦に備えてとは、どういう意味ですか？」

ユンリが慌てて質問をした。

「言葉通りだ。軍事作戦がある。我々が行動を起こす時が来たのだ」

参謀はそう言うと唇をわずかに持ち上げて笑った。

「やったぞ、俺たちは闘えるんだ！」

若者らの歓声が爆発したように湧き起こり、谷間にこだました。

四

夜中に成都から西寧に到着した辰也らは寝る間も惜しんで準備を進め、翌日の夜明けとともに三台のランドクルーザーを連ねて市内のホテルを出発していた。

今回もガイドに王偉傑を雇っている。王自身が傭兵らの行動を理解していることもあり、今では頼りになる仲間のような存在になっていた。

一台目は運転を瀬川里見、助手席に黒川章、後部座席にガイドの王が乗り込み、二台目は田中俊信が運転し、助手席に浅岡辰也、後部座席に寺脇京介と急遽《きゅうきょ》参加した傭兵代理店スタッフの中條修が座っている。また三台目の運転は加藤豪二がし、助手席にヘンリー・ワット、後部座席に宮坂大伍が乗っていた。今回は冬山の装備で荷物が多いため、三台に分乗している。

二台目に中條、三台目にワットが乗っているのは彼らが北京語に堪能なためで、それぞれの車が緊急時に単独でも動けるように考えられていた。彼らはゴロク・チベット族自治州のアムネマチン山脈に墜落した中国軍爆撃機を捜索するために美香が住んでいる〝瑪沁〟に向かっている。

「瀬川さん、〝瑪沁〟に寄らないとまずいですかね」

無言で悪路を飛ばす瀬川に黒川が尋ねた。西寧を出発してから、すでに十時間が経過していた。池谷と来たときは中間地点の同徳に一泊したが、同徳は昼過ぎに通過し〝瑪沁〟まで十数キロという夕闇迫る山道を疾走している。

「できれば、美香さんには会わずに調査に出たい。彼女のことだから私たちが山に入ると言えば、必ず付いて行くと言い出すだろう。だが、〝瑪沁〟の公安警察に我々が山に入る計画を事前に伝えないといけない」

山に入る際には地元の公安警察に届け出が必要だと王から言われている。未届けで見つかった場合、その場で逮捕される可能性もあるらしい。

通常ならガイドと一緒に行動すれば問題ない。だが、チベット全域でこの一ヶ月ほど公安警察は詳細な届け出を義務づけているらしい。今回の行動計画に、登山という名目を書類に書く予定だが、王は許可が下りるか分からないとさえ言っていた。

「〝瑪沁〟で美香さんに会わないように祈るばかりですね。冬山と同じで危険かもしれませんから」

「届け出も必要だが、私たちにとってもいきなり山に入れば高山病になる可能性もある。街に一泊するのは避けられないだろう。逆に明日の朝、美香さんに会ってラサからの帰りだと言うつもりだ。病気になった社長とラサで別れ、我々は車を返すために戻ってきたと言えば辻褄《つじつま》が合う。辰也さんやワットさんたちは町外れのホテルを予約してあるから多分ばれないだろう」

姑息《こそく》とは分かっているが美香を危険な目に遭わせたくないと誰もが思っていた。

日暮れて間もない午後八時過ぎに〝瑪沁〟に到着した。だが辰也らが宿泊予定だったホテルに、予約したにもかかわらず満室だと断られてしまった。到着が遅いため客を入れてしまったのだろう。結局全員瀬川らと同じ、街の中心にある〝果洛賓館《ゴロク》〟というホテルにチェックインした。

ホテル内にある中華レストランで遅めの晩ご飯を摂り、瀬川らは九時過ぎに各自の部屋に入った。

瀬川は荷物を片付け、シャワーを浴びようとジャケットを脱いだ。

「……？」

ドアの外に微《かす》かな人の気配がする。

咄嗟《とっさ》にテントに使うペグを瀬川はバッグから取り出した。

ドアが微かにノックされた。

瀬川は左手でドアを開け、右手に持ったペグを背中に隠して構えた。

「なっ!」

廊下から黒いジャケットを着た女がすばやく部屋に入ってきた。身長は一七〇センチ近くあり、マフラーで顔を隠していた。女はドアを閉めながら人差し指を口の前に差し出すとマフラーを取った。

「美香さん!」

瀬川は思わず声を上げて慌てて自分の口を左手で覆い、右手のペグをズボンのポケットにねじ込んだ。

「大きな声を出さないで」

化粧気がない美香は眉間《みけん》に皺を寄せた。

「すみません。しかしどうして私がここに泊まっていることが分かったのですか」

瀬川は街に来ることも美香には伝えてなかった。明日夜が明けてから連絡して挨拶に行くつもりだったのだ。

「夏ならともかく、この時期に外部の人間が三台もランドクルーザーを連ねてきたら目立つわよ。私はこの街に一年近く住んでいるから情報網は把握している。このホテルの知り合いから、日本人が大勢チェックインしたと連絡を受けたの」

美香は元内調の腕利き特別捜査官だった。漫然とチベットの田舎《いなか》町に住んでいたわけではなさそうだ。

「もっ、もちろん公安に行動計画を知らせた後で、美香さんに挨拶に行く予定でした」

瀬川はチーム全員で来ていることを知られてしまい動揺した。

「まさか、アムネマチンに登山に来たなんて申請するわけじゃないでしょうね」

「まずいですか？」

美香にずばり言われて瀬川は戸惑った。ガイドの王も迷っていた。登山という名目は懸案だった。

「目的をもっとはっきりさせなければ、今の時期怪しまれるでしょうね」

「目的と言っても……」

まさか爆撃機の捜索とは言えない。瀬川は言葉を詰まらせた。

「それよりは高山植物の調査と言った方がいいかもしれないわね。まだ寒いけど確実に高山植物は育ちはじめているの。冬から春にかけての植物の生長を調査しにきたと言えば、それらしく感じるでしょう」

「季節外れの登山と言うより、植物の研究と言った方が現実味はありますね」

「でも、あなたたち無粋《ぶすい》な男の人たちが高山植物と言っても似合わないわよ」

瀬川は美香の持って回ったようないい方に思わずしまったと舌打ちをした。

「あなたたちを呼んだのは私だと公安に言ってあげるわ。この街の警察や役人の幹部に知り合いがいるの。私を高山植物の研究家だと思って、何かと便宜《べんぎ》を図ってくれるとてもいい人たちばかり。私が言えば怪しむどころか協力もしてくれるはずよ」

「はあ……」

すでに勝負はついたようなものだ。瀬川は力なく返事をした。

「午前中に公安に挨拶に行ったり、物資の補給で時間がかかると思うから、出発は明日の十時半。いいわね」

「よろしくお願いします」

瀬川は美香に念を押されて、いつの間にか頭を下げていた。

五

浩志が乗り込んだと見られる爆撃機は、〝瑪沁〟の北西六十八キロのアムネマチンの山中にある。そこまでのルートは〝瑪沁〟から車で雪山路を進み、西北西に八十キロの距離にある雪山郷という村から徒歩で北東に二十九キロ山中を歩くことになる。

昨年は春から夏にかけて、雪山郷の近辺に高地訓練をする人民解放軍の兵士が五百人規模で駐屯していた。また指揮官や教官クラスの兵士が雪山郷の宿舎を占拠していたため、捜索は断念せざるを得なかった。

午前十時、予定より三十分も前に出発することができた。朝早くにガイドの王偉傑が警察に行くと、すでに美香から連絡が入っていたらしく、申請などいらないと逆に言われたそうだ。彼女がいかにこの街に溶け込んでいるかがよく分かった。

街のはずれにある〝黄城商店〟の前で重装備の美香を乗せ、三台のランドクルーザーは街を出た。天気はどんよりとしており、標高が高いために雲のような霧が足下を流れている。雪山路は街を出るとすぐ未舗装の道路となり、しばらく視界が悪いため霧の中をのろのろと進んだ。

しばらくすると道は上り坂になった。そして霧が急速に晴れて薄日が射してくると、目の前の視界がぱっと開けた。

「おお！」

先頭車の運転をしていた瀬川が思わず声を上げた。はるか前方に真っ白に染まった山が忽然《こつぜん》と姿を現わしたからだ。

「チベット人が聖山とするアムネマチンよ。いつ見ても美しいわね」

助手席に座る美香も顔をほころばせた。

標高六千二百八十メートルのアムネマチンに向かって、西北西に六十キロほど雪山路を進む。途中で峰に沿って二十キロほど北上し、雪山郷に到着した。村は低層のレンガ作りの建物と工事現場の事務所のような建物が寄り添って建っている。

「ちょっと待っていてね」

美香が助手席から紙袋を持って飛び出し、一番大きな白い建物に入っていった。

「あれはこの村の役場です。車を置いていくにも許可がいるんですよ。私ならいくらかお金を渡します。どうせ、村の隅の原っぱにでも置いておけと言われるのがオチです。それにしても彼女は現地ガイド顔負けですね」

王が自嘲ぎみに笑った。

待つこともなく美香が建物から出てきた。

「三台とも役場の横にある広場に停めていいそうよ」

「本当ですか！　よくそんな場所に許可が下りましたね」

王が声を裏返らせた。

「大丈夫、この村には何度も来て村長さんとも仲がいいの。もっともいつも私が働くお店で買った缶詰のお土産《みやげ》は欠かさないけどね」

美香の案内で役場の隣に三台の車を停めた。

時刻はすでに午後の一時になっていた。村にはトイレも水道も電気もない宿舎はあるが、食堂などない。全員車の中で持参した缶詰で昼飯にした。味気ない食事に五分もかからない。傭兵たちはさっさと飯を終わらせ、車から荷物を降ろしはじめた。

各自、車の周りで荷物から装備を取り出す。雪こそ少ないが、念のために全員二重になっている重登山靴に履き替え、アイゼンは使わないと思われるがもちろん携帯する。

「途中まで私が案内するわ。急ぎましょう」

全員の装備が整うと美香が観光ガイドのように手を挙げて歩き出した。

浩志がいない〝リベンジャーズ〟は、副指揮官だった浅岡辰也がリーダーとなっている。辰也はすぐさまチームを整列させて美香の後に従った。

村のはずれでガイドの王が手を振って見送ってくれた。さすがにこの先は登山経験のない者を同行させるわけにはいかない。

雪山郷の村から西にアムネマチンの山頂へと続く道があり、爆撃機の墜落現場はちょうどその反対側になる。村から東は渓谷になっており、やがて黄河に繋がる川が流れている。この川に沿って東に向かうのだ。

谷間だけに標高は三千六百メートルほどとさほど高くはない。雪は積もっていないが、足下の拳大の石が滑りやすい。

悪路にもかかわらず美香はしっかりとした足取りをしている。彼女の後ろにはリーダーの辰也が付いていた。その後ろは戦闘中でもないので仲間は適当に並んでいるが、軍人らしくだらだらと歩く者はいない。

美香は時々後ろを振り返る余裕も見せる。後ろを歩く辰也は三十分ほどすると息苦しさを感じた。高山病とまではいかなくても高地で運動をすればどうしても酸欠になる。

「少し休憩しましょう」

一時間ほど渓谷を歩き続けたところで美香が小休止を告げた。仲間はみんな汗をかいているが、美香は汗もかかずに平気な顔をしている。

「美香さん、元渋谷の高級スナックのママとは思えませんね。俺たちより体力があるんじゃないですか」

辰也は美香が元内調の特別捜査官という正体を知っているが、水筒の水を飲みながら冗談を言った。

「一年もここととほぼ同じ標高の街に住んでいるのよ。誰だって鍛え上げられるわよ」

日に焼けた顔を綻《ほころ》ばせて美香は言った。

「出発するわよ」

腕時計を見ていた美香は号令をかけた。休憩はきっかり五分だった。浩志が作り上げた世界屈指の傭兵チーム〝リベンジャーズ〟の指揮を、美香が執《と》っているのだ。辰也は苦笑まじりにハンドシグナルで全員に前進と指示を出した。

小休止から二キロほど進んだところで美香は、命綱も付けずに崖を登り北側に続く渓谷に入った。

「気をつけて、ここの崖は滑りやすいから。なるべく間隔を空けて登ってきて」

先に登った美香が数メートル上から声をかけてきた。

「自分が次行きます」

達也が美香の後に続こうとすると、京介が割り込むように崖に取り付いた。チーム一、二を争う力自慢だけに勢いがある。

「危ない！」

京介は急いで登ろうとするあまり、足を滑らせて下の沢まで落ちた。幸い落差が三メートルほどで軽く腰を打った程度ですんだが、この男のどじは今にはじまったことではないので驚く者はいない。

「美香さんは、この道を熟知していますね」

全員が崖を登り終えると辰也は思わず、彼女を褒めた。

「実はこの崖から落ちて肋骨《ろっこつ》にヒビが入ってしまったことがあったの」

美香は肩を竦めてくすりと笑った。

渓谷は四キロ先で三つ又に分かれ、美香は東に向かう谷を選んだ。標高はすでに四千六百メートルを超えている。

やがて狭い谷は二百メートル四方の盆地のような場所となった。

「ここから現場までは十五キロの道のりよ」

美香はそう言うと盆地の中心にある、石を積み上げた場所まで小走りに向かった。そして何を思ったのか石を崩しはじめた。

「どうしたんですか？」

辰也をはじめ仲間も駆け寄り、彼女を手伝った。

「よかった。無事にあったわ」

美香は石の下に埋もれていたブルーシートをめくって安堵の溜息をついた。缶詰や水などの食料品が沢山埋められていたのだ。

「……」

誰もが言葉を失った。

美香はこの地をベースキャンプとするために、ここまで一人で食料を運んでいたのだ。量からすれば一度や二度ではないはずだ。しかも、秋から冬にかけて運んだようだ。今よりも過酷な環境下で、遭難することも恐れずにここまでやってきたのだろう。想像を絶する苦難の連続だったに違いない。

仲間は美香を尊敬の眼差しで見つめていた。ただ一人、京介が目もとを掌で隠し、感動の涙を流していた。見てくれは凶暴だが実は涙もろい男なのだ。

六

美香が食料を運び込んだアムネマチンの谷間に、傭兵たちはテントを張りベースキャンプとした。時刻は午後五時を過ぎているが日暮れまでは三時間近くある。

リーダーである辰也は、星座の位置から正確に位置を割り出すことができる能力を持った追跡と潜入のプロ〝トレーサーマン〟こと加藤を斥候《せっこう》に出し、残りの者は早い時間だがベースキャンプに留まることにした。

本来見知らぬ土地での単独行動は慎むべきだが、加藤の場合はずば抜けた身体能力を持つため、複数で行動させればかえって彼の足を引っ張ることになるからだ。

翌日午前七時に起床したチームは食事を終えると、夜が明けるのを待って出発した。先頭を加藤に任せ美香をほぼ真ん中にするように順番を決めた。すると京介が美香のすぐ後ろを歩くと言い出したので、それを許した。

チームの仲間なら誰でもそうだが浩志を命に代えても守ろうという気持ちがある。京介は浩志の恋人である美香を同じように守ろうとしているのだ。彼女が崖から落ちようものなら、一緒に飛び降りて彼女のクッションになることぐらいしてのけるだろう。

加藤はまるで何度も訪れたことがあるように未開の地を歩いて行く。昨日斥候に行かせたところ、墜落現場近くまで行ってきたようだ。

辰也は、いつも浩志がとっていたポジションに自分が今いることに違和感を覚えている。この一年の間にチベットには仲間を引き連れて四度訪れているが、その度にリーダーはこりごりと思うのだ。最悪浩志の死体を発見するようなことがあれば、辰也はチームどころか傭兵も辞めて、昔のようにバックパッカーとして世界中を放浪しようと思っている。

後ろに続く仲間がざわついた。

考え事をしながら加藤の足下だけ見て歩いていたために気が付かなかったが、左の崖下に飛行機の尾翼と思われる残骸が落ちていたのだ。

ベースキャンプからすでに十五キロ近く歩いている。岩が剝き出した切り立った尾根を歩いていた。そろそろ現場に着く頃だ。

「ここから下に降りて行きます。ザイルを付けた方がいいでしょう」

加藤の進言により各自が付けているカラビナにザイルを通した。

「頼んだぞ」

辰也は加藤の肩を叩いた。

加藤は背後を気にしながら尾根から足を踏み出した。辰也らも続いて降りた。傾斜は急で崖下までは百メートル近くある。足場となる崖に張り出した岩があるので確実に降りられるが、たまに浮き石があるために注意が必要だ。

「きゃっ！」

後ろで悲鳴が聞こえた。辰也は咄嗟《とっさ》にザイルを握り締めて岩壁に張り付いた。振り返ると美香が足を滑らせ両手で崖にしがみついている。

美香の前は宮坂、後ろは京介だ。二人とも彼女の身体をザイルで支持していた。

「大丈夫ですか、美香さん」

京介が呼びかけながら、身長一七〇センチの美香の右腕を摑んで一気に引き上げた。京介は身長一六六センチと小柄だが、チームの中では辰也と互角の馬鹿力を発揮する。

「ありがとう。寺脇さん」

美香はなんとか元の場所に戻れた。

「止めてください。京介で結構です」

京介は赤くなって頭を搔いた。

柄《がら》にもなく京介が照れるので一同の笑いを誘った。

崖を降りながら岩山に沿って東に進んだ。銀色の翼が眼下に見えた。さらに進むとその先に壊れた機体の先端部があった。尾翼部分は折れてなくなっているが、意外に飛行機の形状が分かる程度に残っている。もっともそれゆえに友恵の軍事衛星による探索で発見することができたのだ。

三十分後、無事に谷底に降りることができた。

「手分けして作業を進める。ワット頼んだぞ！」

辰也は仲間に指示を出した。

チームは二チームに分かれ、ワットには田中と瀬川に黒川、それに応援で急遽参加した中條を付けた。

時刻は午後一時を過ぎている。ここまで来るのに四時間近くかかってしまった。昼飯は各自作業をしながら食べることになる。また作業時間が三時間以上かかるようならこの場所にテントを張って一夜を過ごすことになるが、できればそれは避けたかった。

とにかくフライトレコーダーがあると思われる機体の後尾天井部分と、圧力隔壁に近い残骸を捜し出さなければならない。尾翼がここから百メートル近く後方にあったことは、崖の上から確認していた。ワットのチームが谷を戻り調べに行っている。

近くには爆撃機の大半の部分が残っている。胴体の後ろの部分を辰也と残りの者が調べることになった。

「爆撃機は爆弾を満載していたはずだよな。にしては爆発した形跡がない」

胴体の残骸を覗き込みながら宮坂が首を捻《ひね》った。機体には焼け焦げた痕《あと》が残っているが、それは火災の痕で爆発してできたものとは明らかに違っていた。

辰也も思いのほか機体がきれいに残っているので、おかしいと思いはじめていたところだった。

「そんな！」

美香の悲鳴にも似た声が谷に響いた。

辰也は頭から血の気が失せるのを感じながら、急いで声のした方に駆け出した。宮坂や加藤、それに京介も慌てて美香を探した。

「何のために……」

反対側の機体の陰で美香が地面に膝をついて泣いていた。

「どうしたんですか？」

辰也はわけが分からず恐る恐る彼女に尋ねた。

美香は無言で汚れた機体の側面をグローブで擦って見せた。

「一〇九六四だって！」

機体番号を読み上げた辰也は顔を真っ赤にして拳を握りしめた。浩志が乗り込んだH六爆撃機は、目撃した田中と加藤の話では、機体に一〇九九六と記されていたはずだ。

「一〇九六四！　なんてことだ！」

背後で叫び声が聞こえ、振り返ると加藤が放心状態で座り込んでいた。どうやら目の前の残骸は、浩志の爆撃機よりも以前に事故で墜落したものらしい。

「くそっ！　俺たちは違う機体を一年間も追っていたのか！」

爆撃機の残骸を辰也は思いっきり蹴った。何度も蹴った後でがっくりと肩を落とした。

「すまない、美香さん。俺らより何十倍も悔しい思いをしている人がいるのに」

辰也は土下座をして美香に頭を下げた。

「大丈夫。また一からやり直しね」

美香は気丈にも立ち上がり涙を拭《ぬぐ》った。

「ワット、撤収だ」

辰也は無線でワットに連絡を入れた。

飛行ルートの解明

一

今日チベットが中国によって侵略され不法に占拠されていることは、世界的に知られることとなった。だが、それはチベットが中国に実効支配されて半世紀以上が過ぎた近年になってからの話である。

この情報の遅れは侵略をされる前のチベット自身が鎖国政策をしていたことと、それを中国政府がうまく利用したことが大きい。だが、その他にもチベットの窓口のような存在だったインド政府、というより当時のネール首相の裏切りも起因している。

チベットのラサにはインド領事館があり、一九五〇年チベットに人民解放軍が大挙して押し寄せてチベット人を虐殺しているという報告をネールは逐次受けていたにもかかわらず、新興中国と共存を図りたかった彼は、世界のマスメディアに対してチベットでは何も起きていないと言い続けた。

一九五九年三月十六日、ラサに駐屯する人民解放軍は、ダライ・ラマ十四世の拉致、殺害とラサへの一斉攻撃を準備していた。それを知ったラサ住民は法王を守るために立ち上がり、またゲリラ活動をしていたチュシ・ガンドゥクは大挙してラサを目指した。

法王が夜中にラサを脱出する決心をした翌日の十七日、ノンブリカ宮殿に人民解放軍の砲弾が炸裂《さくれつ》し、市内はパニック状態に陥《おちい》った。もちろんこのときもネールは「ラサの騒動はまったくあてにならない」と嘘をついた。ネールは一九六二年にインドの北方を人民解放軍に侵略されるまで、愚《おろ》かにも中国は友人と思い続けていたのである。

わずかな随行員と家族を伴った法王は平民に扮装してラサを脱出し、ツァンポ川の対岸で待ち受けていた八万人のチュシ・ガンドゥクの軍勢に守られてチベットを脱出した。だが、一旦小康状態だったラサでは法王の脱出を知らない人民解放軍の一斉攻撃が二十日にはじまり、その日のうちに三千人のチベット人が女子供関係なく殺害された。その後も人民解放軍の攻撃は執拗《しつよう》に続き、何万人というチベット人が殺害され、ラサはチベット人の死体で埋め尽くされた。

この模様を中国では、チベット人は解放された喜びで中国人にカタを差し出して笑顔で出迎え、口々におめでとうと声をかけたと、一九五九年五月五日号の〝北京レビュー〟で報じている。こうした嘘の報道を聞かされてきた中国人がチベットを開発し、便利にしてやっているのにどうしてチベット人は文句ばかり言うのかと疑問を持つのは当然のことで、彼らの厚顔を哀れむしかない。

「将軍がお帰りになったぞ！」

カム地方の山奥にある武装勢力の基地〝ドゥルサ〟の見張りについていた若者が、声を張り上げた。

将軍と呼ばれるタクツェル・トンドゥプは、五名の部下を伴って村に帰ってきた。全員大きなバックパックを背負っている。

タクツェルは身長一七五センチ、痩せて締まった身体をしている。若者らとは違い、短い髪型をしてチベット人というよりも中国人のように見える。また、彼と一緒に行動していた五名の男たちもやはり髪を短く切りそろえていた。

村の家々からは若者が総出で出迎えた。

「参謀は？」

タクツェルが尋ねると若者らは暗い表情で首を横に振った。

「また調子が悪いのか」

溜息をついたタクツェルは担いでいたバックパックを手に持ち、村の奥にある家に一人で入った。

薄暗い部屋にはアルコールが発酵《はっこう》した異臭が充満していた。タクツェルは、しかめっ面をしてベニヤ板で覆われた窓を開けた。

参謀は粗末なベッドの上で破れた毛布に包《くる》まって横になっていた。ベッドの下にはジャックダニエルの空き瓶が転がっている。

「カンザキ、起きられないのか？」

タクツェルは咎《とが》める口調で尋ねた。彼はＣＩＡが連れてきた神崎健《かんざきけん》の意向により、若者らには本名は明かさずに参謀と呼ばせた。神崎が軍事顧問として厳しく訓練する上で、個人情報は必要がないと考えたからだ。

「帰ってきたのか」

神崎は窓からさす日差しに目を細め、吹き込んでくる冷気にぶるっと身体を震わせた。

「また調子が悪くなったのか？」

「昨日の夕方から例の頭痛が酷《ひど》かった。なんとかバーボン一本で片をつけてやったがな。今はまあまあだ。だがおかげで最後の瓶がなくなった」

神崎はベッド下にある空き瓶を持ち上げて、また転がした。

「頭痛の薬は〝タイガー〟から貰っているだろう。彼からも飲むようにいわれていたはずだ。なぜ飲まない」

「自分の身体を他人にとやかく言われる覚えはない。それよりも街に出たらバーボンを買ってきてくれ」

成都にあるＣＩＡの施設で逆行性健忘症、つまり記憶喪失と診断されて薬を一年分貰っていた。訓練期間の間はずっと飲んでいたのだが、飲めば確かに頭痛は和《やわ》らぐのだが気のせいか物忘れが酷くなる。そのためこの二ヶ月ほど薬の服用をなるべく控えていた。

「確かに君は腕利きの軍人だが、それにしてもどうしてＣＩＡは君のような……」

タクツェルは、言いかけた言葉を溜息で誤魔化《ごまか》した。

「アル中を寄越したのかと言いたいんだろう。俺はアル中じゃない。痛み止めを飲んでいるだけだ」

神崎は身体を起こしてベッドに座った。

「君は、参謀と呼ばれ、軍人として高度な知識と技術で若者から尊敬を受けている。だが、酒に溺れる君を私だけでなく彼らも残念に思っている」

「俺は別に尊敬されようと思ってはいない。上からの命令に従って鼻たれ小僧らを鍛えているだけだ。俺自身、今の任務をいつ受けたのか覚えていないんだ。そもそも普通なら任務遂行不能として帰還させてもいいはずだ」

神崎は吐き捨てるように言った。

「一年前に任務中の事故で記憶を失った君を、ＣＩＡは総力を挙げて捜し出したと〝タイガー〟から聞いているが、記憶のない人間が軍事的な知識や格闘技を忘れずに持っているというのは驚きだ。そのポテンシャルの高さこそ、彼が君を任務から外さなかった理由だろう」

〝タイガー〟とはどうやらＣＩＡ情報員のコードネームらしい。

「〝タイガー〟か。やつは俺の上司らしいが、正直言って気に食わない。俺が覚えているのは軍隊にいたときのことだけだ。その前後の失った記憶はあいつに埋め込まれた。海兵隊を辞めた俺は、ＣＩＡに雇われて東南アジアでゲリラの訓練を指導してきたらしい。あんたもあいつにそそのかされてゲリラ組織を立ち上げたんだろう。まさか坊主だったあんたが、軍人としての記憶を埋め込まれたんじゃないだろうな」

神崎は乾いた笑いをした。

「私は米国に亡命してチベット解放運動をしていた。亡命した時点で還俗《げんぞく》したんだ。もはや僧侶ではない。彼に言われたよ。ニューヨークの国連広場で叫んでもチベットは救われない。世界中の国が批判したところで、中国は何も変わらないからだ。本気で祖国を救済したいのならチベットで闘えと。目から鱗《うろこ》が落ちる思いだった。彼はそれから私を情報員として教育し、資金援助をした上に偽造パスポートを発行して中国に再入国する手助けをしてくれた。彼には感謝している」

タクツェルは自らの言葉に大きく頷いた。

「くだらん、昔話は聞きたくない。〝タイガー〟と成都で接触したんだろう？」

「我々のはじめての大きな作戦だ。打合せはしてきた」

タクツェルと五名の部下が髪を短くして中国人に扮装し、成都まで行っていた。

「そんなことはどうでもいい。作戦を遂行するのは俺たちだ。手に入れたのかと聞いているのだ」

じれったさに神崎は舌打ちをした。

タクツェルはバックパックを無言で神崎に差し出した。

神崎は中を覗き込んで不満げな顔をした。

「C四は、これだけか？　少なくとも三倍は欲しい」

「いや、この四倍だ。起爆装置も十個ある。作戦は遂行できるか？」

「はでに花火を上げてやろうか」

神崎はにやりと笑った。

二

四川省の成都双流国際空港のターミナルビル。発着口から乗客がコンコースにぞろぞろと出てきた。

キャリーバッグを引いた年寄りと派手なバックパックを担いだ身長一六〇センチもない

小柄な若い女が大きな荷物を載せた台車を押している姿は、人ごみの中でも異彩を放っている。一見祖父と孫ともとれるが、地味ななりをした男に付き添っている女は蛍光色のウインドブレーカーにつぎはぎのジーパン、バックパックもピンクと黄色のツートンカラー、否が応でも目立つ。

「社長、こっちです」

コンコースで待っていた瀬川が池谷と土屋友恵に手を振った。黒川と中條と一緒に出迎えにきたのだ。

「それにしても、無理にまた来なくてもよかったんじゃないですか」

瀬川が池谷を労《ねぎら》った。

池谷が体調を崩して日本に帰ったのはまだ六日前のことだった。四日前にアムネマチンの山中で見つけた爆撃機が、浩志の乗り込んだものとは違うことを美香と傭兵チームは確認した。その報告を瀬川から受けた池谷は友恵を伴って戻ってきたのだ。

「私は正直言って、美香さんに合わせる顔がありません。しかし直接謝らないことには仕方がないでしょう。もっとも謝ったところで彼女が無駄にした一年が返ってくるわけではありませんが、さぞかし私のことを恨めしく思っているでしょうね」

その言葉を聞いた友恵は深い溜息をついた。もとはと言えば爆撃機の飛行ルートを計算し、軍事衛星で爆撃機の残骸を発見したのは彼女だったからだ。

「美香さんはそんな人じゃありませんよ。彼女はその情報を頼りに、この一年間がんばってきたんです。生きる希望だったようです。我々がもっと確かな情報を得るようにこれからがんばればいいのです」

瀬川は池谷というより、友恵に言い聞かせるように言った。

「なるほど、そう考えれば幾分前向きな気持ちになりますね」

池谷は小さく何度も頷いた。

「おっ、おい」

瀬川が友恵にいきなり手を握られて狼狽《うろた》えた。長身の瀬川が屈《かが》んで友恵を覗き込むと、彼女は右袖で目頭を擦《こす》り子供のように泣いていた。

「私がいい加減な情報を出したばかりにみんなに迷惑をかけて……。それに美香さんがかわいそう」

友恵は普段感情をあまり表現しない。というより雑で男のようだというのが周囲の評価だ。その彼女が人目もはばからずに泣きじゃくる姿に居合わせた池谷らは、啞然としてしまった。それだけ思い詰めていたのだろう。

「土屋君、挽回するチャンスはいくらでもあります。新たな展開は必ずあなたの情報からはじまると信じていますよ」

池谷は友恵の肩をやさしく叩きながら言った。こんな人間味を見せる池谷も珍しいことだった。瀬川と黒川と中條の三人は互いに顔を見合せた。

四十分後、五人は成都市の人民南通りに面した四つ星のホテル〝岷山飯店《ミンシャン》〟の一室に入った。高級感あふれる室内には、ダブルベッドのほかに大型テレビ、洋ダンス、カウンター、窓際には四人掛けのテーブル席がある。打合せ用を兼ねて予約した池谷が宿泊するツインだ。

部屋に入るなり、友恵はバックパックのポケットからラジオを取り出して電源を入れた。

「大丈夫です。この部屋には盗聴器はありません」

友恵が出したのはラジオの形をした発見器だった。発見器を仕舞うと今度はノートパソコンを取り出して電源を入れた。彼女は中国にカメラマンとして入国している。出発まで三日しかなかったが、彼女は相当な準備をしてきたようだ。

「瀬川さんからの報告を受けて、再度昨年使用した軍事衛星を調べてみました。私は当時海軍の衛星を使用していたのですが、米軍がミャンマーを爆撃し、秘密兵器であるミサイルの破壊に失敗した直後から衛星の回線は閉ざされました。これは、ハッキングをしている私の存在がばれたためと思っていましたが、どうやら軍の衛星への回線が一時的にシャットアウトされたようです」

友恵は淡々と説明した。

「軍事衛星だから軍の回線を閉じるということは、使用不能にしたということじゃないのか」

瀬川は友恵の微妙な言い回しが気になった。

「ある意味そういう状態になります。回線が切られた理由は、軍が秘密裡に兵器の回収をしていたことに激怒した大統領が、軍の指揮権を一時的に停止させたためと思われます。しかし、軍に代わってＣＩＡが衛星を使って兵器の行方を追っていたようです」

「ＣＩＡか、大統領直下の情報組織だけにそれはありうるな。だとすればＣＩＡのサーバーをハッキングしたんだな」

友恵は世界でも屈指のハッカーだけに瀬川は期待を込めて尋ねた。

「残念ながら、記録はＣＩＡの本部にあるオフラインのサーバーに入れられているようです。さすがに本部に忍び込むのは無理ですから」

「おまえでも無理か」

瀬川は首を振って悔しげに膝を叩いた。

「それで私は軍事衛星のデータは諦めて、中国に情報があるのではないかと調べてみました。これを見てください」

友恵はノートパソコンの画面を見せた。画面にはチベットの地図があり、その上にいくつもの円が重なり合いチベットを覆っていた。

「これはチベットのレーダー網です。爆撃機が飛び立ったチャムドなら、当時の飛行コースの記録が残っているかもしれません」

「どうやってデータを手に入れるんだ」

「空港に潜入し、直接空港のサーバーにアクセスするほかないでしょう」

友恵はさらっと言ってのけた。だが、昨年チャムド・バンダ空港をパニック状態にしてやっと脱出した経験を持つ瀬川と黒川は、首を捻った。

「管制室に潜入するのは事だぞ」

「レーダーのデータは管制室にありませんよ」

友恵は口を開けて笑った。

「どこの空港でもレーダー室は別にあります。おそらく厳重なセキュリティに守られた管制塔の地下にでもあるはずです」

「厳重なセキュリティ！」

池谷と瀬川、それに黒川の三人が声を合わせた。

「大丈夫です。どんなセキュリティであろうと私が破ってみせます」

友恵は自分の胸を叩いてみせた。

三

チベット自治区の東部カム地方にあるチャムド地区には、標高四千三百三十四メートルと世界で一番高い場所にあるチャムド・バンダ空港がある。また標高が高いために大気が薄く、離陸時のエンジンに出力を与えるために南北に五千五百メートルという世界一の長さの滑走路を持つ空港でもある。

空港から地区の中心地チャムドの街までは百二十五キロ、車で三時間弱かかる。チャムドは西蔵地域では最大の都市でメコン川の最上流に位置し、メコン川支流が合流する三角地帯とその周辺が街の中心部になる。中心部の白い近代的な中国人住宅街にほど近い川のほとりに、この街では上ランクの〝昌都県《しょうとけん》ホテル〟がある。

辰也らは成都に池谷と友恵が日本から到着した翌日に成都双流国際空港から移動し、〝昌都県ホテル〟にチェックインした。

一行は、目立たぬように二組に分かれて市内観光を満喫し、地元の公安を欺《あざむ》くべく観光客を装った。

一組は辰也がリーダーとなり、瀬川、黒川、加藤、そして土屋友恵を加えた五人。もう一組は、ワットがリーダーとなり、宮坂、田中、京介の四人である。また、中條は〝瑪沁〟に住む美香に会いに行く池谷に付き添っているため、今回は参加していない。二チームに分かれることはあらかじめ決めていたために、王偉傑と彼の同僚の陸丹《リクダン》の二人をガイドに雇っている。

偉傑の父親であり旅行会社を経営している春来は、社員に反政府ネットワークのメンバーを雇っているため安心できる。

午後九時、ホテルの二階の友恵がチェックインした二〇一二室のドアを、辰也はノックを三回した後でさらに二回した。

ドアの隙間から友恵が顔を覗かせた。

「おっ、友恵ちゃん、入っていいかい」

辰也が冗談を言うと友恵はふんと鼻を鳴らし、ドアを開けると案内するでもなくさっさと椅子に座ってパソコンを膝の上に置いた。彼女らしい行動に辰也は苦笑を漏らした。

「どうだ？」

窓のカーテンを閉め、小さなテーブルで作業をしている瀬川と黒川に辰也は声をかけた。

「あと一丁組み立てたら、お仕舞いです」

瀬川は顔を軽く上げて答えた。

二人は四丁のハンドガンタイプの麻酔銃を組み立てていた。麻酔銃はガス圧式で弾は十二発装塡できる。麻酔弾は少量の薬液で即効性があり、一発で大人を数時間眠らせることができる優れものだ。

友恵は自分のノートパソコンでインターネットに接続している。もちろん衛星携帯を使用しホテルの回線など使用しない。中国のネットを使用すれば、五十万人とも言われるサイバーポリスに見つかる可能性があるからだ。

友恵はカメラマンとしてチベットに入国し機材を運び込んだ。もちろん入国の際には厳重に機材をチェックされた。麻酔銃はパーツを分解してカメラの三脚に隠すなど、違法な機具はすべて機材に紛《まぎ》れ込ませて通関した。

移動に飛行機を使うため、さすがに武器は持ち込めなかったが、最低限の装備として各自に小型の無線機と、潜入チームである瀬川らには麻酔銃が配られる。その他、追跡用に位置発信器や盗聴用のマイク、集音機など一通り情報員が使う道具も持ち込んだ。

空港に潜入するにあたって、辰也のチームをイーグル、ワットのチームをパンサーというつものコードネームで呼び、イーグルチームは空港に潜入、パンサーはイーグルのバックアップをすることになっている。ただしパンサーチームは素手のため、緊急時は空港を護衛する人民解放軍の兵士を襲撃するほか武器を調達する手段はない。

「あった！」

友恵が突然叫んだ。

大声を上げられて瀬川は麻酔銃のネジを落としてしまった。

「勘弁してくれ、友恵。ネジを落としてしまったじゃないか」

文句を言いながら瀬川は四つん這いになってカーペットの上を探しはじめた。

「設計図をやっと見つけたんですよ。これが興奮しないわけないじゃないですか」

友恵の言葉に辰也がパソコンの画面を覗き込んだ。そこには建築物の設計図が表示されていた。

「ひょっとして、チャムド・バンダ空港の管制塔の設計図か？」

辰也も興奮気味に尋ねた。

「ピンポン！　正解。空港の建設に携わったのがどこの建設会社かは分かっていたんだけど、そこの会社はネットワークが完備されてないので困っていたの。そこで重役の個人のパソコンを調べて順次に社員を辿《たど》り、設計技師のパソコンに辿り着いたわけ」

友恵は自慢げに語った。

「しかし、建物の構造が分かっただけでは、セキュリティは破れないだろう」

同僚としては彼女の能力にいまさら驚くことはないのだろう。瀬川はネジを探すためにベッドの下を覗き込みながら尋ねた。

「大丈夫ですよ。あの空港は中国の大手ＣＤＩテクノロジー社のシステムを導入しているから、対策は万全です」

「さすがだぜ。俺たちにも運が向いてきたかもな」

辰也は友恵の快挙を素直に喜び、拳を握りしめた。

「私たちには武器がないんだ。できれば中国兵の人員と配置も調べてもらいたいもんだ。くそっ！　暗くて何も見えないぞ」

ネジが見つからないために瀬川は苛ついているようだ。何度か覗き込んだ末に、彼は仕方なくベッドの下に腕を伸ばして手探りで探しはじめた。

瀬川の指先にネジの先なのか硬くてぎざぎざのあるものが当たった。

「これは……あったぞ！」

三分前の友恵のように瀬川は声を上げて、ベッドの下から腕を引っ込めた。

「げっ！　なんだこりゃ！」

瀬川は指で摘んでいたものを見るなり、悲鳴を上げて落とした。それは太く短いゴキブリの足だった。おそらく旅行者のバッグにでも紛れ込んだものがベッドの下で死んだのだろう。

「こんな高地にまでいるのか！」

カーペットの上に捨てたゴキブリの足を瀬川が忌々しそうに見ている。よくみると腕に鳥肌が立っていた。

「元空挺部隊の猛者《もさ》にも怖いものがあるのか。こりゃ、傑作だ」

辰也と友恵が顔を見合せて爆笑した。

四

午前二時六分、チャムド・バンダ空港の気温は氷点下まで下がった。チャムド市内は標高三千三百メートルで気温は一度だったが、空港は四千三百三十四メートル、千メートル高くなった分気温は低い。

傭兵チームリベンジャーズは、午後十時前にはチャムドを二台のランドクルーザーで出発。百二十五キロを走破し、午前二時に空港の近くに到着していた。

だが、空港はだだっ広い渓谷の荒れ地にあるため、周囲には人目につかずに車を停められるところがない。そのため、一キロ手前にある〝五十八道班〟という今では無人になった工事現場事務所跡に二台のランドクルーザーを隠し、徒歩で空港近くの高台までやってきた。

高台から空港までの距離はおよそ二百メートル。友恵が持ち込んだカメラの機材には、高感度暗視レンズがあるためにカメラを通して監視することができた。また、加藤を斥候として空港まで行かせて調べさせた。空港の周囲を警備する人民解放軍の兵士は十名、交代の人数も考えれば、少なくともその倍はいると考えねばならない。

兵士は短いカービン銃タイプの九五式自動小銃を持ち、ハンドガンは装備していない。九五式は発射速度が毎分八百発、重量は三キロを切るという優れものだ。

　十名もの兵士が夜間の警備に就《つ》いているのは、単にここが民間の飛行場でないことを物語っている。最近の中国はまるで民主国家のような振る舞いをしているが、軍事をすべてに優先させる〝先軍政治〟体制の北朝鮮となんら変わらない軍事国家なのだ。

　国内のあらゆる空港は戦略的に考えられ、街のメインストリートばかりか、高速道路までも緊急時には滑走路として使えるように設計されている。そのため中国の支配下にあるチベットの空港で、夜間に兵士が警備をしていてもなんの不思議もない。むしろ占領地にあるだけに、中国の内陸部にある空港よりも警備は厳しいかもしれない。

「管制塔の入口は、隣接する職員用ビルに通じる地下通路と外に直接出られる非常出口の二つ。管制塔は四層構造になっている。俺たちが潜入するレーダー室は、最上階の管制室の二つ下にある。夜間の発着がない空港だから、本来ならこの時間、レーダー室は無人のはずだが、この国のことだ。当直の職員がいるはずだ」

　辰也は友恵が調べ上げたデータをすでに頭に叩き込んでいた。ホテルを出発する前に簡単なブリーフィングはしてあるが、再度確認の意味も込めて全員に話している。

「管制塔への侵入は、非常出口が複数の警備兵から見える位置にあるために、職員用ビルの地下通路から入る」

「面倒臭い話だな。こんな小規模な空港を叩き潰すのはわけもないことだがな」

辰也の説明にワットが溜息を漏らした。

「まったくだ。だが、データを手に入れても、その後、チベット全土に間違いなく戒厳令が敷かれる。俺たちの目的は飽くまでも行方不明の藤堂さんを捜すことだ。観光客の振りをして捜索ができなくなったらお仕舞いだ。麻酔銃を使った場合は麻酔弾を残さないこと。潜入の痕跡も残したくない」

辰也が力説するとワットも深く頷いた。

「これで、俺たちをバックアップしてくれ」

辰也は二つの麻酔銃を自分のバックパックから取り出し、ワットに渡した。

「いや、潜入チームが四丁とも持つべきだ」

ワットは銃を押し返した。

「四人が全員この銃を使うようなら、作戦は失敗だ。むしろ外から脱出経路を確保してもらった方が助かる見込みはある」

「分かった。何かあればすぐ無線で呼び出してくれ」

再び渡された銃をワットは受け取り、チームの宮坂と田中に渡した。

「友恵、寒いのか？」

ノートパソコンを入れた黒いバックパックを担いだ友恵が震えていることに、辰也が気が付いた。潜入に備えて全員持ち物はすべて黒い物を使用している。もちろん発見されたときのことを考えて私服である。友恵も蛍光色のバックパックとは別にノートパソコンが入る小さなサイズのものを持っていた。

「誰か、私の頬をぶって。緊張して震えが止まらないの」

友恵は歯をがくがくさせながら言った。だが、いきなり叩いてくれと言われて周囲の男たちは戸惑った。

「よし、俺がやる。手加減するから心配するな。念のために歯を食いしばれ」

一番後方にいた京介が名乗り出た。

「分かった」

友恵が覚悟を決めて顔を突き出し、目を閉じた。

京介が彼女の頬を平手で叩いた。パチンといい音がして友恵は頬を押さえた。

「痛い！　何よ」

友恵は涙目でいきなり京介の股間を蹴り上げた。

「痛いじゃやない。京介の馬鹿！」

地面に転がって悶絶する京介に友恵は容赦ない罵声を浴びせた。どうやら効果があったらしく震えはぴたりと止まっている。

「京介が潜入チームでなくてよかったぜ」

辰也は思わず自分の股間を押さえて首を振った。

チームは見張りの手薄な空港の駐車場とは反対側に移動した。ワットのチームはここで待機することになる。

「頼んだぜ」

辰也はワットに軽く手を挙げた。

「任せろ」

ワットはにやりと笑って、四人の男と一人の小生意気な女を見送った。

五

チャムド・バンダ空港の施設は渓谷の平原に沿って作られている。東西に幅二百五十メートル、奥行き百五メートルのエリアに空港ビルや駐車場や管制塔のほかに、格納庫や救急隊の倉庫などの諸施設が収まっており、施設の北側が航空機を停めるエプロンおよびスポットとなっている。またエプロンのさらに北側に五十メートルの導入路があり、その先に長さ五千五百メートルの滑走路が東西に横たわっている。

空港ビルや駐車場など民間人が出入りできるエリアは西側にある。辰也らは格納庫がある東側から侵入した。駐車場がある西側は、国道からの導入路があるためか警備が厳重だったからだ。

格納庫から職員用ビルまでは小さな建物を隔《へだ》てて四十メートルほどの距離だ。辰也らは格納庫の裏側の闇に紛れてゆっくりと進んだ。二十メートルほど進むと格納庫から光が漏れている場所があった。通気口らしい。辰也は何気なく覗いてぎょっとした。

「こちら爆弾グマ、ピッカリ応答せよ」

辰也はすぐさまワットに連絡を入れた。

——ピッカリだ。どうした。

「驚くなよ。格納庫にJ十B戦闘機が一機ある」

——なんだって、〝殲撃《せんげき》十B〟か。それじゃこの空港は民間にカモフラージュさせた空軍基地なのか。

さすがのワットも驚きの声を上げた。

J十B戦闘機、中国名〝殲撃十B〟は旧ソ連のスホイSU二十七のライセンス生産機で複座式になっている。単座式のJ十戦闘機に比べ生産量は少ない。主に訓練用として使われているようだ。

「いや、それならもっと警備が厳しいはずだ。おそらく訓練途中でなんらかの故障をして止むなくこの空港に着陸したのだろう。格納庫には兵士はいないようだ。だが、油断はできない」

辰也はチームを格納庫の角で止めて辺りを警戒した。異常がないことを確認すると仲間の肩を叩いて次の建物まで走らせ、最後に自分も移動した。

施設は夜間用のオレンジ色の照明が要所に点いているが、闇に埋もれている場所も多いので警備の死角は随所にある。

職員用ビルは東西に長細いものが北と南に並んで二棟あり、辰也らは北側のビルに沿って進んだ。入口は北側の中ほどにある。この建物は空港関係者の宿舎になっており、建物の西側に管制塔に通じる地下通路がある。

建物のドアにロックはかかっていない。まさか兵士が警戒する空港に部外者が侵入するとは思っていないのだろう。辰也はドアを薄く開けて中を覗いた。廊下は照明が間引かれているようで薄暗い。それでも闇夜に比べれば輝いて見える。人の気配はない。廊下を見渡すと入口を中心にドアが廊下の両側に全部で三十ほどある。おそらく緊急時に軍を駐屯させられるように作ってあるのだろう。だが、今はほとんど空き部屋のはずだ。

辰也は加藤を先頭にし、一番後ろについた。この先は、潜入のプロである彼に先導させた方がいいと判断したからだ。

加藤は廊下の中ほどまで歩き、手招きをしてきた。辰也は足音もたてずに彼のところまで進んだ。すぐ前のドアが五センチほど開いており、中からうめき声が聞こえてくる。中を覗くと上半身裸のチベット人と思われる女がベッドに縛られており、下着姿の男が女の顔を容赦なく殴りつけていた。

加藤が立ち止まったのは、助けるかどうか聞きたかったのだろう。辰也は迷った。助けることはできるが、その場合、男は口封じに殺すほかない。殺せば潜入したことがばれてしまう。

「なっ！」

目の前のドアが突然開き、いつの間にか麻酔銃を持った友恵が部屋に乱入し、止める間もなく男に向かって麻酔弾を撃ち込んでいた。加藤の腰に挿し込んであった銃を背後から奪ったようだ。

辰也は部屋に飛び込み友恵から銃を取り上げ、仲間を中に入れた。

「ピッカリ。こちら爆弾グマ。緊急事態発生！」

辰也はすぐさま無線を入れた。

――どうした。アクシデントか。

「モッキンバードが敵兵を倒した。至急応援を頼む」

モッキンバードは友恵のコードネームだ。

――了解！

待つこともなくワットのチームが部屋に入ってきた。

「すまない、ワット。この男と女を取りあえず空港の外に連れ出してくれ」

辰也は床にだらしなく転がっている男とベッドの上で震えている女を指して、ワットに改めて状況を説明した。

傭兵代理店の先輩である瀬川が友恵を勝手な行動を取るなとかなりきつく叱ったため、彼女は部屋の隅で項垂《うなだ》れて座っていた。だが辰也は何も言わなかった。むしろ判断が遅く己の指揮官としての能力不足を恥じていたのだ。

「この女は、この男に街で拉致されたようだ。殺されると言っている」

ワットは服を着た女から事情を聞いて辰也に説明した。女は両目が塞がるほど殴られていた。部屋の壁には飛行服が吊るしてある。どうやら男は格納庫の〝殲撃十B〟のパイロットらしい。機が故障し修理を待つ間、街に出て悪さをしたようだ。

「それなら遠慮はいらんな。あとで始末しよう」

辰也はそう言うと、ベッドの脇に置かれていた中国酒の瓶の栓を抜き、ベッドのシーツに残らず振りまいた。酔っぱらって失踪したことにするつもりだ。

ワットらは男を担ぎ、女を伴ってビルから立ち去った。

十五分ほどロスをした潜入チームは再び行動を開始した。

廊下の突き当たりにロックがかかったドアがあった。カード型セキュリティーになっている。友恵はすぐさま自分のバックパックからパソコンとカード型の読み取り機を出し、セキュリティーボックスに読み取り機を差し込んだ。するとものの数秒でロックは解除された。読み取り機でこの空港のすべてのセキュリティー情報をパソコンに吸い上げ、彼女が開発した解析プログラムで解除したのだ。

ドアの向こうは高さが二メートル半、幅は二メートルの地下道になっていた。六メートルほど進むとまたセキュリティーボックスの付いたドアがあった。今度は友恵が読み取り機を差し込んだだけでドアは開いた。

ドアの内側の安全を確認し、辰也は拳を軽く前に出し、前進と合図した。

六

空港に潜入して二十分が経過した。

辰也らは非常階段を上り、管制室のすぐ下の機械室に忍び込んだ。管制塔は五階建てのビルに相当する高さがあるが四層構造になっており、下の一階と二階は吹き抜けになっている。管制室は高さがあればいいので部屋をあえて作らなかったのだろう。

機械室と言っても、配電盤などの電源装置と予備のパソコン類のほかは段ボール箱が積み上げられているだけで、どちらかというと倉庫のようだ。

瀬川が天井近くの壁にある換気ダクトのカバーを外し、両手を組んで中腰になった。すると瀬川の掌を足場に加藤がダクトの中に消えた。

しばらくすると加藤が、中からオーケーサインを出し、腕を伸ばしてきた。

友恵が加藤に助けられながら上り、最後に黒川がダクトに入って行った。

辰也と瀬川は三人を送り出すと電源装置や段ボール箱の陰に隠れた。二人とも一八〇センチを超す巨体のため、ダクトに入ることはとてもできない。送り出した三人の脱出口の確保をするために機械室に残ったのだ。

加藤は埃《ほこり》だらけのダクトを進み、一階下のレーダー室のダクトまで辿りついた。ダクトのカバーから部屋の中を覗き込むと、辰也の予測したとおり二人の職員がトランプゲームをしながら暇を潰している。深夜の発着などないためにすることがないのだろう。

カバーのスリットからテーブルを挟んで左に座っている男の首筋に狙いをつけた。微かな発射音をたてて男の首筋に麻酔弾が当たった。すぐさま右にいる男を撃った。だが、右にいる男は肩が凝っているのか、首を捻ったために麻酔弾は後方にあるレーダー装置に当たって、コツンと音をたてた。

男は異変に気が付き振り返った。加藤は麻酔銃を連射した。一発目はむなしく空を切り、二発目はなんとか男の右胸に当たった。男は軽い衝撃に首を捻るとそのまま腰を落として気絶した。

「あぶなかった」

加藤は額に浮いた汗を拭き取り、ダクトのカバーを外した。そして身軽に飛び降り友恵が降りてくるのを助けた。最後に黒川も降りると三人は作業に取りかかった。

加藤と黒川は気絶している職員から麻酔弾を抜き取り、テーブルにもたれ掛かっているように座らせた。これで目が覚めれば彼らはうたた寝をしたように錯覚するだろう。その間、友恵は壁際に並ぶ装置を一つ一つ調べた。

「これがタワー表示装置、これは通信システム、これが空港監視レーダーね。おかしいわね……」

友恵は監視レーダー装置の周りを調べた。

「この空港では過去のデータはとってないみたい。データサーバーを置いてないもの」

大きな溜息をついて友恵はその場に座り込んだ。

「諦めるなよ。何か方法はあるはずだ」

黒川が友恵の肩を摑んだ。

「ないものは、ないの。この空港は、ただその日の発着が安全だったらそれでいいと考えているのよ、きっと」

友恵は激しく首を振った。

「ちょっと待ってくれ。これはなんだ？」

レーダー装置の背面を覗き込んだ加藤が友恵に尋ねた。

友恵は重い腰を上げて装置の裏側に顔を突っ込み、装置から延びている配線が壁の中に消えているのを発見した。

「まさか！　私って馬鹿ね。サーバーは機械室にあるのよ」

友恵は機械室にパソコンが置いてあったことを思い出した。

「急いで戻れ。非常階段を使うんだ」

会話をモニターしていた辰也は、ダクトは時間がかかるため三人に非常階段から戻るように命令した。

「了解！」

レーダー室の出入口の近くにいた加藤がドアの近くにあるボタンを押した。

「だめ！」

友恵が声を上げたが遅かった。ドアの隣にあるセキュリティボックスが赤く点滅しはじめた。

「それは警備を呼ぶボタンよ。何しているの！　中国語が読めないの」

「馬鹿な！　てっきり開閉ボタンだと思ったんだ」

三人はドアから飛び出し、非常階段を駆け上がり機械室に戻った。

「友恵、すぐにデータをダウンロードするんだ」

辰也は友恵が部屋に入るなり命令した。

「ちょっと待って！　警報装置とエレベーターの電源を切るから」

機械室の配電盤を見て、友恵はブレーカーを次々に落とし部屋の片隅に置いてあったパソコンに向かった。

「やっぱりこれがサーバーね」

友恵はキーボードを叩いて笑みを浮かべ、パソコンにＵＳＢメモリを挿し込んだ。

「最初の警報は聞かれている。警備兵は数分で来るだろう」

辰也はエレベーターの表示が消えているのを確認し、加藤から麻酔銃を受け取り戸口に立った。

「非常階段を上がってきた兵士の銃を奪いませんか」

瀬川も黒川から銃を受け取り辰也の反対側に立った。

「銃撃戦になったら、ここの兵士を全滅させないと脱出は不可能だぞ」

辰也はそう言って舌打ちをした。

「ほかに方法はありますか。ここは袋小路と同じなんですよ」

「仕方がないな」

辰也は大きく息を吐いて同意した。

出口は下にある。もはや強行突破しかない。

——こちら、ピッカリ、爆弾グマ応答せよ。

ワットから無線が入った。

「爆弾グマだ」

——事態は把握している。すでに行動を起こしている。データをダウンロードしたら、すぐに脱出しろ。おそらく非常出口から出られるはずだ。

無線をモニターしていたワットに何か考えがあるようだ。

「どういうことだ？」

——まあ、見てろ。腰を抜かすなよ。

ワットは笑いながら返事を返してきた。

「データをダウンロードしました」

友恵がＵＳＢメモリをバックパックに仕舞いながら言った。

「友恵、ブレーカーを戻せ」

辰也が命じると友恵はすばやく電源を元に戻した。

「撤収！」

辰也は先頭に立って部屋を出た。下から兵士が上ってくる様子はない。

階段を降りはじめると外から激しい銃撃音が響いてきた。

「これは、重機関銃か」

事態はすでに最悪の状態だ。ワットのチームは、わざと発見されて警備兵を一手に引き受けているに違いない。警備兵を倒して武器を奪いワットらを助けに行かねばならない。

管制塔の一階にある非常出口から外に出た。出口は南側に面している。警備の兵士もいない。格納庫の方から重機関銃の音がまた聞こえた。だが気のせいか先ほどより音は遠くに聞こえる。

「滑走路の方か?」

辰也は急いで管制塔の反対側まで走って行った。

「何!」

辰也は機関砲を派手に撃ちながら滑走路に向かうJ十B戦闘機を発見した。戦闘機は蛇行しながらエプロンから導入路を横切っている。その後ろを何人もの兵士が走って追いかけている。

「脱出するぞ」

辰也らはわけが分からないまま警備兵とも遭遇せずに空港のフェンスを越えた。その途端背後で轟音を上げて戦闘機が夜空に向けて飛び立った。

——突っ立っていると敵に見つかるぞ。後ろだ。

無線にワットの声がした。

振り返るとワットのチームが二十メートル後方を走っている。救出した女も必死に走っているが、一名足りない。

「まさか……」

「ヘリボーイだ。最初は止めたんだがな。一度でいいから戦闘機を飛ばしたいという本人の希望を叶《かな》えたんだ。見事にやつは飛ばしやがった。しかも酔っぱらい運転の振りをしてな」

ワットは笑いながら近づいてくると、辰也の肩を叩いた。慌てて辰也はチームに前進を命じた。

〝ヘリボーイ〟こと田中俊信は、動くものなら何でも操縦するというオペレーションのプロで、水陸空と種類を問わない。

「田中は戦闘機だけは操縦したことはないと言っていたはずだ」

辰也は辺りを警戒しながらワットに尋ねた。

「俺もそう聞いていた。だが、それは戦闘機だけで民間のジェット機の経験はあるらしい。彼はJ十B戦闘機のコックピットを覗いただけで、すべての機能が分かったようだ。それで俺は許可したんだ」

ワットはまるで自分のことのように自慢げに話した。

「それにしてもいったいどこに着陸させるつもりだ」

「田中はチャムドの上空で脱出する。俺たちよりも早くホテルに着くかもしれない。念のために田中には位置発信器も取り付けておいた」

「だが燃料が尽きた戦闘機が、どこかに墜落する恐れがある。危なくないか」

もし街にでも墜落したら大惨事になる。辰也は浮かない顔で聞いた。

「大丈夫だ。その前に副操縦士が目を覚ますさ。田中は脱出前に自動操縦で一番近い昆明の空軍基地の方角にセットするらしい」

「副操縦士！　ひょっとして女を強姦《ごうかん》しようとした男のことか？」

「やつは誘拐と強姦だけじゃない。殺人未遂の罪もある。罪を償わなければならないんだ」

ワットは当然とばかりに言った。

「基地に女を連れ込むようなやつだ、おそらく初犯じゃないだろう。もっともここじゃ、中国人は罪に問われないがな」

辰也はワットの意見に賛成した。

「ともかく許可なく離陸したんだ、どこの空軍基地に着陸しても死刑だ。誰も第三者が操縦していたなんて思わないだろう」

「それもそうだ。これなら俺たちが侵入したことはばれないな」

辰也は改めてチベット人の女を助けられたことに安堵した。その反面、作戦をみごとに終わらせた仲間を見て浩志がいないことにむなしさを感じた。

「ちょっと、待って！　もう歩けない」

振り返ると、友恵が座り込んでいた。身体を鍛えていない彼女に標高四千三百三十四メートルでの作戦は厳しかったようだ。

辰也は苦笑を浮かべ、友恵を軽々と担いで歩きはじめた。

カム地方

一

神崎は呻《うめ》き声を上げて目覚めた。

窓をベニヤ板で塞いだ粗末な小屋は、すきま風が吹き込む。室温は外気とさほど変わりなく五、六度しかない。防寒用のジャケットを重ね着して破れた毛布に包まっても、ときとして寒さで眠れない夜もある。だが、神崎は額にうっすらと汗を浮かべていた。

毎日のように神崎は同じ悪夢にうなされる。姿の見えない敵に追われて闇の中を必死に走り、「逃がすか！」という恐ろしい声が背後から迫って来るのも同じだ。身体の自由は利かず、目の前に大きな爆発が起きて行く手を阻まれる。その途端、何者かに首を絞められ、目が覚めるのだ。

悪夢は記憶を失う前の作戦が関係しているのだろう。情けないことに軍隊にいた頃の記憶がうっすらとあるだけで、ほかは何も思い出せない。無理に思い出そうとすると頭痛がするだけだ。

神崎を発見して助けてくれたチベット人の話によれば、後頭部に怪我をしていたそうだ。おそらくそれが原因で記憶を失ってしまったのだろう。上司だというＣＩＡの〝タイガー〟の話では、神崎は日系の米国人で出身は米国のノースカロライナ州の田舎らしいが、身よりはないようだ。そのせいかふるさとのことを言われても帰りたいとも思わない。むしろ先祖の住んでいた日本に強く惹《ひ》かれる。〝タイガー〟からは作戦が完了するまで中国から出ることは許さないと命令された。もっともパスポートもないので身動きがとれないというのが現実だ。

記憶がない部分を〝タイガー〟が話して聞かせてくれたのだが、何を聞いても実感がわかない。あるいは彼が嘘をついているのではないかとさえ思う。だがもし本当のことなら失われた記憶は永遠に蘇らないのかもしれない。そう思うとむなしさと腹立たしさでやりきれなくなる。

皮肉なことだが、なんとか正気を保っていられるのは〝タイガー〟の命令に従い、チベット人の若者に軍事訓練をして彼らが成長する姿を見ているからだ。根っからの軍人なのだろう、闘うことで安らぎすら覚える。

神崎はベッドの下を無意識に右手で探っていた。指先に当たった感触に思わずにやりと笑って引き寄せた。だが、それはジャックダニエルの空のボトルだった。

「くそっ!」

頭を抱えてベッドに座った。

肩近くまで伸びた髪を掻きむしり、時おり邪魔になってハサミで適当に切る顎の髭を右手で触った。今の自分はだらしがないと思う。軍人なら髪を短くし、髭も毎日剃った方がいいことは分かっているが、気力がないのだ。

小屋のドアがノックされた。

「参謀、将軍がお呼びです」

チベット人の若者のリーダーであるユンリの声だ。

「分かった。今行く」

神崎は小屋を出て隣接する建物に入った。

将軍の建物は他の建物よりはひと回り大きいが、それでも十五坪ほどの小屋に過ぎない。だが、タクツェル・トンドゥプの寝室の他に二十名が座れる長椅子が置かれた大きな部屋があった。ここで彼は、若者らにチベット語を教えたり、仏教について語ったりする。若者らは作戦室と呼んでいるが、教室でもあり集会場でもあった。

作戦室の一番奥の椅子に座っているタクツェルは、入ってきた神崎を笑顔で迎えた。だが、神崎は不機嫌な顔でそれに応えた。

「朝早くからすまない。座ってくれ、カンザキ」

「いつになったら、出撃するんだ」

タクツェルの前に座った神崎は挨拶もせずに苛立ちを隠そうとは思わなかった。出撃するときはチベット人の若者を全員連れて行くことになっている。彼らの軍人としてのポテンシャルは高いが、精神的にはまだ不完全だった。

「待ってくれ。今回の作戦は飽くまでも次の作戦のための陽動作戦だ。タイミングが大事なことは君も分かっているだろう。我々の活動はゲリラの常識では考えられないことをしようとしている。もし作戦が成功すれば中国に大きな打撃を与えられる」

「分かっている。だが、作戦の遂行を延ばせば若者らの士気が落ちる。彼らは生まれながらの戦士だ。彼らを抑えることはだんだん難しくなっていく。そうなれば作戦中に彼らが暴発する可能性もある。俺が恐れているのはそこだ」

彼らは元来粗暴な性格なため、いつまで彼らを抑えていられるか分からなかった。

「暴発？　まさか、そのために軍事訓練をしているのだ。彼らも規律ぐらい分かっているはずだ。実際、彼らは君に対して従順だ。命令に背くとは思わない」

タクツェルは肩を竦めた。その仕草はいかにも欧米人くさい表現に見える。神崎は思わず舌打ちをした。

「あんたは、元は坊主だ。しかも米国の生活が長かったのだろう。この地の若者をよく分かっていない。それに兵士というものを理解していない。兵士は人を殺す。兵士はその屍《しかばね》を越えて行かねばならない。戦場は異常で狂気に満ちた世界なのだ。まともな精神でいろという方が難しい。だから厳しい軍事訓練をするのは、人を殺し、死体を見ても平気でいられるようにするためだ。兵士が戦場に耐えられなければ、自らの命を絶つか、あるいは暴走する」

「だから、彼らが暴走しないように君が訓練しているんじゃないのかね」

タクツェルは神崎の言葉に生唾を飲み込み、質問を返した。

「俺はあいつらにチベット人であることを忘れて、一人の兵士として闘えと常に言っている。だが、彼らの心には強烈な憎しみが宿っている。憎しみを制御し、彼らを真の軍人にするには数年かかるだろう」

「数年！　それでは遅過ぎる」

タクツェルは首を激しく横に振った。

「人民解放軍がポルポト派を訓練したように、短期間で殺人鬼を作れというのなら簡単だぞ」

神崎は右眉を吊り上げて言った。

カンボジアがポルポト政権だった時代、ポルポト派の兵士は三十パーセントから四十パーセントの国民を虐殺したと言われる。彼らを指導した中国の人民解放軍の将校たちはポルポト派の兵士たちに小動物を毎日殺す訓練をさせたそうだ。はじめ嫌がっていた兵士も最後には血を見ることを切望したという。こうして短期間で殺人鬼軍団は誕生した。人民解放軍はおそらく同じ方法を自軍の兵士にもしてきたのだろう。そうでなければ、彼らのチベット人にした数々の残虐な所業を理解することはできない。

「とんでもない。我々が彼らと同じことをしたら、我々に正義はなくなる。しかもカルマで来世にどんな罰を受けるか分からない」

タクツェルは身震いしてみせた。

「だから、逆に早くしろと言っているのだ。今なら俺の命令に彼らも従うだろう。……それに俺がまだ正気のうちにな」

神崎はぼそりと言った。

「冗談は止めてくれ。分かった。〝タイガー〟に状況を確認しよう。彼は作戦終了まで中国に留まるそうだ」

「そうしてくれ」

神崎は気怠《けだる》そうに立ち上がると振り向きもせずに部屋を出て行った。

二

美香はランドクルーザーのハンドルを握り締め、睡魔と闘っていた。

日本での愛車は赤いアルファロメオ・スパイダーだったが、今の愛車はゴロクの中国人から買った中古の九〇年式の三菱パジェロだ。チベットで四駆は常識で、欧米の四駆に比べて値段の手頃な中古の日本車はよく見かける。

美香のパジェロは年式が古い割に故障も少なくよく走った。まるで耐久レースのように彼女がひたすら車を走らせるのには理由がある。

二日前、日本に帰ったはずの傭兵代理店の社長池谷が社員の中條とともに訪ねてきた。一年前に池谷がもたらした爆撃機の情報が間違っていたことを、わざわざ謝罪に来たのだ。池谷は美香が誤報により一年も時間を無駄にしてしまったことを詫びたのだが、彼女にとってはもはやどうでもいいことだった。爆撃機の残骸が別の物だったことは確かにショックだったが、浩志が生きていることを否定するものではなかったからだ。

昨日の朝方のことである。時刻は午前八時、池谷から連絡が入った。傭兵チーム〝リベンジャーズ〟が、チャムド・バンダ空港のレーダー室に潜入し、爆撃機の飛行ルートのデータを盗み出すことに成功したというのだ。データの解析がすみ次第、再度捜索に移るらしい。美香はすぐさま準備を整え、〝リベンジャーズ〟に合流すべく池谷らと別れてゴロクの街を出た。

一人でチベット領域を移動するのには危険が伴う。中国人と間違えられてチベット人に袋叩きになる可能性もあるが、むしろ中国の公安、武装警官に理由もなく拘束される恐れがあるからだ。そのため、美香は日本を出国する際に正規のパスポートとは別に中国人の偽造パスポートと身分証明書を密かに作成し携《たずさ》えていた。

〝リベンジャーズ〟とは四川省西部の石渠《セルシュ》で待ち合わせをしている。彼らはチャムドから玉樹チベット族自治州を経由して石渠まで六百二十七キロを移動する。美香はゴロクからは同じく玉樹を経由して七百七十キロも移動するのだが、〝リベンジャーズ〟は飛行ルートの解析を終えてから出発するらしいので、どちらが先に着くかは微妙なところだろう。

午前六時、夜空にはまだ星が瞬《またた》いている。ゴロクの街を昨日の午前十一時過ぎに出発し、すでに十七時間以上経過した。食事は美香の下宿している雑貨店で買ったパンを食べながら運転してきた。途中休憩も入れたが一睡もしていないので疲れはピークに達しようとしている。

頭が一瞬ふらつきハンドルがぶれた。道路からはみ出しそうになり、美香は慌ててブレーキを踏んだ。車は一回転して後輪が道路からはみ出した状態で停まった。平原の道とはいえ道路から数段低い荒れ地に落ちたら、四駆といえども自力では戻れないかもしれない。悪路が多いチベットでよく見かける、打ち捨てられた四駆の仲間入りをするところだった。

「何をやっているんだろう、私は。若くはないわね」

美香はひとり言を言ってむなしく笑った。

元内調の特別捜査官だった彼女は、四年前まで防衛庁を私物化し、武器と麻薬の密輸組織も持っていた大物政治家である鬼胴巌の隠密捜査をしていた。そのとき偶然出会ったのが、凄腕の傭兵である浩志だった。

彼との出会いは美香にとってショッキングだった。浩志は鬼胴の部下を調べるうちに殺人罪の汚名を着せられて刑事を辞めたことを、美香は知っていた。その本人が狙撃されて彼女の車に助けを求めて乗り込んできたのだ、忘れられるものではない。

事件を通じて浩志と親しくなり、彼に命まで助けてもらった。そして、いつしか任務も忘れて彼を愛するようになっていた。

「歳？　……そうか、教えてなかったな」

美香は舌をぺろりと出した。出会ったときは、鬼胴の過去の犯罪に関係する人物松下由《まつしたゆ》実《み》に成りすましていた。彼女の年齢が二十八歳だったため、年齢を四つも誤魔化していた。苦労したせいで年齢より老けていると浩志には言ったが、彼は気にするわけでもなかった。ひょっとしたら、気が付いていたのかもしれない。そう思うと浩志に直接聞きたくなった。だが、会いたくても一年近く行方不明になったままだ。

以前も半年近く浩志は行方をくらませていたことがある。挙げ句の果て、ミャンマーで国軍との銃撃戦で死亡したというショッキングなニュースまで流れた。それは、浩志自身がミャンマーを脱出するために流した偽の情報で、浩志の命を執拗に狙う国際犯罪組織〝ブラックナイト〟の目を欺《あざむ》くためでもあった。それから再会した際、彼はもう二度と連絡を絶たないと約束してくれた。

「何か事情があるはずよ」

何度も自分に言い聞かせてきた。美香は一人で頷き、アクセルを踏んだ。

〝会いたい〟この言葉を胸に秘め、この一年がんばってきた。もし浩志が連絡できないような危険な状況に陥っているのなら、どんなことをしてでも助けるのだと美香は心に誓っていた。

道路脇に〝歇武鎮《けつぶちん》〟という標識が見えた。道なりに進む玉樹《ユーシュー》方面に向かう国道二一四号と、四川省石渠方面に左折する省道三〇七号が分岐する三叉路にある小さな村に着いたようだ。ここから石渠までは九十キロほどの距離だ。

美香はウインドーを下げて冷たい空気を車内に入れ、眠気を冷気で吹き飛ばした。この調子なら石渠まで一時間で着ける。そう思ってアクセルを踏み込んだのだが、三叉路の手前でトラックが列をなして前方を塞いでいた。二〇一〇年に起きた震災の復興で玉樹に向から車はトラックが多いのだ。

「あらっ?」

美香は最後尾のトラックの後ろで車を停めた。

十数台停められたトラックの先頭車を数名の武装警官が調べている。検問が敷かれていたのだ。

三十分ほど待たされて美香のランドクルーザーの番になった。美香はウインドーを開けて身分証明書を提示した。

「なんだ、中国人の女か」

証明書を確認した武装警官が横柄《おうへい》な口調で車内を覗き込んできた。チベット人ならそれだけで車から引きずり出すつもりだったのだろう。さすがに中国人が相手では手荒なことはできない。中国人の偽造身分証明書を作っておいて正解だった。

職務質問をしている男とは別の警官が、いやらしい目つきで美香を見ている。薄化粧だが彼女の美貌は群を抜いているのだ。

「何をしに玉樹へ行くんだ」

美香が一人だと確認すると男は口元をいやらしく歪《ゆが》めた。

「玉樹ではなく石渠で知り合いと待ち合わせをしています」

答えると男は別の警官とひそひそ話をはじめた。

「降りろ。この車は以前盗難の通報があった車と似ている」

美香は下唇を嚙んだ。彼らはあらぬ嫌疑をかけて金をせびるか、彼女の肉体を要求するに決まっているからだ。だが逆らえば公務執行妨害で相手に餌を与えるようなものだ。仕方なく美香は車から降りた。彼女の車の後ろには八台ほどバスやトラックが連なっているが、警官たちは気にする様子もない。

「まずはボディーチェックだ。両手を上に挙げろ」

いやらしい目つきの警官は、わざとらしく美香の身体を触りはじめた。

「ルー・チェン！」

前方から美香の偽の身分証明書に使っている名前が呼ばれた。辰也らと行動をともにしているガイドの王が、検問の向こうに停車している車から降りて走ってきた。彼らとは待ち合わせをする際に偽名で行動することは伝えてあった。

「何だ、貴様は！」

警官は王に対しても高圧的な態度を取った。

「彼女の友人の王偉傑です」

王はすばやく身分証明書を提示した。

「ガイドか」

警官は鼻で笑い、明らかに侮蔑する態度を示した。

「彼女に仕事を手伝ってもらっています。日本人観光客を連れて石渠のセルシュ寺を見学した後、玉樹の人民政府の書記官を表敬訪問する予定になっています。何か問題でもありますか」

王は咄嗟《とっさ》にでまかせを言った。

「書記官！」

警官らは目を丸め、互いに顔を見合せた。

「はい、午後にお仕事の合間を縫って会っていただけるそうです。遅れたくないのですが」

王は調子に乗ってストーリーに脚色をした。

「……私たちは仕事に対して忠実なだけだ。さっさと車を出せ」

警官らは苦虫を嚙み潰したような顔になり、白々しい言い訳をした。

美香は警官らを睨み付けながら運転席に戻り、車を出した。

「ありがとうございます。それでは私のツアーの客も通させていただきます」

王は警官に有無を言わさずに、後方に停車していた辰也らが乗った三台の車を手招きして検問の前を通り抜けた。

三

青海省玉樹チベット族自治州玉樹県は、二〇一〇年四月十四日マグニチュード七・一という大地震により、三千人近い死者と一万人あまりの負傷者を出し、家屋の九十九パーセントが倒壊するという大被害を被《こうむ》った。このとき、いち早く住民の救済に駆けつけたのは周辺に住む僧侶で、被災地では紅色の衣をまとった彼らがいたるところで献身的に働いた。このときの模様はいち早くネットで全世界に配信され、危険を顧《かえり》みず被災者を救助する彼らの姿は感動的であった。

中国政府も人民解放軍や武装警官など五千人規模の部隊を投入したが、彼らは慣れぬ高地の活動で次々と高山病に倒れ、かえって被災地のお荷物になるありさまだった。その間も僧侶たちはチベット人や中国人にかかわらず救助活動を続けた。だが、十六日、温家宝《おんかほう》首相が中国のメディアとともに現地入りすると、僧侶らは被災地から軍や武装警官により遠ざけられた。ニュースで流れる映像では救助をしている主体が中国人でなくてはならないからだろう。こうして温家宝首相が中国人の被災者を励ます姿は、日本のニュースでも流された。またこのときの活動により温家宝は人気を得ることとなった。

その後、被災地には世界から救援の手が差し伸べられたが、日本から救助に向かったボランティアの車も玉樹の手前で検問を受け、チベット人僧侶が隠れていないか調べられたそうだ。中国政府は被災者が僧侶に感謝の念を抱くことを恐れたのだろう。また、なぜかネット上に流された僧侶の救出活動の写真はその後ホームページごと、次々と削除されていった。

玉樹チベット族自治州に隣接する四川省西部でも被害は受けたが、百五十キロほど離れた石渠は最小限の被害に止《とど》まった。

石渠はゲルク派最大の僧院セルシュ寺があるものの、省道と交わる三百メートルほどのメインストリートにホテルやレストランが点在するに過ぎない小さな街だ。

午前十時、石渠に到着した美香や傭兵チームは街の中心にあるホテル〝石渠賓館〟にチェックインし、最上階である三階の一室に美香と辰也、瀬川にワット、それに友恵の五人が集まった。ベッドの上に友恵のノートパソコンが拡げられ、画面にはいくつかのポイントと緑色の線が引かれている。

「藤堂さんが乗り込んだH六爆撃機は、チャムド・バンダ空港を十八時四十二分に離陸しました。爆撃目的地である海北チベット族自治州の〝第九研究所〟に向けて進路を北北東に進んでいます」

友恵はチャムド・バンダ空港のレーダー室から盗んだ飛行コースのデータを、パソコン上に再現して説明しはじめた。

「爆撃機は時速七百八十キロで飛行していましたが、なぜか二十二分後に大きく右旋回をはじめます。原因は分かりません。爆撃機は秘密作戦中だったため、通信は一切していなかったようで、このときの状況がメカ上のトラブルなのかも分かりません」

当時、手錠をかけられていた浩志は監視の銃を奪って機内で一瞬だが激しい銃撃戦になり、別の監視が乱射した弾丸が操縦装置を破壊していたのだ。

「この旋回をはじめた場所は、ここから近いわね」

説明を受けている美香は、画面上の線と方角を見て言った。

「この画面だけで判断するとは、さすがですね」

友恵はコースデータに地図を重ねて表示させた。

「石渠の東三十一キロの地点です。爆撃機は最終的に三百十度旋回し、十八時五十九分二十六秒、旋回した地点から四十八キロ南南東に進んだところでレーダーから消えています。空中で爆発したのか、急に失速して墜落したのかは現時点では調べようがありません」

「レーダーから消滅する直前の高度は？」

「七千九百メートルです」

「墜落したカンゼ・チベット族自治州の標高はせいぜい四千から四千四百メートル、高度が下がった時点でどこかの山にぶつかった可能性はない？」

美香は矢継ぎ早に質問をした。

「レーダー波の障害物となる山はありません。旋回しながら徐々に失速はしていたようですが、突然消えるとなると……」

友恵は言葉を濁した。

「空中で爆発したと考えた方がいいということね」

美香は意外にもあっさりと結論を言った。

「レーダーから消える寸前の気象状況は？」

「氷点下二度、北西の風十一メートル、雨量は〇・四ミリです」

「旋回をはじめてレーダーから機影が消えるまでの所要時間は？」

「三分二十八秒です」

美香は地図を睨みながら腕を組んだ。

「あなたたちは、どう考えているの？」

二人の問答を傍で見ていた辰也らに美香は尋ねた。

「可能性としては、藤堂さんがコックピットに潜入し、操舵システムを破壊した上で手榴弾を機内に投げ込んでパラシュートで脱出したのじゃないかと俺たちは考えています」

代表して辰也が答えた。

「そうね。時限爆弾を持っていなかったとしたら、そう考えるのが妥当《だとう》かしら。……ただ彼が未だに連絡をしてこない明確な理由はどこからも導き出せないわね」

　連絡ができない理由として浩志の死を除外すれば、中国側に拘束されているか、連絡不能な怪我をしているかのどちらかだと美香は思っている。

「空中爆発したと考えた場合、機体はかなり広範囲に飛び散っているはず。機体の捜索をしても意味はなさそうね」

「私もすぐに軍事衛星で近辺を調べてみましたが、見つけることはできませんでした」

　友恵は美香の推測に驚きつつ答えた。

「重要なのは、旋回をはじめてレーダーから消えるまでの三分二十八秒間の彼の行動だわ。もし脱出する寸前に手榴弾を使用しているのなら、その脱出した時間は、手榴弾の起爆クリップをはずして爆発するまでの五秒を引いた十八時五十八分二十一秒、おそらく誤差は数秒もないはずよ」

　美香は浩志の脱出した時間を言い当てた。

「美香さんは、まるで戦略家のようですね。我々はチャムドで友恵の解析結果を分析して同じ答えを出しました。そこでレーダーから機影が消えた五秒前を藤堂さんの脱出した地点と仮定し、北緯三十二・六四度、東経九十八・七八度の七千九百メートル上空からパラシュートで落下したものと考えました。風向きと風力等も考慮した上で我々はこの地点から半径五キロをまず捜索し、徐々に捜索範囲を広げればいいと思っています」

辰也はパソコンの地図を拡大し、石渠の右隣を指先で示した。

美香は地図を食い入るように見つめ、ゆっくりと頷いた。

四

翌日、捜索場所を告げるとガイドの王偉傑と陸丹は難色を示した。というのも王はチベット人のハーフでしかもチベット語が話せるが、陸は漢人でチベット語もあまり話せない。捜索する場所はいずれも山深い場所になり、中国人はほとんど住んでいない。しかも体格がよくもっとも気性が荒いと言われるカンパ族が住む地域のため、陸が中国人と分かれば襲われかねないと言うのだ。

「この地方はチベット仏教のゲルク派が盛んな地域です。僧侶を道案内に雇えば安全は図れます。幸いここは四川省ですので、公安にいちいち届け出は必要ありませんし、ガイドが一緒でなければいけないというわけでもありません。陸を石渠に残して行動しましょう。知り合いの僧侶に相談してみます」

土地をよく知る王がアイデアを出してきた。

一時間後、王が連れてきたカンパ族の僧侶は、ソナンヅッパという名で年齢は二十七歳と若いが、子供の頃出家しているため僧侶として二十年以上のキャリアを持つらしい。また一八二センチと、辰也と変わらない立派な体格をしていた。行方不明の日本人を捜していると相談を持ちかけたら、快《こころよ》く引き受けてくれたそうだ。

美香と傭兵チームは新たにガイドとして加わった僧侶と、三台のランドクルーザーを連ねて省道二一七号を東に向かった。体力的な問題から、友恵はホテルに残った。また車が多くなるため、美香のランドクルーザーもホテルに置いてきた。

省道を三十キロ東に進んだところで道から外れて北に向かう渓谷に入った。小さな川を渡り、その上流に向かって東へ進んだ。僧侶のソナンヅッパの話では十四キロ先に村があるという。

辰也は詳しい事情は話せないため、爆撃機が爆発した地点を記した地図を見せ、友人が小型飛行機で遭難したところだとソナンヅッパには説明してある。そのポイントに一番近い村に向かっているらしい。

岩が迫り出し凹凸《おうとつ》の激しい谷底を八キロほど進むと、直径四メートルはありそうな岩が行く手を塞いでいた。昨年の地震で崖の上から落ちてきたそうだ。一行は止むなく車を置いて徒歩で進んだ。

山に入るため美香や傭兵たちはトレッキングブーツを履いて羽毛のジャケットを着るなど重装備だが、先頭を行くソナンヅッパは紅色の僧侶の衣にサンダル履きという、まるで寺から散歩にでも出かけるような格好だ。しかも石や砂利の悪路をかなりのスピードで進む。そのため歩きはじめて一キロもしないうちにほとんどの者は息が上がってしまい、小休止を取ることになった。

時刻は午前十時八分、石渠の街を出発して一時間経っていた。標高四千メートルで高山病になる者は誰もいないが、酸欠で運動量はさすがに限られる。

美香は僧侶にチベット語で尋ねた。

「一年前の四月十三日の日が暮れて間もない空に何か見ませんでしたか?」

「私は修行僧ですので、夜に外を出歩くことはありません。だから夜空にと言われても困ります。これから行く村の人に尋ねるといいでしょう。それにしてもあなたは日本人というが、チベット人のようですね」

美香のチベット語はたどたどしいがちゃんと伝わった。彼女はこの一年、チベット人に個人講師を頼んでチベット語の学習にも励んできた。

休憩を取った一行はすぐに出発し、入り組んだ渓谷を進んだ。東に向かっていた川は蛇行して、いつの間にか北に向かっていた。景色はどこを見ても大きな岩石と茶色い剝き出しの土だ。丘の上には山奥にもかかわらずタルチョがたなびいている。丘といっても四千四百メートルはあるだろう。チベット人の信仰心の深さがうかがわれる。

「着きましたよ」

ソナンヅッパは少し開けた谷で立ち止まった。丘の中腹にレンガで作られた小屋が数軒あり、その周りにヤギやヤクがのんびりと寝転がっている。人の姿は見えないが、煙突から煙が出ている小屋もあるので無人ではないようだ。

ソナンヅッパは家々を回り、村人を十人ほど集めてきた。赤を主体としたカムの民族衣装を着て、髪に布を絡《から》めている者もいる。彼らは村を突然訪れた大勢の外国人に驚くとともに好奇の目を向けてきた。だが僧侶が連れてきたということで歓迎されているようだ。

辰也らは、行方不明になった友人を探しているので質問に答えてもらうように、ソナンヅッパに頼んだ。

「この中で一年前の四月十三日に夜空で何か見た者はいますか?」

まるで学校の先生のようにソナンヅッパは村人に尋ねた。すると村人は口々に何かを言いはじめ、そのうち口論になった。

「どうしたんですか?」

それを見ていたガイドの王がソナンヅッパに尋ねた。こういう場合、現地の者に任せた方がいい。美香も辰也らも黙って成り行きを見守った。

口論している村人をソナンヅッパは落ち着かせて一人一人事情を聞いた。

「大地震の前日の夜空に、ある者は〝ヤマンタカ〟を見たと言うし、ある者は〝パルデン・ラモ〟を見たと言います。彼らは自分たちの信ずるチベットの仏教神話と同じ現象が起きたのだと主張しているのですが、両者の性格が違うために口論になったのです」

ソナンヅッパはとりとめもない村人の話を要約した。

〝ヤマ〟という死を意味する好色な怪物を殺すために曼珠珠利菩薩《まんじゆしゆりぼさつ》が〝ヤマンタカ〟と呼ばれる九つの頭を持ち、焔《ほのお》を吐く恐ろしい姿に変身したと言われている神話がチベットにはある。

村人は、〝ヤマンタカ〟に殺されて地獄の番人となった〝ヤマ〟が再び地上に現われそうになったため〝ヤマンタカ〟が現われて夜空に焔を吐いたのだという。翌日の大地震は、焔に焼き尽くされて〝ヤマ〟が暴れたせいだと彼らは考えているようだ。

一方、〝パルデン・ラモ〟とは、ダライ・ラマの個人的守護神で平和時には美しい姿をしているが、危難が起きると燃え立つ髪をたなびかせた恐ろしい姿になるという神話もある。この話をする村人は、ダライ・ラマの居城があるラサが長年中国人に占拠されていることに〝パルデン・ラモ〟が怒り狂っていると言うのだ。大地震の前日に彼らは〝パルデン・ラモ〟の燃え立つ髪を夜空に見たと言い張っている。口論になったのは、ダライ・ラマの守護神がチベット人に災難をもたらすはずはないという理由だった。

両者の言い分は違っていたが、彼らはどうやら爆撃機が爆発した瞬間を見ていたようだ。方角を聞くと彼らは一様に北東の空を示した。辰也らが盗み出した爆撃機の飛行コースのデータとも符合する。だが、人が大きな傘に摑まって空から落ちてきたかと聞くと、口を揃えてそんな馬鹿な話は聞いたことがないと笑われてしまった。

「この村から北東に四キロほど行ったところに村とかはありませんか?」

辰也はGPSの位置測定器と地図を照らし合わせながら、王を介してソナンヅッパに尋ねた。これ以上村人に尋ねても無駄と思ったからだ。

ソナンヅッパはしばらく腕組みしながら考えていたが、

「ここから四キロ奥に小さな僧院があると聞いたことはありますが……」

と首を傾げながら答えた。

「今でもあるのですか?」

王は突っ込んで尋ねてくれた。

「行ってみないと分かりません。ただ古い寺院とだけ聞いています」

ソナンヅッパにとっても未開の地らしく浮かない顔をした。

五

午後一時に美香と傭兵チームは最初に訪れた村を出発した。村人たちはけっしてゆとりがある生活をしているわけではないのに、バター茶を出してもてなしてくれた。

村を出るとき彼らは総出で村のはずれまで一行を見送ってくれた。普段感情を表さない傭兵たちも村人たちに応えて手を振って別れを告げた。それだけ村人らの純朴な笑顔には何ものにも代え難《がた》い価値があった。

村からまた渓谷沿いに進むと次第に谷は狭まり、一メートル前後の大きな岩が転がる悪路になった。歩くと言うより障害物を乗り越えて行くという感じだ。

二キロほど進んだところで辰也は休憩を入れた。

全員近くにある岩の上に腰を下ろし、各自のバックパックから水筒を出して水を飲みはじめた。辰也は両手を大きく挙げて背伸びをしながら、一番近くで休憩をしている加藤と宮坂のところに近寄った。

「何者か知らないが、かなりの人数が崖の上にいるようだ。気を付けろ」

「分かっていますよ」

辰也が小声で注意すると加藤が真剣な表情で答えた。

「見ろ、美香さんだって岩の陰に座っている。彼女も微かだが人の気配に気が付いているんだ。ガイドはともかくみんな分かっているさ。俺たちは特Aの傭兵なんだぜ」

宮坂がにやりと笑って見せた。

「美香さんは別だ。その辺の女とは違う。なんせ藤堂さんの彼女だからな」

辰也がもったいぶって言うと宮坂と加藤が笑った。

この一年で彼らは傭兵代理店の評価がAから特A、海外の代理店でもAからAAの2Aになっていた。それだけ〝リベンジャーズ〟の活躍は業界では知られていたのだ。ちなみに浩志は世界でも数えるほどしかいないAが三つの3A、池谷のところではスペシャルAというランクになっている。例外は、ただ一人京介がBランクのまま上がっていない。前回流れ弾に当たって生死を彷徨《さまよ》ったのがマイナス要因になった。この世界では名誉の負傷は勲章にならないようだ。

「京介にも教えといた方がよくないか？」

宮坂が聞いてきた。

「いや、やつに教えると不自然な行動をとるから教えないでおく」

辰也は首を振って答えた。

宮坂と加藤は大袈裟《おおげさ》に笑って見せた。敵を油断させようという魂胆だろう。

「確かにな」

「さて出発するか」

辰也はのんびりした口調で言った。

一行は谷に沿って山奥へと進んだ。険しい道は僧院に近づいているのか次第に踏み固められた道になった。おそらく気が遠くなるほどの年月を人や家畜が通ってできた道なのだろう。

「ありました」

先を行くソナンヅッパが叫んだ。

谷は開け、崖はゆるやかな傾斜を描き、人家が散在している。そして人家をまるで土台にするかのように丘の中腹から三層になった寺院があった。山奥の寺と聞いていたが、意外に大きいので一同は感嘆の声を上げた。

「ここで待っていてください。この寺院もゲルク派のはずです。私がまずこの寺院の僧長に話をしてきます」

「その必要はないだろう」

辰也はソナンヅッパの肩を摑んで止めた。通訳の必要もなかった。丘の上から三十人近い紅色の衣を着た男たちが降りてきた。彼らはいずれも頭の上に毛の付いた帽子のような物を被り右手に太い棍棒を持ち、左手は腰にぶら下げた長剣が遊ばないように柄《つか》を握り締めている。

「そんな、馬鹿な……」

ソナンヅッパは言葉を失った。通訳した王も驚愕の表情となった。

「坊主が武器を持っているのは、どういうことですか?」

呆然として役に立たないソナンヅッパと王に業《ごう》を煮やした辰也が、後ろにいる美香に尋ねた。

「私も見るのははじめてだけど、彼らはおそらくドップ・ドップじゃないのかしら」

美香は答えたものの首を傾げた。

「なんですか、そのドップなんとかって？」

「ごめんなさい、中途半端な説明で。ドップ・ドップは僧院を警護する僧侶のこと。日本で言えば、戦国時代の僧兵と同じで、彼らは僧侶だけど戦士でもあるの。でも中国が侵攻してきてから、戦士団は解体されたはず。存在自体、驚きよ」

「本当ですか。ということは弁慶《べんけい》みたいなもので、しかも五十年以上前の亡霊ということになりますね。確かに驚きだ」

辰也は周囲を取り囲む連中が、僧侶なのか武装した山賊なのか迷っていたが、正体を聞いて驚いた。両手を頭上に挙げ、辰也はダイヤモンドの形を作った。すると仲間は辰也のハンドシグナルを受け、美香を守るために彼女を中心にダイヤモンドの隊形を作った。

「王、ソナンヅッパを連れて、ゆっくりと俺たちの囲いの中に入れ。慌てるなよ」

辰也は目の前にいる王の袖を軽く引っ張りながら言った。

王は頷いてソナンヅッパの腕を取ったが、彼は動こうとしなかった。

「私が隠れれば、敵対行為と見なされるでしょう。私がなんとか説明します」

ソナンヅッパは覚悟を決めたのか、落ち着いた声で言ってきた。確かに彼の言うとおりだった。ダイヤモンドの隊形は防御にも優れているが、どの角度への攻撃も自在だ。

「みんな、連中はあれでも坊主らしい。攻撃されるまで一切手出しは禁物だ。全員両手を挙げて、敵意がないことを示せ」

辰也の命令に仲間は従った。だが、ソナンヅッパの説明が悪かったのか、戦士僧たちは美香とソナンヅッパを除いた全員を荒縄で縛り上げた。辰也らは攻撃を受けたわけでもないので黙ってされるがままになった。縛られると言っても両手だけなので、いざとなれば逃げられると思ったのだ。だが、荷物を取り上げられて穴蔵のような寺院の地下室に順次入れられる段になって彼らの顔色も変わった。

「おい、リーダー。状況はあまりよくなさそうだぞ」

サブリーダーであるワットは苦笑しながら辰也に文句を言ったが、後の祭であった。

六

地下室と言えば湿った場所というのは固定概念というものだろう。

辰也らが入れられた場所は窓もない淀《よど》んだ空気が溜まる地下室だが、湿気臭さはない。広さは十六畳ほどあり天井に換気用の穴があるようだが、今は閉じられている。また地上に至る階段のドアは隙間だらけで光が漏れてくるため、地下室は意外と明るい。

チョモランマなどの山岳地帯を除いて、チベット全域で年間の降水量は少ない。チベット東部の標高四千から五千メートルの地域での年間降水量は、四百から七百ミリ、年間平均相対湿度は五十から六十五パーセント、乾期では三十パーセントほどしかない。チベット人がヤクのミルクから作ったバターやチーズを多用するのは、栄養源ということもあるが肌の乾燥を防ぐためでもある。

「どうするリーダー。決めてくれ」

閉じ込められて十分ほどしてワットは、辰也に尋ねた。

辰也は地下室の戸口で外の様子を窺っていた。

「外に見張りはいないようだ。とりあえずいつでも逃げ出せる準備だけはしておこう。ただ、坊さんたちは好戦的な格好の割に害はなさそうだ。相手の出方を待ってもよさそうな気がする」

「やっぱりそう思ったか。最初武器を持っているので驚いたが、おそらく本当に使いこなせるのは数人で残りの連中は格好だけだろう。掌に武器で作るようなマメはなかったからな。だが、夜になっても解放されないようなら強行突破するしかない」

ワットも辰也の意見に同意した。

「ちょっと待ってください。美香さんは外にいるんですよ。彼女にもしものことがあったら、藤堂さんに何て言うんですか。今すぐ行動を起こすべきです」

二人の会話を聞いていた京介が日本語で噛みついてきた。

「彼女は言わば人質だ。今ことを起こせばかえってまずいことになるかもしれないんだぞ。それに日本語で話すな」

辰也はあえて英語で答えた。ワットが加わってからチームの公用語は英語になっているからだ。ワットがいる場所では私語も英語を使うというのがチームの掟だった。リベンジャーズが世界中の傭兵代理店から認められているのは、その攻撃力や戦略的技術はもちろんのこと、全員英語が堪能ということも評価されている。特にフランスの外人部隊出身の浩志や辰也はフランス語も話せるし、デルタフォースに所属していたワットは英語、フランス語、ロシア語、中国語と四カ国語が自在に話せ、今は日本語の特訓もしている。

「今は、彼らがチベットの僧侶だということを信じるほかないだろう」

「それはそうかもしれませんが……」

京介は口ごもった。

「リーダー、私に行かせてもらえませんか」

加藤が名乗り出た。この男は追跡のプロだが、潜入のプロでもある。当然脱出も得意だ。

辰也とワットは顔を見合せた後、頷いた。

「無理はするな。美香さんとソナンヅッパの状況と敵の配置を調べてくれ」

辰也はそう言うと、トレッキングブーツの内側から、刀身がくの字に曲がった黒いブーツナイフを出して加藤のロープを切った。これは何度も武器も持たずに中国に入国するうちに必要に迫られてオーダーメイドしたもので、仲間は全員持っている。そのため彼らは縛られても慌てることはなかったのだ。

　黒くコーティングされたわずか三センチというセラミック製の刀身が長さ四センチ、幅一・八センチの樹脂製の柄で固定されている。鞘はブーツと一体化しており、空港の金属探知機に引っ掛かる恐れもない。だがいざとなればロープを切断するだけでなく、武器にもなる。欠点と言えば、横からの衝撃を加えると折れる可能性があることだ。

　地下室の天井の高さはおよそ二・四メートル、宮坂が加藤を抱きかかえて天井の穴に摑まらせた。直径七十センチにも満たない穴が長く延びている。加藤はまるで腕を伸ばすことができない亀のように壁を両手両足で押さえつけてゆっくりと上って行った。穴は上に行くほどすす臭くなってきた。今では使われていないが、地下室でも火が焚《た》けるように作られた太い煙突に違いない。

　加藤は突端まで上り、天井を塞いでいる物をゆっくりとずらして隙間を作った。蓋は薄い岩でできているようで、それなりに重みがある。五センチほどずらすとチベットの深みのある青い空が見えた。しばらく様子を窺ったが、周りに人の気配はない。

　蓋を両手でずらして頭を出して安全を確認すると、加藤は蓋を外して煙突から這い出した。煙突は地上から一・五メートルほどの高さがあった。外から見るとオーストラリアの砂漠にあるような巨大な蟻塚のような形をしている。

足音もたてずに加藤は寺院の壁に張りついてゆっくりと移動した。一階の出入口からお経を唱える声が聞こえる。隙間から覗くと先ほど武装していた僧侶たちが座って読経していた。驚いたことに、列の最後尾にソナンヅッパの姿も見える。

加藤は首を捻りつつ、壁をよじ登って二階の窓の隙間から中を覗いた。建物は段々になり上の階層はひと回りずつ小さくなる。二階は宿坊なのか部屋の隅に僧侶の服が畳んで並べてあった。部屋は全部で八部屋あったが、人はいない。僧侶は皆一階で経を読んでいるのかもしれない。

さらに壁を登って三階の窓を覗いた。八畳ほどの薄暗い部屋の壁には本がぎっしりと詰められた本棚があった。教典などが置かれた資料室なのかもしれない。別の窓を覗くと壁に仏画が飾られ、飾り棚が置かれた部屋があった。位の高い僧侶の部屋に違いない。

加藤は建物の反対側に移り、窓を覗き込むと部屋の奥に美香が座っているのが見えた。加藤は窓枠を軽く叩いた。すると美香が窓を薄く開けた。

「美香さん、大丈夫ですか」

「大丈夫、心配しないで。この寺の人たちはあなたたちに危害を加えるつもりはないようよ。私たちのことを中国人だと思って、拘束したようなの。一応私がみんなは日本人だと説明しておいたから夜までには解放されるはずよ」

美香は落ち着いた様子で答えてきた。

「それにしても、戦士僧だなんて物騒な寺ですね」

「詳しいことは聞けなかったけど、この寺は、〝タツァン〟と呼ばれる迫害を受けて中国政府から追われている僧侶の駆け込み寺らしいの。だから外から来る人には用心していると言っていたわ。みんなむかしの戦士僧の格好をしていたけど、本当の戦士僧はほとんどいないみたいよ」

美香はそう言ってくすりと笑った。

「なるほど、そういうことでしたか、安心しました。それじゃ、強行突破するのは止めた方がよさそうですね」

「そうね。気付かれないうちに戻って、私は大丈夫だから」

美香は笑顔で答えた。

加藤は一礼すると建物から身軽に飛び降りて煙突から地下室に戻った。

怪僧

一

神崎は夜も明けぬうちに目を覚まし、左腕の腕時計を見た。

緑色の文字盤に大きな星のデザインがしてある。人民解放軍や武装警官に配給される腕時計だ。これは襲撃した武装警官から調達したもので、ゲリラ組織〝スタグ〟では、武装警官の武器ばかりか、制服や腕時計などの副装備品まで揃えていつでも持ち出せるように各自で管理している。

「六時半か」

この一週間、決まってこの時間に目が覚める。それまではアルコール漬けの不規則な生活を送っていた。記憶の戻らないことに苛立ちを覚え、時おり激しい頭痛に襲われるために薬としてバーボンを飲んでいたのだ。アルコールが切れたせいもあるが、軍人としての習性が早朝の目覚めを促すようだ。もっとも神崎の記憶は断片的で重要な部分が欠けていた。

十一ヶ月前、目を覚ましたら、〝タツァン〟と呼ばれる寺院のベッドに寝かされていた。山奥で彷徨《さまよ》っていたところを寺院の僧侶に保護されたようだ。身体中を怪我しており、寺院に運び込まれてから二週間近く意識がなかったらしい。後頭部と脇腹の怪我が特に酷く、脇腹には銃創があり、今でも弾丸が肋骨の下部に残っているために激しい運動をすると激痛に襲われる。

銃弾が貫通しなかったのは、おそらく跳弾に当たったためと思われる。だが跳ね返って威力の弱まった弾丸とはいえ、心臓に当たっていたら即死は免《まぬか》れなかった。また僧侶に発見されたのも幸運だった。中国人に見つかっていたら間違いなく通報されて公安警察に逮捕されていただろう。もっともその前に飢えと寒さで死んでいたに違いない。

神崎はベッドから足を下ろし背伸びをした後で左の脇腹を押さえた。いつものことだが弾丸が刺さっている辺りに痛みを感じたのだ。

昔の記憶はほとんどないが、神崎健という名前は覚えていた。毎日厳しい訓練に明け暮れていた部隊に所属していた頃の記憶が断片的にある。

「行くか」

ベッドの脇に置かれていたポットに直接口をつけて水を飲むと、部屋を出た。日の出まで一時間以上ある。空には星がまだ無数に輝いていた。

村の中を通るとチベット人たちに気付かれるので、小屋の裏から山奥に進む道を辿った。道といっても剝き出しの土と岩が踏み固められて他の場所と見分けがつくというだけだ。星明かりに照らされた道をカモシカのように駆け抜けた。高地だけに一キロほど移動すると息が上がった。

保護されていた〝タツァン〟寺院で起き上がれるようになったのは目覚めてから三日後のことだった。立つことはできたが、それだけでも息が苦しくなった。体力も落ちていたが、標高が四千メートルもある場所にいることも知らなかった。医療施設もない寺院では怪我の治療は安静にしているほかなかった。

それでも二週間ほどするとなんとか歩けるようになった。まるでそれを待っていたかのように神崎のもとに珍客が現われた。夜中の十一時という時間に寺の近くにあてがわれていた神崎の小屋のドアを軽くノックしたのは見知らぬチベット人だった。

訪問者は驚いたことに英語で話しかけてきた。〝レッドスネーク〟というコードネームを持つＣＩＡの極東情報員で、仲間だと言う。神崎の居場所は二週間以上前から特定していたが、担いで連れ出すことができないために体力の回復を待って迎えにきたらしい。

神崎は寺院を離れる前に僧長に礼をしようと思ったが、〝レッドスネーク〟から止められた。というのも神崎の存在が公安に知られれば寺院は厳しい処罰を受けることになるため、人知れずいなくなるのが最良だと言うのだ。僧長からは迫害を受けた数々の経験談を、満足に言葉は通じなかったものの身振りを交えて聞いていただけに素直に従った。

〝レッドスネーク〟の案内で真夜中に移動し、神崎は今いる〝ドゥルサ〟に連れてこられた。一週間ほどここで静養した後、今度は車で千キロの道のりを二日かけ、成都の郊外に連れて行かれた。

成都の中心から南西に十七キロ、成都双流国際空港にも車で十分ほどという周囲を農地に囲まれたのどかな場所に、大きな灰色の建物があった。中国の中堅食品会社の倉庫ということになっているが、実はＣＩＡの成都支局だった。支局は大抵大都市の中心にあるものだが、ここは訓練施設も兼ねているためにあえて郊外に設置されたようだ。外見はなんの変哲もないプレハブの倉庫だが、内部には通信や医療施設の他にジムなどが併設してあった。

成都支局で神崎は怪我の治療とリハビリ、そして記憶をなくしたために情報員としての再教育を二ヶ月も受けた。もっとも体内に残った弾丸の摘出手術は中国国内ではできないため、そのまま放置することになった。また、上司だったという〝タイガー〟からは記憶を呼び起こすべく、神崎の経歴や過去の仕事の内容をレクチャーされたが、違和感を覚えるだけで記憶はとうとう戻らなかった。

神崎は何度か〝タイガー〟に帰国を申請したが、作戦を終了させせなければ許可できないと却下された。止むなく神崎は復帰し、チベットの反体制ゲリラ組織〝スタグ〟のリーダーであるタクツェル・トンドゥプと行動をともにすることになった。作戦とは〝スタグ〟の若者を一人前のゲリラに仕立てあげ、中国を大混乱に陥れることだ。

米国は共産党が支配する中国が、このまま発展するのを静観することができなくなった。中国が安い労働力で世界の工場として機能している間はなんの問題もなかったが、軍事力を増強し、世界の覇者たる米国の座を狙うようになった現在、中国は目障りな存在でしかなかったのだ。

神崎は米国が中国に仕掛ける作戦を担う重要なエージェントとして、責任は重大であると〝タイガー〟から再三言われている。最初は乗り気ではなかったが、中国国内の情報を得るにつけ使命感を増していた。

三十分ほどかなりのスピードで進むと、絶壁から水が流れている場所に辿り着いた。水は数メートル流れてまた岩の下に潜って行く。周りは二十メートル四方にわたって高さが十メートル以上ある岩壁に囲まれ、風の吹きだまりになっているために砂地になっている。陽が昇ると崖の隙間から神々しい一条の光が砂地の中央を照らし出すのだが、今は東の空がようやく白みかけただけで辺りは闇に閉ざされている。

神崎は無宗教であったが、この場所に神が住んでいると言われるのなら信じてもいいと思えるほど神秘的なこの場所が気に入っていた。それゆえ精神を統一し、武道の稽古を一人でするには持ってこいの場所と言えた。

岩壁から流れる汚れを知らない岩清水を両手ですくい、味わうように飲んだ。世界中でこれほどうまい水はほかにないかもしれない。

「………」

神崎は背後に迫る気配に口元を緩めた。

「ユンリ、キルティ、隠れていないで出てこい」

これぐらいの言葉なら神崎でも北京語で言えた。

十メートルほど後方の岩陰から二人の男が出てきた。

「どうして分かったのですか？」

ユンリは首を傾げながら近づいてきた。

「おまえたちは、足音を忍ばせることしか頭にないからだ。気配は息遣い、体臭、周囲の環境の微妙な変化からも読み取れる」

神崎は英語で説明した。だが、ユンリとキルティは困惑の表情になった。二人とも優秀で英語は分かるのだが、意味が理解できないのだろう。

「いつかは分かるようになる。今日は特別だ。おまえらを特訓してやる。もっともそのつもりで後を尾けてきたんだろう」

そう言って神崎は身構えた。すると二人の若者は嬉しそうな顔をして頷いてみせた。図星だったようだ。

「ユンリ、キルティ、順番にかかってこい」

手招きをしてみせると、ユンリが真剣な表情になり猛然と掴み掛かってきた。

神崎はユンリの右手を掴んで懐に飛び込み、一本背負いで砂地に叩き付けた。そして間《かん》髪《はつ》を入れずに襲ってきたキルティを腰投げで軽く投げ飛ばした。二人の若者は投げられたくせに笑っている。カムのチベット人は好戦的だが、性格はとても明るい。そして何よりも純朴だ。

「どうした！　もうお仕舞いか」

怒鳴りつけると二人は慌てて立ち上がって身構えた。神崎はこの屈託ない若者たちが好きだった。

二

カム地方の山間にある寺院〝タツァン〟は、未整備な場所にあるために中国政府からは忘れられた存在になっていた。税金の徴収もなく、何よりもダライ・ラマの写真を執拗に捜索する公安警察も来ない。そのため、弾圧を受けるチベット人僧侶の駆け込み寺になっていた。四川省ではあるが、チベット自治区に近く、青海省のゴロク・チベット族自治州や玉樹チベット族自治州と隣接しているため、これらの地域から逃亡する僧侶にとっても都合がよかった。

中国人と間違えられた辰也らは、美香や同行した石渠の僧侶ソナンヅッパの尽力で夜になる前には解放され、一転して客として扱われた。だが、僧侶らの警戒心がまったくなくなったわけではなく、その日の夜は寺の直《す》ぐ近くにあるレンガ造りの空家をあてがわれて寝るだけだった。かつては村人が十家族ほどいたらしいが、人民解放軍との闘いで村人はほとんど殺害されてしまい廃村になったようだ。

翌日の朝、辰也は家の外が騒がしいので目覚めた。唯一の出入口である玄関のドアを開けた。家の前は二十メートル四方にわたって土が踏み固められた広場になっている。三十人ほどの僧侶が広場の中央で車座になっていた。

二人の僧侶が人の輪の真ん中に立っていた。紅色の衣の下に茶色のゆったりとしたズボンを穿いている。一人は辰也より少し背が高く、身長一八六センチほどで筋肉質の体つきをしている。もう一人は少し背が低いが、それでも一八〇センチ近くあった。両者とも腕を前に出して構えている。だが背が低い方が肩で息をしていた。

背の低い僧侶が勢いよく前に出た。同時に背の高い僧侶が右斜め前に移動し、背の低い僧侶の脇の下から腕を回して力任せに投げた。いささか強引だが柔道の大腰という技に似ている。投げられた僧侶は受け身をとって起き上がり、一礼すると下がった。すると周りの僧侶から拍手が湧き起こった。

「ほう」

腕組みをして見ていた辰也は感心した。

「坊さんでも格闘技の練習をするのか」

気が付くとワットが隣に立っていた。振り返ると仲間は全員外に出ていた。

「驚きましたね。戦士僧であるドップ・ドップがこの目で見られるとは思いませんでした。観光客にも見せてあげたいくらいです」

王も辰也のすぐ後ろに立っていた。

背の高い僧侶が辰也らの方を見て何か言ってきた。広場にいる僧侶たちが一斉に振り向き、鋭い視線を送ってきた。辰也らが中国人でないと分かってもけっして気を許していないのだろう。迫害されて命からがら逃げてきた彼らに、外部の人間である辰也らが敵意のないことを分からせるには時間がかかるかもしれない。

「日本人なら武道ができるはずだから相手をして欲しいと言っていますよ。怒らせないように誰か行ってください」

王が辰也の背中を押した。

「私が行きます」

ダウンジャケットを脱ぎながら瀬川が名乗り出た。

瀬川は僧侶の輪を抜けて広場の真ん中に立った。彼は仲間の中では一番身体が大きく、背の高い僧侶と体格は互角だった。陸自の空挺部隊に所属し、あらゆる格闘技に精通していた瀬川は、浩志から傭兵の必殺技と古武道の技まで習っている。チームの中では浩志に次ぐ格闘技の使い手と言えた。おそらく仲間を怪我させたくないと気を遣ったのだろう。

二人は互いに相手を睨み付けて早くも闘志をみなぎらせている。周りの僧侶らも手を叩いて喜んでいる。仲間の僧侶が負けると思っていないのだろう。

「こいつはいいや、瀬川に百元」

辰也が声を上げた。

「乗った。俺も瀬川」

すると仲間は次々に懐から百元紙幣を取り出し、瀬川に賭けた。

「これじゃ賭けは成立しない。それじゃ俺は坊主に百元だ。そのかわりハンディで、瀬川が一度でも投げられたら勝ちにしてくれ」

ワットが声を上げると、宮坂も僧侶に賭けた。

「あいつが一度でも負けるはずがないだろう」

辰也はワットを冷ややかに笑った。

瀬川は一礼すると両手を前に出して構えた。途端に僧侶は懐に飛び込んできて腰車の体勢に入ろうとした。瀬川はすかさず相手の上半身を引きつけて後ろに崩しながら大外刈りで豪快に投げ飛ばした。

それまで歓声を上げていた周囲の僧侶が静まり返った。反対に傭兵たちは手を叩いてはしゃいだ。

「どうして真剣に投げるんですか。相手を怒らせるだけですよ」

唯一賭けに加わらなかった王が悲鳴を上げた。

背の高い僧侶が立ち上がったかと思うと、瀬川の懐に飛び込んできて背負い投げの体勢になった。瀬川はすかさず相手の股間に腕を差し込み抱え上げて上体を反らし、後方に投げた。柔道でいうすくい投げで返したのだ。

「ちくしょう。話にならんぞ。これじゃ」

ワットがぼやくと辰也が右手で賭け金の催促をする仕草をした。

立ち上がった僧侶は首を振り両手で頬を叩くと、懲《こ》りずに腰車の体勢になった。瀬川はまた僧侶の体勢を引き崩した。だが、その瞬間に僧侶は身体を入れ替え、左腕を瀬川の腰に回すと自らのけぞって瀬川を後方に投げ飛ばした。捨て身の技、柔道で言う裏投げ、プロレスのバックドロップだ。

瀬川は見事に背中から地面に転がり大の字に伸びた。静まり返っていた僧侶たちから割れんばかりの拍手と歓声が巻き起こった。

「やったぞ！」

ワットと宮坂が手を取りあって声を上げ仲間から百元紙幣を巻き上げると、賭けに負けた辰也らは頭を抱えて悔しがった。

瀬川は背の高い僧侶に腕を引っ張られて立ち上がった。すると僧侶たちから温かい拍手が送られた。どの顔にも屈託のない笑顔があった。

どうやら彼らにへたな言葉はいらなかった。手加減せずに堂々と闘った瀬川の真摯《しんし》な態度が受け入れられたようだ。

三

朝一の瀬川と背の高い僧侶の試合は予想以上に効果があった。

仲間は僧侶の宿坊に招かれてバター茶をご馳走になった。宿坊には一緒に来た石渠の僧侶ソナンヅッパが寺院の僧侶との間に入り、仲間を紹介してくれたために和やかな雰囲気になった。

「それにしても、どうしてバター茶をこんなに勧めるんだ？」

辰也はガイドである王を隣に呼び寄せて尋ねた。

「チベット人は人をもてなすことを大事にします。どんなに貧しくても客に最高の茶と食事を出すという心得があるのです。遠来からの客ならばなおさら茶をご馳走してコップに絶えず茶がなくならないようにします。チベットの厳しい環境では生きてまた会える保証がないため精一杯もてなすのです。客もまた来て飲むという意味を込めて最後はコップに茶を残して帰るのです」

「なるほど、茶道でいう一期一会《いちごいちえ》の精神と同じというわけか」

王の説明に辰也は納得し、味の濃いバター茶を啜った。

「残念なことに最近ではこうしたチベット人の心意気も、長年の中国同化政策で崩れてきました。そのために、人々は人としての心を失いつつあります。私も小学校で中国人のようにダライ・ラマを罵倒《ばとう》するように強制されました。大声で分裂主義者の悪者と叫べば、褒められるのです。その頃はそれが当然だと思っていました。情けないことです」

王はそう言うと悲しげな表情でバター茶を飲み干した。

辰也らはいつ果てることのない僧侶のもてなしに少々困惑していた。ガイドの王は断らずにとことん付き合えと勧めるが、捜索チームは旅行で来ているわけではない。ゆっくりするわけには行かないのだ。

「辰也さん、それにワットさんもいいかしら」

宿坊の出入口に美香が立っていた。

「おお、我らが救いの女神のお出ましだ」

ワットは痺《しび》れた足を引きずりながら大袈裟に両手を拡げた。

辰也とワットは美香の後に従い、寺院の三階に上がった。本が並べられた部屋を通り過ぎて奥に進み、仏画が飾られた十畳ほどの部屋に痩せて顔に深い皺を刻み込んだ僧侶が座っていた。

美香が一礼をして部屋に入ると、僧侶は嬉しそうな顔をして三人に自分の前に座るように手招きをしてみせた。

「この方は、この寺の僧長をされているリポティック僧侶です。改めて私たちの目的をお話ししたら、チームの責任者に会いたいとおっしゃられたの」

美香は辰也らに説明するとリポティックにチベット語で話しかけた。

「昨夜、一緒に来た僧侶ソナンヅッパと美香さんから、あなた方は行方不明になった友人の捜索に来た日本人だと聞かされましたが、正直言って信じられませんでした。実際、あなた方が連れている王というガイドは、チベット人との混血らしいのですが中国人であることは事実ですから」

僧侶らは全員の身分証明書とパスポートを調べたようだ。美香は正直に自分の持っている身分証明書は偽物だと言って、バックパックに隠し持っていた日本のパスポートを見せていた。

「もしあなた方が中国人であれば、たとえ公安のスパイではなくただの観光客であったとしても、我々はここを引き払って別の場所に避難しなければなりません。しかし、今朝のパルデンとお仲間の試合を見て疑いは晴れました」

「と言うと、僧長も武道の心得があるのですか？」

辰也が言うと美香がチベット語に通訳をしてくれた。

「まさか。そもそもドップ・ドップもとうの昔に中共に滅ぼされてしまいました。それを私の弟子であるパルデンが嘆き、自ら鍛えて復活させたのです。服装こそ古来の戦士のものですが、彼の武道はドップ・ドップのものではありません。ラサの本屋で売っていた日本の柔道を紹介する本で学んだものです」

「本で学んだ柔道で瀬川を倒したのか！」

リポティックは笑いながら説明したが、辰也とワットは驚きを隠せなかった。独学の柔道で陸自のエリートを一度でも倒せたというのだから驚くのは当然で、むしろパルデンの驚異的な身体能力を褒めるべきなのかもしれない。

「それではなぜ急に私たちを信用しようと思ったのですか」

唖然としている辰也らに代わって美香が直接尋ねた。

「もしあなた方が中国人なら、あの場で勝とうとは思わないでしょう。パルデンにわざと負けて私たちに取り入ろうとしたはずです。それが中共の手なのです」

リポティックは遠い目つきになり、昔話をはじめた。

人民解放軍のチベット侵攻は当初、信じられないほど静かに行なわれた。一九四九年に彼らは整然と隊列を組んで国境を越え、チベットに進軍してきた。彼らは行く先々でチベット人と和やかに歓談し、時に農作業すら手伝って軍は味方であるとアピールしてチベット東部に深く侵入した。そして翌一九五〇年に〝チベット解放〟と叫んでチベット人の殺《さつ》戮《りく》を開始し、怒濤《どとう》の勢いで首都ラサまで侵攻したのだ。

「昨日までにこやかな顔をしていた中共の兵士どもに我々は騙されました。先に侵入してきた軍隊は我々が彼らを友人だと思っている隙に、大軍団が通れる道の整備をしていたのです。油断させておいて、喉をかっ切るという彼らの常套《じょうとう》手段は今も昔も変わりません。私も一度は還俗して〝チュシ・ガンドゥク〟に参加して闘いましたが、チベットを守りきれなかった」

リポティックはもの静かに語ったが、言葉が理解できない辰也やワットにも彼の強《こわ》ばった表情から、その悔しさは痛いほど分かった。

「美香さん。そろそろ藤堂さんのことを聞いてもらえませんか」

辰也はリポティックの昔話が長引かないように小声で美香に催促をした。美香も苦笑を浮かべながらリポティックに話した。

「すまん、すまん。年寄りは自分のことばかり話したがるものだ」

リポティックはおおらかに笑った。

「順を追って話しましょう。昨年の四月、ケグドゥの大地震の二日後ですから確か十六日だと思います。一人の男性を保護しました。ほとんど意識のない状態で歩いていたのを、うちの若い僧侶が発見しました。しかも全身に怪我をしており、生きているのが不思議なくらいでした」

通訳しながら美香は目に涙を溜めていた。

「心配しなくても、怪我は治ったよ。彼は強靭《きょうじん》な身体を持っていた。だが彼があなた方の友人であるかは分かりません。というのもチベット語と北京語で話しかけましたが、答えたのは英語でしたから。残念なことに私が片言の英語が分かる程度で他に会話ができる者はいません」

美香の様子を見てリポティックは優しく語りかけてきた。

「それで、その人はここにいますか?」

美香がすがるような目で尋ねた。

リポティックは静かに首を振った。

「一ヶ月近くこの寺にいましたが、ある日突然消えてしまいました。彼の持ち物を見てもらえますか?」

するとリポティックは壁際の棚のなかから赤い布に包まれたものを持ち出して、辰也とワットの前に置いた。

「拝見します」

軽く頭を下げて辰也は赤い布を拡げた。

「これは！」

辰也とワットは腰を浮かせて声を上げた。そこにあったのはM一九一一A一ガバメントだった。昨年のミャンマーでの作戦時に〝リベンジャーズ〟全員にタイの国軍から密かに支給されたものと同じである。

「どうなの、これは浩志の銃なの？」

美香は二人の首を絞めんばかりに詰め寄った。

「断言はできませんが、おそらく藤堂さんの銃でしょう。でもどうしてこれが？」

辰也は美香と僧長の顔を交互に見た。

「彼が保護されたときに、銃は危ないから彼が眠っている間に私が取り上げて隠しておきました。彼は三日後に意識を取り戻しましたが、銃を持っていたことも忘れていたようです。私が睨んだとおり、あなた方はただの観光客ではないようですね。しかし、中国政府の味方ではない。私でもこの銃が中国製じゃないことは分かります。中共の敵なら私たちの味方です」

そういうとリポティックはかすれた声で笑った。

「名前は聞きましたか？」

「カンズキ、……カンズキ・ケンと言っていました。耳慣れない名前なので正確に聞き取れたかは分かりません。カンズキは日本人の名前なのですか」

美香の質問にリポティックは天井を見つめながら言った。

「カンズキですか」

辰也とワットは首を捻った。浩志はこれまで作戦上様々な偽名を使ったことはあるが、カンズキ・ケンは聞いたことがなかったからだ。

「どんな格好をしていたんですか？」

ワットは北京語で僧長に直接尋ねた。

「武装警官と同じ緑色の制服を着ていました」

リポティックは答えた。しかし外国製の銃や言葉から中国人ではないと判断し、寺院に匿《かくま》ったと僧長はにこやかに付け加えた。

「間違いないな」

ワットは辰也に向かって笑ってみせた。

「美香さん、服装からしても作戦中の藤堂さんに間違いないでしょう。突然いなくなった理由は分かりませんが、これで無事なことは分かりましたね」

辰也の言葉を噛み締めるように、ゆっくりと頷いた美香の目から涙が溢れた。

四

早めの昼飯を食べた辰也らは〝タツァン〟寺を後にすることにした。百パーセントとは言えないが浩志らしき男の痕跡はなんとか見つけることができた。だが、その先の足取りを追うことは、本人が自ら姿を消したと見られる以上困難と言えた。日が暮れないうちにと辰也らは、見送りの僧侶らに手を振って別れを告げた。

昨夜と同じコースを辿り、辰也らは谷の荒れ地を進んだ。

先頭は石渠の僧侶ソナンヅッパ、その後ろに辰也が続き、珍しくワットが並んで歩いている。今後のチームの動きを歩きながら相談しようと思ってのことだろう。

「あれでも見送りなのか。いらない気遣いだがな」

ワットは苦笑混じりに言った。崖の上に複数の人の気配を感じているからだ。

「俺たちを守っているつもりなのだろう。義理堅い連中だ。それにしても戦士僧の体力と身体能力は俺たちの比じゃないな」

辰也も崖の上の気配には気が付いていたようだ。

「オリンピックの陸上競技に出たら、のきなみ金メダルを取れるぞ」

「それは無理だな。オリンピックは平地の夏に行なわれる。やつらは夏バテしてダウンするさ」

ワットの言葉に辰也が答えると二人の会話を聞いていた仲間は笑った。浩志の消息は依然として分からないが、生きていることを確認したというだけで彼らには希望が持てた。

一時間後、昨夜訪れた村に着くと村人が大勢出てきてまた歓迎してくれた。休憩を入れるにはまだ早いが村人の誘いを無下に断ることもできずに、バター茶のもてなしを受けた。

村のはずれにある小屋の前で休んでいると、村人の一人がいきなり土下座をするように地面に座り込んだ。するとそれに倣《なら》って他の村人も座り込んだ。

「おい、見ろ」

ワットがいち早く谷の岩陰から現われた男を指差した。〝タツァン〟寺の戦士僧パルデンだった。村人たちは彼が誇り高きドップ・ドップであることを知っているために、畏敬の念を持っているのだろう。

パルデンは戦士僧の格好ではなく普通の僧衣をまとっていた。一八六センチの大男だけに紅色の僧衣を着たプロレスラーという感じだ。

「石渠に行かれるのですよね。私もご一緒させてください。僧長のリポティックから使いを頼まれました」

そういうとパルデンは軽く頭を下げた。中華人民共和国では法律上、宗教の自由をうたっているが、それは形ばかりで、実際は毛沢東が〝宗教は毒だ〟と言ってあらゆる宗教を根絶やしにしようとしていた時代となんら変わらない。そのためパルデンは街に出るのに単独行動を避けたいのだろう。

拒む理由もないので辰也らはパルデンを加えて出発した。渓谷を南に下り、小さな川を渡ってランドクルーザーのある場所に辿り着いた。

午後三時を少し過ぎたところだ。行きとは違い目的地がはっきりしているため、寺院から三時間もかからなかった。

辰也はパルデンを自分が運転する車に乗せた。助手席に加藤が座り、後部座席にはパルデンとガイドの王が座っている。パルデンはひと言も口をきかない。寡黙《かもく》というよりは車に乗るのが珍しいらしく、窓の外をじっと見ている。

一時間ほどで石渠の街に着くとパルデンは礼を言って雑貨屋に入って行った。またガイドをしてくれた僧侶ソナンヅッパにはお布施を渡して別れた。

辰也らは一昨日チェックインした〝石渠賓館〟ホテルに戻った。借りた部屋は連泊でおさえてあったために新たな手続きはいらない。ホテルで留守番をしていた友恵、ガイドの陸丹と一緒に晩飯も適当にすませると各自早々にベッドについた。

「……………」

辰也は寝ぼけ眼《まなこ》で頭を上げた。微かにドアがノックされた気がしたからだ。

コン、コン。

空耳ではなかった。辰也は靴を履いてドアの近くまで行った。

「辰也さん、開けて」

美香の声だった。辰也は慌ててドアを開けた。

「あっ！」

辰也は一瞬身体を硬直させた。というのも美香の後ろに昼間街で別れた僧侶のパルデンが立っていたからだ。

「入るわよ」

美香とパルデンは呆然と立ち尽くす辰也の脇をすり抜けて部屋に入ってきた。

「どうしたんですか？」

我に返った辰也は急いでドアを閉めて腕時計を見た。午後十一時十分になっている。

「さきほどパルデンが来て、浩志のところに案内すると言ってきたの」

「何ですって！」

「もういちいち大きな声を上げないで、最強の傭兵なんでしょう」

辰也は美香に子供のように叱られてしまった。

「しかし、〝タツァン〟寺の僧長は知らないと言っていたじゃないですか」

「私たちが日本人だと分かっても信じるには証拠が少なかったようね。パルデンはホテルに入った私たちを見張って、公安警察と繋がりがないか確認したようよ」

もし、辰也らが公安警察の関係者なら〝タツァン〟寺の存亡の危機になる。彼らとしても必死なわけだ。

「僧長のリポティックさんは、私たちが嘘をついていないのなら本当のことを教えるようにパルデンに命じたらしいの」

「それじゃ、藤堂さんは突然いなくなったわけじゃないんですね」

「それは嘘じゃないみたい。外部から来た潜入者に連れられて出て行ったらしいの。でもパルデンは彼らの隠れ家まで跡を尾《つ》けたと言っているわ」

「なるほど、我々を街まで尾けてきたのと同じ理由で、彼らとしては潜入者が中国当局の関係者か判断する必要があったわけですね。しかし、潜入者や藤堂さんはずっと徒歩だったわけじゃないでしょう」

辰也は訝《いぶか》しげな目つきでパルデンを見た。省道までは徒歩だったとしてもその先は車で移動しなければならないはずだ。

「彼は加藤さんと同じで追跡する能力があるそうなの。潜入者たちの車のタイヤ痕を追って四日もかけて居所を突き止めたらしいわ」

美香が説明すると言葉は分からないはずだが、パルデンは頷いて見せた。

「四日！」

辰也が声を上げると、パルデンは肩から斜めに掛けている布袋の中から、直径二センチほどの小さな団子を取り出して美香にチベット語で話をした。

「このお団子はツァンパを固く練ったもので、出かけるときは三日分の団子と予備にツァンパの粉も携行するから最低でも一週間は食事の心配はしなくていいそうよ」

美香は通訳しながら、目を白黒させている。チベットの遊牧民はツァンパの粉をヒツジの革袋に入れて持ち歩いていたそうだ。都会生活に慣れた者には、日に三度ツァンパを食べるという厳しい自然の中で編み出されたチベットの食文化は理解し難い。

「パルデンは、浩志が連れて行かれた場所が、中国政府とは関わりのないことを確認して帰ったそうよ。彼らとしては浩志が拉致されたわけではないので、寺院の安全さえ確保できればそれでよかったのね」

美香が話し終えるとパルデンが二人の間に割り込んで何か言った。

「彼はいつでも案内できると言っている。できれば夜行動した方がいいらしいわ」

「それじゃ、これから行きますか。仲間もそのつもりですよ」

辰也はそう言ってドアを開けた。

「まあ！」

美香は両手で口を押さえた。

ドアの向こうにワットをはじめとした仲間が、にやにやと笑って立っていた。どうやら耳をそばだてていたようだ。

五

午後十一時四十分、三台のランドクルーザーが省道二一七号を東に向かっていた。

一台目の車は辰也が運転し、助手席には道案内を買って出た〝タツァン〟寺の戦士僧であるパルデンが座っている。そして後部座席に美香と加藤が乗っていた。今回は、友恵と二人のガイドはホテルに残し、実質リベンジャーズだけで行動している。

「この先で停めて」

石渠から四十キロほど進んだところで美香が車を停めた。パルデンの指示があったのだ。

「パルデンが、この近くにある村の廃墟《はいきよ》に行きたいと言っているの」

「分かった。イーグルチームで行こう」

辰也は車を降りると無線で仲間に連絡をした。

今回、リベンジャーズをまた二チームに分けた。

辰也がリーダーであるイーグルチームは、瀬川、加藤、黒川、それに美香を加えた五人。ワットがリーダーのパンサーチームは、宮坂、田中、京介、中條の五人だ。無線機は全員に配られているが、武器は麻酔銃が四丁、それぞれのチームに二丁ずつ。いつも出撃するときは重装備だっただけに傭兵チームにとっては寂しい限りだ。

辰也はパルデンを先頭にし、美香を中央に歩かせてイーグルチームは省道から道なき道へと進んだ。ハンドライトは点けているが、足下は大きな石が転がっている坂道のため歩きにくい。だがパルデンはライトも点けずにサンダル履きで平気で歩いている。

二十分ほど歩くと坂道の傾斜はきつくなり、崩れたレンガの壁が闇の中から現われた。ハンドライトであたりを照らすと同じようなレンガの瓦礫が丘の中腹に十数カ所ある。

パルデンは一番高い場所にある瓦礫をどかしはじめた。

「まさか、こんなところに隠れ家があるんじゃないだろうな」

辰也は副リーダーを務める瀬川に言った。

「どうでしょうか。案外地下道の入口なんかがあるのかもしれませんよ」

二人が話していると、最初の廃墟は違っていたらしくパルデンは隣のレンガの山をどかしはじめた。見かねた美香が手伝いはじめたので辰也らも慌てて手を貸した。

しばらくするとレンガの下に大きな板が埋もれていた。どかしてみると直径一メートルほどの穴が現われ、石の階段がライトに浮かんだ。パルデンは辰也の持っているハンドライトを引ったくるように持って行き穴の中に入っていった。

「地下室があるのか」

辰也はパルデンに続いて石の階段を下りて行ったが、三メートルほどで壁に突き当たってしまった。

パルデンはハンドライトで正面の壁を照らし、四角い枠の中にXと刻まれた印を壁の下に見つけると振り返ってにやりと笑ってみせた。

「何かの記号ですかね?」

辰也が美香に尋ねると、彼女が通訳する間もなくパルデンはいきなり壁を蹴りはじめた。

「なんだ、いきなり」

驚く辰也らを尻目にパルデンの渾身の力を込めた三度目のキックで壁は崩れ、直径一メートル半ほどの穴が開いた。すかさずパルデンはハンドライトで穴の中を照らした。穴の向こうは小さな部屋になっており、奥の壁には煤《すす》けた大きな旗が貼られていた。

「あれは、抗中統一ゲリラ組織、〝チュシ・ガンドゥク〟の旗だわ。壁に描かれてあった印は旗だったのよ」

美香はそういうと恐れることなく穴の中に入って行った。

旗は幅二メートル、縦は一・五メートルもあり、銃弾で開けられたと思われる無数の孔《あな》が開いていた。黄色地に二本の剣が交差し、内一本は焔に包まれている。黄色は中共から仏教を守ることを象徴しているそうだ。そして焔の剣は無知の根を絶つ曼珠珠利《まんじゆしゆり》菩薩の智《ち》慧《え》の剣と言われている。つまり仏教を知らずに破壊活動をする人民解放軍を滅ぼすというわけだ。そしてもう一つの剣は、カム族の勇気と伝統を示すという。

「ここは、〝チュシ・ガンドゥク〟の武器庫の一つだったらしい。当時の武器庫は残らず人民解放軍に破壊されたけど、ここは奇跡的に残ったとパルデンは僧長のリポティックから聞かされたと言っているわ。人民解放軍が侵攻してくる前に廃墟となっている村に隠したために見つからずにすんだそうよ。でもせっかくの武器も使われなかったのね」

美香はそう言うと旗の下に積み上げられている木箱の蓋を開けた。そこには新品のように黒光りする銃がぎっしりと並んでいた。密閉した部屋に五十年以上保管されていたようだが、ガンオイルが厚く塗られていたらしく、ハンドライトを当てると新品のように光を鋭く跳ね返してきた。チベットの乾燥した酸素の薄い空気が、オイルの酸化を防いだに違いない。

「驚いた。トンプソンM一短機関銃だぜ。陸自にいる頃、資料室に展示されているのを見たことがある。おそらくＣＩＡの援助物資だな、こりゃ」

辰也は短機関銃を木箱から取り出して唸った。

トンプソンM一短機関銃は一九四二年に米国で開発されたサブマシンガンで、第二次世界大戦から制式採用されたが、ベトナム戦争ではM一六が採用されたために姿を消している、言わば骨董品だ。

「パルデンの話だと、浩志が連れて行かれた隠れ家は、銃を持った男が見張りをしているらしいの。何も持たずに行ったら危険だと、僧長のリポティックさんが心配してパルデンにこの場所を教えてくれたそうよ」

美香は通訳しながらも険しい表情になった。浩志は自主的に潜入者に付いて行ったのではなく、ひょっとしたら武器で脅されていた可能性も出てきたからだ。

辰也はすぐさま武器にも詳しい田中を呼び寄せた。

「すばらしい。これほど保存状態がいいＭ一Ａ一は見たことがない」

田中は短機関銃を手に取るなり、感嘆の声を上げた。

「Ｍ一Ａ一？」

長年傭兵をしている辰也も昔の武器の知識まではない。思わず聞き返した。

「Ｍ一は初期バージョンでＡ一はその改良型ですよ。確かに現代の銃に比べて有効射程距離は短く、銃口初速も三分の一ほどですが、四十五口径ですから破壊力はありますよ。重量も一キロほどＭ一六より重いですが、問題ないでしょう」

田中は嬉々として答えた。

「有効射程距離は？」

「敵を倒すという意味なら百から二百メートルあるのかな。この銃は前線で弾をバラまくためのものですから」

田中は肩を竦めて曖昧な表現をした。

「狙った場合は？」

「腕によりますが、五十メートルほどですか」

「五十メートルほど？　というとそれ以下ということか」

辰也は口をあんぐりと開けた。五十メートルもないということは石を投げるのと大差はない。

「四十五口径の短機関銃ですよ。遠くには届きませんよ。しかし重量は五キロ近くあるので、連射したときには案外安定しています。それに威嚇《いかく》射撃と考えれば効果は絶大です。派手な音をたてますよ、こいつは」

「威嚇射撃か。なるほど、そいつは平和的だな。敵を殺さずに捕獲できれば一番いい。向こうには藤堂さんもいるしな。仕方がない、使えそうな銃をとりあえず人数分選んでくれ」

開き直った辰也は田中に渋々命じた。だが、他の仲間も呼び寄せると武器を見た瞬間に小躍りして喜んだ。

「でかしたぞ、辰也。俺はいざとなれば、石斧でも作ろうかと思っていたところだ。ＭＡＤＥ　ＩＮ　ＵＳＡなら上出来だ」

一番喜んだのは、ワットだった。彼にしてみれば、骨董品だろうと自国で生産された銃だけに手に馴染むのだろう。

辰也らは武器庫に開けた穴を瓦礫で塞ぎ、再び車に乗り込み省道を東に進んだ。やがて渓谷を縫っていた省道は開けた平原に出た。武器を見つけた廃村を出発してすでに三時間経っている。

「廃村から百三十キロ走っていますが、あとどれくらいかかるか聞いてもらえますか？」

辰也は真夜中のドライブに飽きて後部座席の美香に尋ねた。

「もうすぐらしいわよ」

美香が答えて間もなくパルデンは省道を外れて平原に出るように指示をしてきた。そして平原から谷間に入り、三十分ほど河原のような場所を走った。そして岩がいくつも折り重なる渓谷でパルデンは車を停めるように言ってきた。

「ここから、二キロほど進むと敵の車が置いてある場所があり、その奥にアジトがあるらしいわ」

美香の通訳で辰也らは出撃の準備をはじめた。車は大きな岩の陰に隠した。これ以上車で進むと気付かれる恐れがあり、また車を発見され破壊されることも考えられるからだ。

「私にも武器を貸して」

美香は準備を進める辰也に言った。

「ここにパルデンと一緒に残って欲しいのですが、そうはいきませんかね」

辰也は無理と分かっていても聞いてみた。

「あなたは私の射撃の腕を知らないからそう言うのよ。それに命令だとしても従えないわ」

「分かりました。この先は戦場と同じです。指揮官の俺に従ってください」

辰也は腰のベルトに差し込んであった麻酔銃を差し出した。

「馬鹿にしないでM一A一を貸して、余分に持ってきたことは知っているのよ」

美香は辰也が銃の故障に備えてM一A一を余分に持ち出していることを知っていた。

「五キロ近い銃ですよ」

半ば呆れ気味に辰也は自分の銃を美香に渡した。だが、意外にも美香はしっかりと銃を受け取った。しかもマガジンを外して弾丸を調べてまた元に戻し、すばやく銃を構えてリアサイト（照門）を覗いて膝撃ちの姿勢をとった。驚いたことに上体はぶれずにしっかりとしている。現代の軽いサブマシンガンに慣れた兵士よりは様になっていると言えた。

二人のやりとりを傍観していたワットが、美香の銃さばきに小さく口笛を吹いて頭を振った。

六

いつもの悪夢にうなされて神崎は目を覚まし、上体を起こした。

左腕のミリタリーウォッチは午前四時六分を指している。夜明けまでにはまだ間がある。水を飲もうとベッド脇のポットに手を伸ばした。

「うん？」

身体に巻き付いている穴だらけの毛布をそっとどかした。そして窓を塞いだベニヤ板の隙間から吹き込んで来る外気に触れるべく、ゆっくりとベッドから降りた。

成都にあるＣＩＡ支局で再訓練していた期間を除いて、この一年もの間、四千メートルを超す高地にあるゲリラの訓練地〝ドゥルサ〟に神崎は身を置いていた。希薄な酸素、寒暖差の激しい気候、そして時として人の命すら奪う強烈な寒波。チベットの大自然の中で体力が回復するにつれ、五感は研《と》ぎすまされていった。

耳を澄《す》ませても特に異変を感じるわけでもないが、どうしようもない胸騒ぎがした。

神崎は壁に立てかけてある〇三式自動小銃を担ぐと小屋を出た。星明かりに照らされた基地となっている村に異常はない。だが一目散に基地の外まで走った。村に通じる吊り橋で立ち止まると、はるか渓谷の下の闇を見透かした。

胸騒ぎは当たった。距離は一キロほど先だが、星明かりに照らされた崖に複数の人間がへばりついているのが見える。しかも全員が銃を背負っているようだ。

神崎は急いで基地に戻ると将軍であるタクツェルの小屋に忍び込んだ。神崎が枕元に立ったことにも気が付かず、タクツェルは呑気《のんき》にイビキをかいて寝ている。

「起きろ。敵襲だ」

神崎はタクツェルを揺り動かした。

「何！　武装警官か人民軍か？」

タクツェルは飛び起きると、ベッドの脇に置かれた〇三式自動小銃を手に取った。

「分からないが銃を持っていた。人数は十人前後だ。おそらく先駆隊だろう。あと三十分ほどで吊り橋まで来る。おまえは部下を連れて裏道から脱出しろ。俺はその間二チームを率いて時間を稼ぐ」

吊り橋までの崖の道は慣れた基地の者なら十分ほどで登ることはできるが、午前四時という真夜中とあっては、鍛え上げられた人民解放軍の部隊であろうと三十分以上かかるはずだ。

「分かった。だが、銃撃戦は絶対に避けろ。今我々の存在を知られてはまずい」

「心配するな。このときに備えて訓練してきたのだ」

タクツェルの肩を叩いた。彼の肩は微かに震えていた。

「頼んだぞ」

タクツェルの言葉に振り向きもせずに神崎は右手を上げて別れを告げた。

「ほう」

神崎は目の前の光景を見て、わずかに頬を緩めた。

将軍の小屋の前にユンリが装備を整えて立っていたのだ。そして彼の背後には二十四人の若者が整列していた。神崎が基地の中を往復したわずかな気配を察知し、対応したのだろう。教官としてまた上官として、彼らの成長ぶりに神崎は思わず目を細めた。

「全員整列しています。ご命令ください」

ユンリは敬礼した。

「三班から、五班までは将軍を守って脱出。一、二班はこの場に残り時間を稼ぐ」

命令するとユンリの背後に立っていた若者は一斉に敬礼した。五名で構成された班は、五班まであり、一班はユンリのチームで、二班はキルティのチームだった。

「行くぞ」

神崎はまるで散歩にでも出かけるように軽い調子で二チームを従えて歩きはじめた。

「敵は武装警官でしょうか、あるいは人民軍でしょうか」

ユンリがすぐ後ろから尋ねてきた。声がわずかにうわずっている。恐れているというより、敵襲と聞いて興奮しているのだろう。

「それを今から調べに行くんだ」

「敵が発砲してきたら、反撃していいのですか？」

「俺が命令するまで絶対に撃つな。この基地を風のように去るのだ」

神崎は発砲を許可するつもりはなかった。今中国当局と武力摩擦を起こせば、今後の作戦に支障を来すからだ。

「二班は、基地の入口を固めろ。一班が敵に追われて退却してきたら威嚇射撃をして敵の足を止めるんだ。だが俺の命令があるまでトリガーを引くことは一切許さない。一班は俺と一緒に基地に通じる吊り橋に行く。敵が侵入する前に橋を破壊して時間を稼ぐ」

命令すると二班は近くの岩陰や小屋の背後に隠れた。

神崎と一班の若者は基地となっている村を出た。ここから吊り橋までは百メートルほどの距離だ。

「……………！」

右手の拳を上げて神崎は中腰になった。後ろに続く若者もすぐさま跪《ひざまず》いて止まった。

〈気のせいか。あの崖の道を簡単に登れるはずはない〉

首を捻りながらも立ち上がろうとした。その瞬間視界の隅で影が動いた。

〈馬鹿な！　一体何者だ〉

指先でハンドシグナルを出してチームを二分して待機させ、自らは疾風のごとく走り、未確認の影に近寄った。

息を潜めていた影が神崎に気が付いたのか、ネコ科の動物のように音もなく後退しはじめた。敵は一人だけのようだ。おそらく斥候《せっこう》だろう。この男を始末すれば後続の部隊の動きを一瞬でも止めることができる。

「……！」

激しく動いたせいで脇腹の弾丸が激痛を呼んだ。

逃走を諦めたのか影は吊り橋から離れた岩陰に身を潜めた。

神崎は〇三式自動小銃を背中に回してスピードを緩めた。そして腰のホルダーからサバイバルナイフを取り出し敵の隠れている岩に近づいた。

〈しまった！〉

吊り橋が揺れる音がする。まんまと岩陰の男に誘《おび》き寄せられたのだ。

神崎はナイフを戻し、仲間のところに戻るべく踵《きびす》を返した。

その間も信じられないことに吊り橋を次々と男たちが渡ってくる。こんな夜中にあの崖をゲリラの若者たちのように登ってきたのだ。

神崎は背中の〇三式自動小銃を構え、振り向き様に敵の足下に撃ち込んだ。敵はあっという間に岩陰などに隠れた。敵ながら見事な動きだ。

「撤収！」

散開している一班を基地の奥へと追いやりながら、神崎は威嚇射撃をした。敵はこちらが背中を見せると巧みに前進してきた。だが、反撃してくる様子はない。ゲリラを殺さずに捕獲するように命令をされているのだろう。

「二班、撤収だ！」

村の入口で待機していたキルティらにも命令をした。彼らは神崎の威嚇射撃を受けて銃を構えて待機していた。二班は神崎の命令が聞こえなかったのか、一班のメンバーが通り過ぎるのを確認すると一斉に銃撃を開始した。

「何をしている！」

叫んだが遅かった。銃撃音で彼らの耳に命令は聞こえない。

二班の銃撃に呼応して敵も一斉に反撃してきた。だが、敵の銃撃音は凄まじく、ゲリラの若者たちはすくみ上がった。

「撤収だ！」

神崎は威嚇射撃をしながら、若者たちの頭を叩いては村の奥へと走らせた。

「キルティ、おまえが最後だ。早く逃げろ！」

「すみません、私のミスです。参謀、先にお逃げください」

キルティは激しく首を振って、動こうとしなかった。

「貴様！　俺の命令が聞けないのか。さっさと行け！」

「私は死んでも構いません。みんなを助けてください！」

キルティは涙声で叫んだ。

「馬鹿野郎！　誰も死なせるものか」

神崎はキルティの襟首《えりくび》を掴み無理矢理立たせた。するとキルティの肩越しに身長一七〇数センチでスキンヘッドの男が銃を構えているのが見えた。暗がりでよく見えないが、太い首をした体格のいい男だ。

「ちっ！」

神崎は激しく舌打ちをした。距離は二十五メートル、外す距離ではない。

「頭を下げろ！」

咄嗟にキルティを引き崩して銃を構えた。チキンレース、先にトリガーを引いた者が生き残る。

「何！」

銃を構えた敵の前に小柄な男が走り寄ってきた。暗くて顔まではよく見えないが、カムの男のように長い髪をしている。だが銃は背中に担いだまま、非戦闘員と同じだ。

神崎は非戦闘員を撃つつもりはない。男が弾道に入らないことを祈って大男に照準を合わせた。

〈邪魔だ！　弾道に入るな〉

願いもむなしく小柄な男は両手を挙げて完全に弾道を塞いだ。しかもなぜか背を向けている。

「ノー！」

女の叫び声、しかも彼女の背中の銃は戦場でめったに見ることができないものだった。

「女か！　それにトミーガン？」

神崎はトリガーに掛けた人差し指を伸ばした。トミーガンとはトンプソン短機関銃の愛称だ。

ダン、ダン！

銃声が背後から聞こえて敵の女は倒れた。

「参謀！　早く」

振り返るとユンリら一班が背後から援護射撃をしていた。流れ弾が当たったようだ。

女が撃たれたことで敵も今度は激しく反撃してきた。

「行くぞ！」

神崎はキルティを引きずるように村の奥へと走った。

〈どうして？　こんな場所に女がいたのだ〉

神崎は何度も威嚇射撃をしながら、倒れた女を振り返った。

妨害工作

一

　四川省カンゼ・チベット族自治州の北西部にある徳格県、デルゲは、こぢんまりとした小さな街であるが、古くからカム地方の文化の中心である。

　この地方を治めていたデルゲ王により、十八世紀にチベット仏教の集大成である〝チベット大蔵経〟（デルゲ版）の編集がなされた。また、一七二九年に創建されたデルゲ・バルカン（徳格印経院）では今もチベット全域に配布される経典が手作業で印刷されており、デルゲに巡礼者が絶えることはない。

　山間基地であった〝ドゥルサ〟を捨てたゲリラ組織〝スタグ〟は、基地の背後にそびえる五千メートル級の山を迂回《うかい》し、谷間に隠してあったランドクルーザー五台に分乗するとデルゲの北十キロに位置する廃村に落ち着いた。

チベット亡命政府の発表では、一九五〇年の人民解放軍によるチベット侵攻から二〇一〇年までの間に殺害されたチベット人は百二十万人としている。だが、それは把握できるという数値であり、自殺者や拉致され密かに殺害された人数も入れると、二百万人に達するという研究者もいる。そのため、人口六百万人だったチベットでは三人から四人に一人の割合で殺害された計算になり、廃村に追い込まれた小さな村は数えきれないほどあると容易に推定できる。そのためゲリラ組織〝スタグ〟はチベット自治区に隣接する四川省、青海省に数多くの隠れ家を確保していた。

総勢二十五名の実行部隊の若者はすべてカム地方から集められた。彼らは体格がよく反骨精神が旺盛《おうせい》であるために軍人に向いていたからだ。またこの地方が反共の中心をなしてきたという歴史もあった。タクツェルはこの地方の村や街で見つけた若者を個人的に面談し、組織に加入させていた。そのため〝スタグ〟の存在は噂に上ることもない。

午前六時、廃村に到着して一時間以上経過した。実行部隊の若きリーダーであるユンリのチームを見張りに立たせ、後のメンバーは午前十時まで仮眠することになっていた。

神崎も村の朽《く》ち果てた廃屋を一つあてがわれていたが、床に転がった柱に座り壊れた屋根から見える星空を見上げてまんじりともしなかった。〝ドゥルサ〟から脱出する際の映像が頭から離れずに眠ることなどできなかったのだ。

〈あの女は一体誰だったんだ〉

暗くて顔はよく見えなかった。だがなぜか声に聞き覚えがあるような気がするのだ。しかも彼女のとった行動が理解できなかった。

〈俺をかばったのか？〉

女は両手を挙げて敵と神崎の間に割って入ってきた。しかも背を向けていたのだ。仲間をかばうのなら背を向けるのはおかしい。だとすれば、彼女は身を挺して神崎を守ろうとしたことになる。

不可解なのは女だけではない。敵の部隊の行動も理解できない。目視できたのは女も含めて六名だったが、暗闇で見たマズルフラッシュから判断するに九名ないしは十名の小隊だったようだ。たった一人で基地に潜入してきた斥候といい、あとから基地に乗り込んできた連中といい、並の兵士ではなかった。また、脱出した神崎らは背後の山を迂回してランドクルーザーの隠し場所まで行くことができたが、後続の部隊はなかった。とすれば彼らは少数精鋭の特殊部隊だったといえる。

ライトも点けずに星明かりだけで懸崖の基地までのルートをいとも容易《たやす》く攻略したばかりか、銃撃は非常に正確だった。なぜなら彼らは派手に銃撃音をたてていたが、〝スタグ〟のメンバーを誰も殺さなかった。彼らはゲリラの若者たちの位置を特定し、その足下か頭上を正確に狙って射っていた。そうでなければ、彼らの持っていた旧式のトンプソン短機関銃では普通の者であれば当てようと思っても外れてしまう。逆に外そうとしても当ててしまっていただろう。

神崎は女が背中に担いでいた銃で、派手な銃撃音をたてる敵の武器の正体を知った。リアサイトに三角板が付けられていたことから、トンプソンＭ一短機関銃でなく改良型Ｍ一Ａ一だった。それにしても現代で使われる銃ではない。少なくとも人民解放軍や武装警官の特殊部隊でないことは分かる。可能性としては、〝スタグ〟とは違うチベット人のゲリラ組織なのかもしれない。

彼らの動きからして素人ではない。少なくとも何人かは欧米かインドあたりの特殊部隊経験者の義勇兵がいたはずだ。また、女がいたことは意外だったが、英語を使っていたことを考えると彼女も外国の特殊部隊の経験者なのかもしれない。

いくら考えても結局は敵の正体は分からない。〝スタグ〟のメンバーはタクツェルをはじめ全員が、襲撃してきたのは人民解放軍の特殊部隊だと思い込んでいる。もっとも敵と言えばそれぐらいしか思い浮かばないからだ。

神崎は自分のバックパックから水筒を出してわずかばかりの水で右手を濡らし、頰を叩くようにして顔を水で湿らせた。そして見張りをしているユンリを探すため今にも崩れそうな廃屋を出た。

「おはようございます、参謀。眠れないのですか」

村は渓谷の緩やかな斜面に、十数軒ほどの廃屋が肩を並べるように建っているだけだ。

探すまでもなく、二軒先の廃屋の前に立っていたユンリの方から声をかけてきた。

「もし〝スタグ〟のメンバーが銃撃されて負傷した場合はどうなる？　中国政府が地方都市に建てた病院に入るわけにはいかないだろう」

神崎は唐突に質問をしてみた。

「当然ですよ。チベット人が中国人の医師にかかりでもしたら、たとえ傷は治してくれても不能にされてしまいます。死体だって返してくれないのに、生きて病院を出られる保証もありません。入院するくらいなら、その辺でのたれ死にした方がましですよ」

ユンリは鼻で笑って答えた。

病院に行ったあと具合が悪くなり、不能になったという話は、多くの亡命したチベット人の証言から得られている。単なる風邪や腹痛で行ったにもかかわらず、男はインポテンスに女は知らない間に避妊手術をされていたというのだ。これらはチベットでのジェノサイドとして国際的な人権団体からも報告されている。

また、チベット自治区でデモを行なえば武装警官や人民解放軍にいきなり発砲されることがある。二〇〇八年三月十四日にラサの小学校に子供を迎えに行った親たちに向かって、軍が突然発砲したそうだ。大勢のチベット人がいたためにデモと勘違いしたのだろう。何人もの親や子供が死亡したが、いくら親族が抗議しても遺体を引き取った病院から返還されることはなかった。遺体は軍の暴挙の証拠となるからだ。この手の事件が頻発するラサではチベット人は二人以上集まって挨拶や会話することもできなくなったそうだ。

「それじゃ、チベット人は病院に行かないのか?」

「まさか。チベットには昔から医学病院があります。なんせチベット医学は二千年以上の歴史がありますから。最近では西洋医学も取り入れ、医療器具も揃えているところもあります。もっとも昔はその役目を寺がしていたのですが、医療行為をしている寺はもうないでしょう」

「〝ドゥルサ〟で怪我や病気をしたとき、どこの病院に行っていたんだ?」

「どこか怪我でもしたのですか?」

珍しく神崎が進んで話をするのでユンリは訝っているようだ。

「例の頭痛がするんだ。一度病院で診てもらった方がいいかもしれない」

神崎は適当に誤魔化した。

「それなら、デルゲに日本の援助で建てられたチベット医学病院があります。参謀一人では難しいですから、俺たちの誰かが付き添って行けば大丈夫です。ここからも近いですし、いつでも言ってください。それとも今から行きますか」

四川省カンゼ・チベット族自治州徳格県の政府機関所在地は更慶鎮《ゴンチエン》という街であるが、誰もがチベット語のデルゲと呼んでいる。

「今は大丈夫だ。だが作戦前に一度行った方がいいかもしれないな」

神崎はユンリが心配顔をするので苦笑した。

二

カンゼ・チベット族自治州徳格県のデルゲのメインストリートからやや離れたところに、三階建ての真新しいチベット医学病院がある。漢方を中心としたチベット医学療法の他に西洋医学も加えて様々な診療科があるが、チベットの病院らしく産婦人科はない。というのも出産は自然の行為であり、自宅で産むのがチベットでは古くからの慣習とされているからだ。

一階には手術室もあるが、緊急時のＡＥＤ（除細動器）などの医療器具が不足しているために大きな手術はできないというのが現状だ。

ワットはチベット医学病院の前に頭を抱えて座り込んでいた。肌が浅黒いラテン系の顔をした彼はともすれば中国ではウイグル人に間違えられることもあるが、ジーパンにブルーのダウンジャケット、それに赤いバックパックという服装はどこから見ても観光客に見える。それにチベット自治区ではなく四川省のため、通りがかりの公安警察官も気にする様子はない。

「いい加減、ホテルに入ったらどうだ」

辰也がワットの隣に座り込んだ。

真夜中に〝タツァン〟寺の戦士僧であるパルデンの案内で、浩志がいると思われる場所にリベンジャーズは潜入した。だが、そこは武装勢力の基地で、激しい銃撃戦となってしまった。リベンジャーズは浩志が拉致されていることも考え、本格的な交戦を控え威嚇射撃にとどまっていたのだが、美香が銃弾を受けて負傷してしまった。

辰也とワットと宮坂の三人は、急いで美香を隠してあるランドクルーザーのところまで運び出し、パルデンとともにデルゲのチベット医学病院に急行した。現場からデルゲまでは百二十キロも離れているが、大きな病院がある街としては一番近かったからだ。

一時間半後に病院に到着し、パルデンの仲介でなんとか緊急手術を受けることになった。病院側も明らかに銃創と分かる美香の怪我に当初戸惑いを見せたが、パルデンが機転を利かせて中国人の密猟者に撃たれたと言って誤魔化してくれた。

希少種である四川省の野生のパンダやキンシコウに限らず、虎やツキノワグマなど中国全土で農民や業者による密猟が後を絶たない。そのため密猟者に誤って撃たれたというのはありえない話ではないのだ。また、美香が日本人であったことも日本の基金で設立された病院では好意的に受け止められたようだ。

「美香が撃たれたのは俺のせいだ。彼女にもしものことがあったら、浩志に何と言えばいいんだ」

ワットはいつもと違い、蚊の鳴くような頼りない声で言った。

「おまえの責任じゃない。銃撃戦の最中に飛び出した彼女の問題だ。彼女には後方にいるように命じてあった。だが、それ以前に軍人でもない彼女に同行を許可した俺の責任だ」

ワットからすでに状況を聞き出していた辰也も、ワット同様自責の念に囚《とら》われていた。

「彼女は浩志を命懸けで探しているんだ。おまえが許可しなくても彼女は付いてきたさ。やはり俺の責任だ。彼女は俺に〝ノー〟と警告したんだぞ。俺さえ銃を構えずに物陰に隠れていれば、彼女は飛び出してくるようなことはなかったはずだ」

「しかし、彼女は敵をかばったのだろう？　ということはそこに藤堂さんがいたことになるが、あの場で判断できたのかな。それとも彼女だけには分かったというのか」

「あのとき俺は二人の男が言い争っているのを見つけた。それが二人とも浩志に背格好が似ていたんだ。暗くて顔の確認なんてできない。俺は二人とも拘束しようと近づいた。するとそのうちの一人が俺に気が付いて銃を構えた。仕方なく俺はその男に照準を合わせた。いくら暗闇でも浩志なら俺のことは分かるはずだと思ったからだ」

「だが、その途端、彼女が邪魔をしたんだよな。とすると、その銃を構えたのが藤堂さんだったと彼女は思ったに違いない。ワットは本当に確認できなかったのか」

辰也は首を捻りながら尋ねた。

「何度も言っているが、暗くてよく見えなかった。だが髪が長かった。俺は短髪の浩志しか見たことがなかったから違和感を覚えたんだ。だが、体格が似ていたことと、すばやく銃を構えた手際良さは今から考えると浩志だったのかもしれない。だが、それだけに俺も銃を撃たなければ殺されると思ったことも事実だ。もっとも距離は二十五メートル、やつの銃は中国製の最新の〇三式自動小銃、俺のは五十年前のトミーガンだ。殺されていたのは多分俺だな」

ワットは自嘲ぎみに笑った。

「そういう意味では美香さんはワットを救ったとも言えるな」

辰也がそう言うと二人は揃って溜息をついた。

「ここにいたのか、二人とも。ワット、手術が終わったので通訳を頼む」

病院の手術室前でパルデンと一緒に待機していた宮坂が呼びにきた。

ワットと辰也は、宮坂の案内で急いで病院に入った。

一階の廊下の奥で、手術を終えた大勢の医師や看護師が疲れた様子で手を洗浄しているところだった。日本の病院と違い、手術室といっても密閉されてない部屋に手術台と照明器具があるというだけで、換気や殺菌消毒するシステムがあるわけではない。そのため、美香の手術は医師にとっても冒険だったようだ。

「先生、どうですか?」

ワットは執刀医が手を洗い終わるのを待って尋ねた。医師は四十代半ばのチベット人で外科医らしい。質問に対して気難しい表情をみせた。

「弾丸は貫通していた。身体の中の傷もすべて縫合し出血を止めることはできたが、脊椎《せきつい》を損傷している。だがそれがどの程度身体に影響を及ぼすかは分からない」

医師はやるべきことはやったと言いたいのだろう。

「それで彼女は助かるのですか？」

「出血が多かったので、正直言って今夜もつかどうかも分からない」

「なんとかならないのですか？」

ワットはもう一度尋ねた。

「言い訳はしたくないが、ここは設備が不十分だ。この国では我々チベット人医師は、中国人に比べて満足な知識や経験を積むことは困難なのだ。彼女の回復を待って成都の病院に移すことを助言する。日本人なら入院できるはずだ」

医師は頭を横に振ってワットの脇を通り過ぎて行った。

医師の話では麻酔は夕方までには切れるはずだったが、夜中になっても美香の意識は戻らなかった。異変が起きたときにすぐに対処できるように、辰也らは交代で彼女の病室に詰めることになった。またパルデンも美香の病状が安定するまで帰らないと言い張り、辰也らと行動を共にしている。彼も案内したことで責任を感じているようだ。

付添いは二時間で交代することにし、ワットは宮坂と組んで午前零時から詰めていた。

美香のベッド脇に置かれた折りたたみ椅子にワットは腕組みをして座っていた。病院では夜になれば早々に消灯されてしまうので本を読むこともできない。

「うん？」

ワットは耳を澄ませた。廊下から微かな足音が聞こえるのだ。この病院の床材はお世辞にもいいとは言えない。そのため、どんなに静かに歩いても足音は聞こえてくる。看護師の夜中の巡回かと思ったが、足音は非常階段の方から突然聞こえてきた。外部から侵入した可能性も考えられる。

美香の病室は二階の中央より少し奥にあり、非常階段からは近い。個室になっており、院内のどの部屋よりも広い。特別な仕様ではないが廊下には中国の簡易体で〝集中治療室〟と表示されている。

ワットは傍らに座っている宮坂の膝を叩いて、注意を促した。彼はまだ気が付いてないようだ。それほど足音は軽微なものだった。

二人は病室のドアの右と左に分かれて身構えた。武器は靴に仕込んだブーツナイフ以外持ちあわせていない。だが、ワットは米国最強の特殊部隊と言われるデルタフォースの中佐をしていただけに、あらゆる格闘技に長けている。また宮坂はスナイパーの名手〝針の穴〟と呼ばれているが、元自衛隊員というだけあって柔道、空手は黒帯を持ち、浩志に古武道を習い、その腕を上げていた。敵が銃さえ持っていなければ恐れるものではない。

足音がドアの前で止まった。ワットと宮坂はブーツナイフを掌に隠すように持ち、じっと耐えた。だが、緊張感に心拍数が否が応でも上がる。すると廊下の人間はまるでそれを察知したかのように、ゆっくりとドアから離れはじめた。

ワットはハンドシグナルを宮坂に送り、ドアを開けて廊下に飛び出した。

廊下の窓から差し込む月明かりが影絵のような男の後姿を闇に浮かび上がらせた。

二人は同時にブーツナイフを男に向かって投げつけた。ワットのナイフは男のベルトの辺りに当たって跳ね返ったが、宮坂のナイフは右の太腿に刺さった。男が前のめりに転倒した。すかさずワットが走り寄り、男の顔面を蹴ろうとしたが、男はすばやく回転してかわすと、ワットの足を摑んで捻った。

「ウッ!」

ワットは迂闊《うかつ》にもバランスを崩して転倒した。

だが男が立ち上がろうとするタイミングを狙って、宮坂がミドルキックを入れた。だが男は右手でキックを払いのけ、掌底で宮坂の顎を強打した。宮坂は二メートルも飛ばされ、壁に後頭部を打って気絶した。

ワットは立ち上がりながら、男の足を払った。男は見事に足払いを喰らったのだが、受け身を取るとバク転するようにすばやく起き上がった。

「ちっ!」

　ワットは敵の優れた身体能力と攻撃力に驚きを隠せなかった。長く闘えば殺されるのは自分だと認めざるを得ない。敵の鋭いパンチをブロックすると、左右のパンチからキックを入れた。だがことごとく男にかわされ、あげくに腕を捻って投げられた。男は合気道のような技も使うようだ。ワットはすばやく受け身を取って起き上がったが、男の腕が背後から首に絡まってきた。

「……………」

　容赦なく締め付けられ、ワットは声をたてることもできず意識が混濁してきた。

「ワット！」

　辰也の声だ。見張りの交代の時間が来ていたらしい。辰也とパルデンが下の階で争う音を聞いて階段を駆け上がってきたようだ。

　ワットは男の脇腹に肘打ちを当て、背後にすばやく回り込んで行く手を塞いだ。気を失いかけていただけに当てるだけで精一杯だったが、意外にも効いたらしく男はのけぞって壁際まで後退した。だが次の瞬間、男は窓ガラスを突き破って外に飛び出した。

「シット！」

　ワットは慌てて窓から外を覗いたが、通りを横切った男が闇の中に消えるところだった。

三

加藤は遠くから聞こえてくる車のエンジン音にじっと耳を澄ませ、左腕のミリタリーウォッチを見た。午前二時四十八分、山間の小さな村を見下ろす丘の上で黒川とともに見張りをはじめて、かれこれ八時間以上経っている。

昨夜浩志がいると思われる場所にリベンジャーズは潜入したが、武装勢力と激しい銃撃戦となり、美香は負傷した。辰也らはデルゲの病院に彼女を搬送したが、加藤と黒川は辰也の命令により、武装勢力を追跡することになった。彼らが谷に隠しておいた五台のランドクルーザーには、あらかじめ位置発信器を仕掛けておいたのだ。

助手席に乗り込んだ黒川がパソコンに表示される発信器のシグナルを確認し、加藤が車の運転をした。敵の車とは意外にも距離が離れてはおらず、先行して出発した辰也らと二キロと離れていない。しかも進行方向も同じで国道三一七号をデルゲに向けて進んでいた。

二人は猛スピードで追ったが、舗装されているとはいえ夜中の山道を敵の車もかなりのスピードで飛ばしており、距離は縮まらなかった。

デルゲの四キロ手前で武装勢力は国道から外れ、東に向かう山道に入った。谷間の悪路で道幅も狭く、大小のわだちでまともに走れるような道ではなかった。敵の信号が停止したのを確認すると、二人は一キロ手前の谷の道から外れた岩陰に車を隠し、トンプソンM一A一を担いで敵を追った。

信号を追って緩やかな斜面に壊れかけた家が並ぶ小さな村に五台のランドクルーザーが停められているのを発見し、二人は村が見下ろせる丘に登った。

加藤はトレーサーマンと呼ばれ、アメリカの傭兵学校で、ネイティブインディアンの教官から、先祖から伝わるという特殊な技術を学んだ追跡と潜入のプロだ。そのためリベンジャーズが行軍する際に、加藤は浩志から必ず先頭を歩くように命じられた。必然的に浩志と行動をともにすることが多かっただけに、この一年、行方不明になった浩志の捜索に全身全霊を傾けてきたと言っても過言ではない。

村のはずれに一台のランドクルーザーが停められた。

「帰ってきたな。このままいなくなったらと心配したがよかった」

加藤の隣で見張りをする黒川が小声で言った。

車から男が一人降りてきた。月はなく星明かりだけでは闇に埋もれた姿を詳しく確認することは視力一・五の黒川にはできない。だが、五・〇というアフリカのマサイ族並みの視力を持つ加藤は、車から降りてきた男が髪と髭をだらしなく伸ばしている姿をはっきりと見ていた。

「あの男は足を怪我していますね。出かけるときはなんともなかったはずなのに」

加藤は男がわずかに右足を引きずっているのを確認した。男はなぜか辺りを警戒する様子を見せて小屋に入って行った。

「この闇の中でそんなことまで分かるのか。ナイトビジョンはいらないな」

黒川は感心してみせた。

「ナイトビジョンは大袈裟ですよ」

加藤は頭を掻きながら、黒川と何気なく二人で話していることが嬉しかった。というのも瀬川もそうだが黒川は他の仲間と違い、実は陸自の空挺部隊のエースで、しかも防衛省から特別な任務を受けて傭兵代理店のコマンドスタッフとして働いている。それを知ったのはごく最近のことだが、彼らは仲間の中では異質の存在で、黒川はどちらかと言うと無口で取っ付きにくい感じがしていたからだ。

「黒川さんと二人で組むのははじめてですよね。ただ藤堂さんを捜索する作戦ではなく別の仕事だったらよかったのですが」

加藤は正直な感想を漏らした。

「それはこっちのセリフだよ。私は傭兵代理店の仕事に就く前は、ひたすら訓練に明け暮れる毎日だったからね。特に藤堂さんのチームに加わるようになってからは、人生観が変わったよ。リベンジャーズはスペシャリストの集団だから、正直言って引け目を感じていたんだ。だが、あるとき、藤堂さんがオールラウンドにこなすスペシャリストだと褒めてくれたんだ。それからはチームにいることが心地よくなったけどね」

　黒川が照れくさそうに言った。

「引け目を感じるだなんて冗談でしょう。私のような傭兵学校の出身者にとって自衛隊の空挺部隊の隊員は眩《まぶ》しく感じますよ。どんな作戦でも躊躇《ちゅうちょ》なくこなせる黒川さんや瀬川さんがうらやましいと思っていたのに……」

　加藤は瀬川と黒川の空挺部隊のエースらしく、パラシュート降下をはじめとした高い軍事的な技術に、憧れさえ持っていたために意外だと思った。

　黒川の衛星携帯が音もなく振動した。

「瀬川さんからだった。私たちが急襲した村には、手掛かりになるものは何も残されていなかったようだ」

　携帯を切った黒川は舌打ちをした。

　瀬川と田中と京介の三人はゲリラが〝ドゥルサ〟と呼ぶ村に残って詳しく調べたが、何の手掛かりも見つけられなかったようだ。逃亡したゲリラは証拠を残さずにいつでも逃げられるように準備していたのだろう。

「三人は私たちの応援に駆けつけてくれる。ただし、ここは山の一本道なので国道三一七号沿いの村で待機するそうだ。当分見張りは私たちだけということになりそうだ」

「了解です」

加藤は持久戦になることを覚悟していた。

四

神崎は右足を引きずりながら自分の小屋に戻った。

「ちくしょう！」

ベッド脇に置かれたバックパックを神崎は思いっきり蹴飛ばした。

昨夜の午後十一時を過ぎ、いつもの悪夢で目覚めると眠れなくなってしまった。すると なぜか〝ドゥルサ〟で撃たれた女のことが気になった。朝、ユンリから聞いたデルゲのチベット医学病院に入院している可能性も考えられた。そう思うといてもたってもいられなくなり、一人でランドクルーザーを運転してデルゲに向かった。

デルゲまでは十キロほどの距離で、片道四十分もあれば充分だというのも都合がよかった。仲間が寝ている間に調べることができるからだ。

小さな街なのでチベット医学病院はすぐ見つかった。外の非常階段をよじ上り、二階のドアをこじ開けて潜入した。銃で撃たれた女は手術を受けて集中治療室にいると考えたからだ。この病院に来るのははじめてだが、病院の規模からして外来の診察室と手術室と受付などの施設が一階にあり、集中治療室は一階か二階にあると見当をつけたのだ。

　電力不足のこの地方ならどこでもそうだが、院内は完全に消灯されていた。幸い月が出ており、夜目が利く神崎には充分だった。

「くそっ！　俺は何をやっているんだ」

　神崎は民家の土塀を思いっきり拳で叩き付けた。すると土塀は大きな音をたてて崩れ、直径二十センチほどの穴が開いた。

　病院を事前に調べることなく忍び込んだのは、あまりにも軽率な行動だった。

　目的の集中治療室は予測通りに二階にあった。ドアを開ける前に全神経を集中させた。すると微かに人の気配が感じられた。しかも押し殺した気配だ。神崎は敵に気付かれないように後退したが、病室から二人の男が飛び出してきて襲われた。

　強敵だった。一人は〝ドゥルサ〟で神崎に銃を向けてきたスキンヘッドだった。二人を倒し、応援が駆けつけてきたので二階から窓ガラスを突き破って逃走したが危ういところだった。

　神崎はポケットから小型のナイフを取り出した。敵に投げつけられて右の太腿の後ろに刺さっていたものだ。二センチ近く刺さっていた。小型で先がくの字に曲がった形状からしてブーツナイフに違いないが、軽くできている。試しに顎の髭を引っ張って刃を当ててみると簡単に切れてしまった。

「セラミック製か」

セラミックはよく切れるが衝撃に弱い。耐久性を要求される軍用では、まず使われない素材だ。あえて使うということは空港の金属探知機から逃れるためと考えるのが妥当な線だろう。とすれば、彼らは中国当局の関係者ではないということになる。

「こいつは使えるな」

神崎はナイフを汚れた布で巻き付けて、自分の左のブーツのヒモの隙間に差し込んで固定した。小型だけにまったく気にならない。

「しかし、どうしてだ？」

こんな特注のブーツナイフを使う連中が、マニアなら分かるが時代遅れのトンプソンM一A一短機関銃を使っていたということがどうしても理解できない。

「博物館から盗んだのか？　まさかな」

そう言って神崎は鼻で笑った。

中国では金さえあれば中古の銃だろうが戦車だろうが何でも買える。というのも中国の役人には腐敗が蔓延《まんえん》しており、人民解放軍でも同じだそうだ。それは古代から興亡を繰り返す帝政末期を再現するかのようだが、現在の中国の腐敗のきっかけを作ったのは毛沢東時代から続く〝愚民化政策〟である。

毛沢東は一九六〇年代後半から一九七〇年代前半まで続いた〝文化大革命〟で、高学歴の知識人を中心に数千万人の人民を殺害した。目的は自分の地位を脅かす者を抹殺し、人民を思考能力のない愚民にすることだった。

次に中国の腐敗を促進させたのは、金さえ儲ければどんな悪いことでも許されるという鄧小平《とうしょうへい》の経済至上主義だ。人民は〝シャンツェカン（向銭看）〟と呼ばれる集団になったと中国を憂う知識人は嘆く。〝向銭看〟、日本で言うところの拝金主義は人民解放軍でも例外でなく、階級を金で買うのはあたり前で、古くなり破棄される武器のほとんどが武器庫から流出し、中東やアフリカの武装勢力に売られて軍幹部の私腹を肥やしているというから驚きだ。

「だが、やつらはトミーガンをまるでM四カービンのように扱っていた」

M四カービンは、五・五六ミリ弾を使用するM一六A二の全長を短くして軽量化したもので、重量も三千四百八十グラムと軽く、米軍の主力銃である。一方リベンジャーズの使っていたトンプソンM一A一の重量は四千七百四十グラムもあり、有効射程距離も驚くほど短い。だが、接近戦での殺傷能力に差異はない。つまり彼らは武器を選ばずに闘えるほど戦闘能力が高いということになる。

「まさか」

神崎は急いで小屋の外に出て辺りを見渡した後、全神経を集中させた。特に怪しい気配は感じられない。だが、どこからか視線を感じる。しかも村の出入りは一本道で、もし塞がれたら車を捨てて徒歩で山に逃げるほか手はなくなる。ここに部隊を導いたのはタクツエル・トンドゥプだった。将軍と名乗ってはいるが軍人でないことを考慮するべきだった。

神崎は近くにある小屋に飛び込んだ。

「起きろ、ユンリ！」

小屋はユンリがリーダーを務める一班の宿舎になっていた。

「どうしたんですか、参謀？」

彼らは昨夜の襲撃で疲れているのだろう、反応が鈍い。

「さっさと起きて、他の班を叩き起こせ！」

神崎は怒鳴り散らした。

「撤収だ。急げ！」

「りょ、了解しました」

撤収と聞いてユンリは慌てふためいた。

神崎はその足でタクツェルの小屋に入った。

「タクツェル、起きろ。ここは危ない」

「また敵襲か！」

タクツェルは急いで銃を手に取った。

「いや、まだ来ていないが、俺の勘ではここはやつらに嗅ぎ付けられている。夜が明ける前にここを出発するぞ」

「勘なのか。カンザキ、取り越し苦労だろう」

タクツェルは銃を床に下ろし、腕時計を見た。

「まだ午前三時じゃないか。朝移動してもいいのじゃないか」

「俺の軍人としての勘に間違いはない。それとも死にたいのか。逃げ道が確保されていた〝ドゥルサ〟のようにはいかないぞ」

神崎は冷たく言い放った。

「……分かった。すぐ出発しよう」

タクツェルは渋々靴を履きはじめた。世話の焼けるリーダーだ。

小屋を出ると村の広場に若者たちが整列するところだった。

神崎はタクツェルが装備を整えて小屋から出てくるのを辛抱強く待った。

しばらくしてタクツェルが出てくると、

「出発！」

神崎は号令をかけた。ゲリラ部隊〝スタグ〟は、五台のランドクルーザーに分乗して廃村を後にした。

「見つかったのでしょうか？」

丘の上で見張りをしていた加藤が腕組みをして言った。

「いや、そうは思わない。だが、さっき足を引きずっていた男は……」

答えた黒川は言葉を濁した。男の名前を言いたかったが、確信がもてなかったのだろう。

「やはりそう思われますか」

加藤も曖昧に頷き、二人は渓谷に消えて行く赤いテールランプを見送った。

五

辰也は眠い目を擦り、左腕の時計を見た。

午前四時十分、〝タツァン〟寺の戦士僧であるパルデンと美香の病室に詰めている。彼女は手術が終わって十七時間近く経つが意識が戻る様子はない。

何者かが病院に侵入してきたために、ワットと宮坂は交代時間が過ぎた後もしばらく一緒にいたが、三十分ほど前にホテルに戻した。夜中の騒動に病院の職員も動揺したが、単純に泥棒だったと彼らは解釈しているようだ。被害も窓ガラス一枚ですんだために公安警察には届出はしないらしい。警察に介入されれば賄賂を要求され、窓ガラス代だけではすまなくなるために通報しないというのが実際のところのようだ。

また、武装集団を追っていた加藤と黒川から、彼らに逃げられたという報告を一時間前に受けている。今ごろ敵のアジトを調べていた瀬川らと合流し、追跡を開始しているはずだ。

問題は武装集団が国道三一七号をデルゲと反対方向の北に向かっているらしく、追跡チームと辰也らが合流することが難しくなることだ。

美香が負傷したことで動揺し、辰也は副リーダーであるワットとともに行動してしまったことが今さらながら悔やまれた。もっともリーダーになってもおかしくない瀬川が彼らと行動をともにしているのがせめてもの救いだった。

石渠で留守番をしていた友恵とガイドの王偉傑と陸丹の三人には、こちらに向かうように連絡をしてある。友恵が到着次第、辰也らはすぐに出発するつもりでいた。

また、友恵とは別に傭兵代理店の社長である池谷にも連絡は入れてある。彼はゴロク・チベット族自治州の州都である〝瑪沁〟のホテルに付き添いの中條と滞在していた。美香が突然辰也らと合流してしまったために、池谷は取り残された形になったのだ。彼女に別れを告げてから帰るつもりだったので帰りそびれてしまったらしい。

彼らもこちらに向かっているらしいが、〝瑪沁〟とデルゲは千百キロも離れている。早くても到着は明日以降になるだろう。

辰也はもう一度腕時計を見て指先でガラス板を触ってみた。

腕時計は〝ブラックフォーク〟と呼ばれるＭＴＭ社のミリタリーウォッチで、つや消しの黒いボディは傷つきにくく、耐久性がある。文字盤は、基本の蛍光モードのほかにバックライトモード、そして、一マイル先まで届くというトーチライトモードがあり、各国の特殊部隊から絶大な信頼を得ている。

ソマリア沖の海賊対策に海上自衛隊と密かに作戦行動をした際、浩志が辰也の安物のミリタリーウォッチと交換してくれたもので、辰也の宝物だ。しかもこの時計には命まで助けられている。

浩志と辰也とワットは、ソマリア沖で乗り込んだロシアのミサイル艦が爆発する寸前に脱出した。だが、ワットは脱出前に右胸と右肩を撃たれる重傷を負っていた。しかも救命ボートもなく夜中の海で漂流した。

三人とも死んでしまうと、辰也は意識を失ったワットを何度も見放すように浩志に進言したが、聞き入れてくれなかった。辰也はなんとしても浩志だけでも生き延びて欲しかったのだ。だが彼はけっして諦めなかった。というよりも希望を失わなかったと言った方がいいのかもしれない。事実、夜明け前に救助の米軍のヘリが現われた。そのときこの時計をトーチライトモードにし、二キロ先のヘリに合図を送って救助されたのだ。

「浅岡さん」

「えっ！」

辰也は声のする方に反射的に顔を向けた。

「お水、ちょうだい」

血の気が失せた顔ではあるが、美香は両目を開けていた。

辰也が慌てて立ち上がると、パルデンが水を入れたポットとコップを渡してくれた。

「気分は大丈夫ですか？」

辰也は美香の肩に腕を回して上体を起こし、コップの水を飲ませた。

美香はうまそうに水を飲んだ。

「まるで高山病にかかったみたい。頭がふらふらするわ」

美香の口調ははっきりとしていた。どうやら危機は脱したらしい。

「よかった」

辰也は折りたたみの椅子に力が抜けたように座った。

「浅岡さん、こんなことになってごめんなさいね」

「何を言っているんですか。謝るのは俺です。怪我をさせたのは俺の責任です」

辰也は深々と頭を下げた。

「こんなことを言ったら怒られちゃうけど、やっぱり、行ってよかったと思っている。あの人を見つけられたから」

美香は嬉しそうな顔をしてみせた。やはり彼女は浩志を発見していたようだ。だが、近くにいたはずのワットは暗闇の中で判断することはできなかったと言っている。

「美香さんがかばったのは藤堂さんということですか？」

「間違いないわ」

美香はきっぱりと言い切った。

「しかし、あんな暗い場所では判断できなかったと思いますが……」

意地悪な質問とは思いつつ、辰也はあえて聞いてみた。

「確かに私が見つけた二人の男はどちらも背格好が浩志と似ていたけど、彼の声をはっきりと聞いたの」

「声？　まさか、あの銃撃戦の最中に分かったのですか？」

あのときリベンジャーズは威嚇射撃だったが激しい銃撃戦になっていた。辰也は銃撃音で人の声など分からなかった。

「ワットさんに向かって銃を構えた男が浩志だったわ。実は私はあなたたちよりも先に進んでいたから聞こえたの。しかも彼は英語で話していた」

美香は自信ありげに答えた。

「英語ですか。しかし、暗くてよく分からなかったにせよ、その男はワットに向かって銃を構えたそうじゃないですか」

「一つだけ可能性があるわ」

美香は眉間に皺を寄せて言った。

「ひょっとして、浩志は爆撃機から脱出したときに、大怪我をして記憶喪失になったのじゃないかと思うの」

「記憶喪失……ですか。でも〝タツァン〟寺の僧長はカンズキ・ケンと名乗ったと言っていましたよ」

確かに記憶がないと言えば辻褄《つじつま》が合うが、そんな病人が他国の武装集団と行動をともにしているというのもおかしな話だ。それに記憶のない人間が適当に名乗るというのも考えにくい。辰也は思わず首を捻った。

「あなたも浩志と同じでフランスの外人部隊出身でしょ。レジオネール名を持っていたんじゃないの？」

レジオネール名とは、外人部隊に入隊したとき隊から人種に合った名前を与えられるもので、身元を隠すためと考えられている。

「レジオネール名！　本名を忘れても、軍隊の記憶だけはあるということか。藤堂さんらしいや」

辰也は膝を叩いた。

「彼のレジオネール名はカンズキという名前じゃないの？」

「外人部隊出身者でも互いの経歴はあまり話さないものです。しかし、藤堂さんと同じ部隊にいた男なら知っていますよ。池谷さんだったら連絡先を知っているはずですから、夜が明けたら確かめましょう」

浩志が四年前に作ったチームに、フランスの外人部隊で同期だったジミー・サンダースというキューバ人がいたことを辰也は思い出した。作戦中の負傷が原因で傭兵を引退して、今は米国で暮らしているはずだ。

「よかった。絶対彼よ。間違いないと思う」

美香は興奮したせいか顔色もよくなった。

「それにしても、まだ麻酔が効いているみたい。足にまったく感覚がないの。リハビリが必要にならなければいいけど」

「……」

辰也は美香の言葉を聞いて凍り付いた。執刀医から彼女は脊椎を損傷していると聞かされていたからだ。

「美香さん、意識を取り戻したばかりです。お休みください」

辰也は精一杯、平静を装った。

六

廃村を出発した神崎とゲリラ部隊〝スタグ〟は国道三一七号を北上し、道なりに進んで石渠《せききょ》に向かう省道との交差点で石渠とは反対の東に向かった。

出発してから四百キロ、国道沿いの村で給油したほかはひたすら走り続けてきた。神崎は国道から逸れて川に沿って北上する阿　兩《ありよう》路に入ると、休息をとるために車を停めた。ここから先は、四川省の西北に位置するアバ・チベット族チャン族自治州内に向かう舗装されていない悪路を進むことになり、四駆でも苦戦は予想された。

車から飛び出した若者らは競うように川辺に入り、歓声を上げながら川の水で顔を洗ったり飲んだりしている。彼らは二十歳から一番年上のユンリでさえまだ二十六歳と総じて若い。はしゃぐのも無理はない。

二台目の車から降りた神崎はランドクルーザーにもたれ掛かり、騒いでいる若者らを見て頬を緩ませた。

「彼らの笑顔は屈託がない。だが、チベット人でありながらチベット語を話すことができない。チベット語が禁じられた施設で育てられたからだ。それに彼らは両親を殺された者が多い。彼らの心の闇は深いのだよ」

将軍であるタクツェル・トンドゥプが、水筒の水を飲みながら話しかけて来た。

「確かユンリの両親は生きていると聞いていたが」

神崎は眉間に皺を寄せた。普段若者たちと個人的な話をしないため、彼らの境遇をよく知らなかった。

「彼は子供の頃の話をしているのだよ。両親との思い出はそれがすべてだからね。ユンリの両親は彼が十二歳のときにデルゲのデモに参加したとして、西寧にあるレンガ工場に送られたらしい。街頭を歩いていただけで国家政権転覆扇動罪に問われたそうだ」

タクツェルはどんよりとした空を見上げて言った。

「何、とすると彼の両親は十四年間も工場で働かされているのか？」

「実態は強制労働収容所だよ。監督しているのは中国人だが、働いているのは各地から送られてきたチベット人ばかりだ。青海省や甘粛省の産業基盤を築いているのはこうした強制労働収容所なんだ。中国人はただで働かせるためにチベット人を捕らえるのだ。しかも収容所からは生きて出られる保証もない」

「何てことだ。それじゃチベット人は奴隷と同じじゃないか」

神崎は歯ぎしりをした。

「人間として扱われていないから奴隷以下だよ。しかしチベット人だけではない。西寧とゴルムドの中間地点にあるデリンハには、数十万人も収容されている中国最大の労働収容所があり、チベット人の他に中国人の政治犯もいるらしい。中国の人権家や地方政府の腐敗を訴えるために陳情する農民は、警察に拉致されてそこに入れられるのだ」

「くそっ！」

軍人は私的な感情に流されてはいけない。個人的な理由で闘ってはいけないからだ。神崎はそれゆえ若者たちとの交流を断ってきた。だが、今は何も知らずに過ごしてきた自分に腹立たしさすら覚えた。

「欧米では、中国のこうした非道なやりかたをすべて知っているそうだが、今や世界第二位の経済大国になった中国に配慮して、人権問題をささやかに提議するに留まっている。だが、君の第二の故郷である日本はもっと酷い。政府やメディアは中国の代弁者のようで批判すらしない。いつまで過去の過ちに囚われているんだね。頭を下げる日本人を中国人はあざけり笑っているんだよ」

タクツェルは厳しい口調で言った。

「俺には関係のないことだ。それより、次の目的地にはいつ着くんだ」

神崎はなぜか日本のことを言われると腹が立った。

「すまない。君を批判するつもりはないんだ。許してくれ」

タクツェルは神崎が険しい顔になったために慌てて謝ってきた。

「気にしてないと言っているだろう。第一の作戦は甘粛省甘南チベット族自治州にあるウラニウム鉱山の爆破と聞いている。まだ五百キロあるが、今日のねぐらは決めてあるんだろうな」

「ここから二百キロ北の省道と交差する地点にアバという街がある。そこのホテルに中国人の団体観光客として泊まるつもりだ。九寨溝《きゅうさいこう》が目的地だと言えば怪しまれることはない」

出発前に銃などの軍用装備はシートの下に作られたボックスに隠し、ナンバープレートは別のものと取り替えてある。また神崎も含めて、偽の中国人の身分証明書がメンバー全員分、用意されていた。

九寨溝への入場料は三百元と高く、農民の一ヶ月分の給料に相当する。自前のランドクルーザーを連ねている彼らの目的としてはおかしくない。少なくともチベット人に見られることはないだろう。

「ホテルか。廃村に隠れるよりはましだ」

「たまには若者らに少しはいい思いもさせてやりたい」

タクツェルはしみじみと言った。

「そろそろ出発するか」

神崎は腕時計で時間を確かめると河原にいる若者に号令をかけた。

目的地まで二百キロと言っても、舗装されていない山道だけに数時間はかかるだろう。

また移動しなければならないと思うと、徳格デルゲの病院に入院しているはずの女のことがふと気になった。銃撃戦の最中で顔を見ることもなかったが、彼女の叫び声が頭から離れないのだ。

「参謀、どうされたのですか」

二台目のランドクルーザーの助手席のドアが開けられ、ユンリが呼んでいる。気が付くと車に乗っていないのは神崎だけだった。

神崎は後ろ髪を引かれる思いを振り切り、車に乗り込んだ。

テロ始動

一

かつて毛沢東は「我々には七億の人口がある。半分死んだって三億五千万人がいる」と豪語し、第三次世界大戦を恐れずに原爆を「ぶっ放す」とよく言っていたそうだ。この英明な指導者のもと、中国全土で原爆を大量生産するためにウラン鉱山の開発がされたが、一九九三年頃から国内の資源を保全するために各地の鉱山は相次いで閉鎖された。

だが、閉山された鉱山は欲に目が眩《くら》んだ地方の役人と農民がその後も採掘を進め、生成したウランを闇で販売するという問題が各地で起きている。遅れて開発がなされた青海省、甘粛省、つまり旧チベット領でも同様のことが起きている。

二〇〇九年、甘粛省迭部《テウオ》県にある〝七九二鉱山〟と呼ばれるウラン鉱山の職員だった〝孫小弟《そんしょうてい》〟は、勇気を持って不正を告発した。閉山後も採掘が継続され、不法な売買や農民の不当な雇用やウラン鉱を長江に流れ込む川で洗っているという内容だ。

鉱山で働いた農民は一年で村に帰されその後白血病で死に、長江上流は放射能で汚染され、地域住民は癌《がん》、白血病、奇形胎児、流産等で死亡するケースが多発しているらしい。だが、訴えた〝孫小弟〟は公安警察に秘密漏洩《ろうえい》罪で逮捕され現在では行方も分からない。

前日、四川省のアバ・チベット族チャン族自治州のアバに宿泊した神崎らは、朝早く四川省の北に位置する甘粛省の南部〝舟曲《しゅうきょく》〟を目指していた。およそ四百三十キロの道のりである。そのため未舗装ではあるが、アバの街からは最短コースであるＵ一三県道を走っていた。

中間地点である黄河を渡り三キロほど進むと、道路の窪みにはまったトラックが立ち往生していた。

「見てきます」

運転していたユンリが車から飛び出して行った。

「またか」

助手席に座る神崎は溜息をついた。

昨日は六百キロも走ったのにほとんど故障車と出会うことはなかったが、今日はすでに三台もそうした車に行く手を阻まれ、その度に時間を取られてしまう。

「車軸が折れたそうです」

戻ってきたユンリが驚くべき報告をした。

中古車や改造車どころか、寄せ集めの部品で作った手製の車が走る中国の地方に行くと、この手の事故をよく見かけるそうである。車軸はまだしもエンジンが脱落するということもあるらしい。

「でも替えのパーツを持っているそうです」

「替えのパーツ？」

車軸が折れたことも驚きだが、替えのパーツを持っていることの方がむしろ驚かせる。こんな調子で甘南チベット族自治州の国道に出るまでの三百キロを、九時間近くかかってしまった。

甘南チベット族自治州の南部は、森が多くジャイアントパンダの生息地として保護区の申請がされているそうだ。

「美しいところですね。我々の住んでいたカム地方の山奥とは違うなあ。同じチベットとは思えない」

ハンドルを握るユンリは緑が濃い森を抜ける道に感心している。それもそのはずで、この地域は標高が二千メートルから三千メートルほどで、生活圏が四千メートルを超えるカム地方とは違う。

午後五時十分、国道二一三号と省道三一三号の交差点から右折し、五百メートルほど先にある給油ポンプが一つだけあるガソリンスタンドに入った。スタンドの入口近くに〝康《こう》薩《さつ》村〟という看板がある。百メートルほど先にはレストランなどの看板が複数見える。商店街とはいかなくても曲がりなりにも建物が連なっていた。村全体でサービスエリアの役目をしているようだ。

省道をこのまま進めば悪名高い迭部県の〝七九二鉱山《ニーウオ》〟があるが、神崎らの目的地はさらにその先にある〝舟曲県〟にあった。クラクションを鳴らし五分ほど待っていると、めったに客が来ないのか、近くにある民家から年老いた男が急ぐ様子もなくやってきた。客だというのに迷惑そうな顔をしてぶつぶつ文句を言っている。

先頭車からタクツェルが降りて給油している男に声をかけた。男は困惑の表情で首を振っている。

神崎は背伸びをしながら車の外に出た。

「カンザキ」

タクツェルが小声で手招きをしている。二人はガソリンスタンドの外に出た。

「何気なくこの地域のことをあの親爺《おやじ》に聞いてみたが、何も話したがらない。よそ者はうろつかない方がいいとまで忠告された。怯《おび》えているようだ」

渋い表情でタクツェルは言った。

「こんな辺鄙《へんぴ》な村も影響されているということだな」

　神崎は顎髭を触りながら頷いたが、タクツェルが余計なことをしたものだと内心舌打ちをしていた。

「ここから東に迭部県の街までは六十キロ、また私たちが向かう舟曲県の秘密鉱山はさらに東へ八十キロ先にあるが、この一帯は閉鎖されたウラン鉱山を闇で採掘する役人が目を光らせているはずだ。今夜は野宿して明日一日鉱山の監視と調査活動をするべきだろう」

「ＣＩＡの〝タイガー〟からは詳しい情報を貰ってないのか？」

〝タイガー〟からタクツェルは襲撃場所を指定されていた。鉱山の襲撃前に周辺の調査をすることになっていたが、そうした情報はＣＩＡがもたらすべきことで、現地に入ってから攻撃部隊が収集するということに神崎は疑問を持っていた。

「もちろん位置は正確に教えてもらっている」

　タクツェルは頼りない声を出した。神崎から問題点を指摘されると思っているのだろう。それゆえ他のメンバーに聞かれないように、離れた場所に誘ったに違いない。

「そんなことはあたりまえだ。我々の仕事は鉱山の坑道を爆破し落盤させ、閉山に追い込むことだ。それには監視の数や配置など軍事的な情報がいるんだ」

「まさか。鉱山だぞ。街に公安はいるかもしれないが、山の中の鉱山には労働者がいるだけだろう。襲撃前は目立たないようにどこかで野宿をしよう」

　タクツェルは笑って否定したが、作戦を前にして怯えているに違いない。

「甘いぞ！　障害は公安や武装警官だけとは限らない。それにガソリンスタンドの親爺に接触した時点で、俺たちはすでに監視されているかもしれない。予定通り堂々と迭部県のテウォのホテルに泊まるんだ。おまえの身分証明書はそのためにあるのじゃないのか。街に入らなければかえって怪しまれて捜索される可能性もあるんだぞ」

神崎はタクツェルを諭《さと》すように言った。彼は偽の身分証明書をＣＩＡから四つ貰っている。その中に甘粛省地質鉱産探査開発局の副局長のものもあった。どれも実在する人物のもので、顔写真だけすげ替えて精巧にできている。

舟曲県では昨年、洪水で大きな被害を受けている。作戦では洪水対策で現地を視察する開発局の調査団ということになっていた。

「タクツェル、リーダーらしく堂々としていろ。おまえの部下たちは優秀だ。信頼することだな」

神崎は渋い表情を崩さないタクツェルの肩を叩いた。

二

迭部県の中心テウォは省道三一三号沿いにある東西に二キロほどの小さな街で、街の南に白龍江が流れている。省道三一三号は重慶《じゅうけい》で長江と合流する白龍江に沿っており、甘南チベット族自治州の東西を横切っている。

郊外にある〝七九二鉱山〟では掘削したウラン鉱や放射能汚染された機材の洗浄が白龍江で行なわれ、この地域は放射能汚染により住民に深刻な健康障害が起きている。

神崎とゲリラ部隊〝スタグ〟は迭部県で数少ないホテルの一つ〝益民賓館〟にチェックインし、ホテルから一番近い〝新疆一絶《しんきょういつぜつ》〟という回教徒レストランで夕食を摂ることにした。回教徒の夫婦が経営している十数人も入れば満席になってしまうような店なので、〝スタグ〟のメンバーを二つに分けた。

神崎とリーダーであるタクツェル・トンドゥプ、それにユンリの一班と五班のメンバーが偵察も兼ねて最初にレストランに入った。タクツェルが若者の好物の羊の串焼きなどを注文したが、普段とは違い彼らは目の前のごちそうに手をつけようとしない。

「どうした。食べないのか？」

神崎は元気のないユンリに片言の北京語で尋ねた。

「参謀、この街は放射能汚染されているんでしょう。だったら、この食べ物も汚染されていることになる。男らしく闘って死ぬのなら本望だけど、癌では死にたくないんですよ」

ユンリが店の者に聞こえないように小声で言うと、他のメンバーも頷いて見せた。

「そんなことで食欲をなくしていたのか？」

傍で聞いていたタクツェルが、ポケットから掌にすっぽりと収まる電卓のようなものを取り出した。上部に四角い液晶の表示があるが、電卓と違いボタンは二つしかない。

「なんですか、それは？」

若者らは興味ありげに覗き込んだ。

「放射線検知器だ。小型だがα線、β線、γ線、X線を測定できる優れものだ」

昔と違い最新の電子式の放射線検知器は小型にできており、携帯電話や電卓とほとんど変わりないサイズになっている。

「異常はない。大丈夫だ。安心して食べてもいいぞ」

タクツェルは自慢げに測定して見せた。さすがにバックにＣＩＡがついているだけある。機材は最新のものを提供されているようだ。検知器の測定値は基準値よりも多少オーバーしていたが、危険というほどでもない。神崎はタクツェルの役者ぶりを一人笑った。

「なんだ。それを先にやってくださいよ。人が悪いな」

ユンリはそう言うなり目の前の串焼きにかぶりつき、他の若者も遅れまいと競って食事をはじめた。

「こいつらに食べられないうちに我々も食べましょうか」

タクツェルが神崎にウインクしてみせた。

ホテルには食事待ちのメンバーがいるために早目に出ることにした。

タクツェルが会計をすませている間に神崎は若者らと店の外に出た。街に外灯らしきものはほとんどなく、建物の窓から漏れる明かりが夜道を照らす。

「うん？」

〝益民賓館〟までは百メートルも離れていないが、途中の暗がりに数人の男がたむろしている。神崎はさりげなく右手を動かして、ユンリらにハンドシグナルで指示をした。

ユンリの一班は神崎のすぐ後ろに並び、五班の若者は店から出てきたタクツェルを囲んで防御の態勢になった。彼らの動きに無駄はない。神崎はハンドシグナルで彼らがどんな命令でも動けるように徹底的に訓練していた。

隊形ができたことを確認すると神崎は何事もなかったように歩きはじめた。

道を渡り店を閉めた雑貨屋の前を通った。男たちは煙草を吸いながら神崎らをじろじろと見ている。人数は六人、身長は一七〇センチ前後でがっしりとした体型をしている。だが気の荒いカムの若者らは、一八〇センチ前後と彼らよりもひと回り大きい。

ホテルは次の細い路地の交差点にある。怪しげな男たちの目の前を通り過ぎ、次の交差点に差し掛かると角から新たに数人の男たちが現われた。彼らは手に長い棒を持っていた。

「殺すなよ！」

神崎は舌打ちをして背後に続く若者らに指示をした。

案の定、前方の男たちがいきなり棒を振り回してきた。するとそれに呼応し、やり過ごした男たちも五班に襲い掛かってきた。

神崎は先頭の男をかわして足を蹴って転ばせ、二番目に殴り掛かって来た男の手首を捻って投げ飛ばした。神崎が倒した男たちは、ユンリらが羽交《はが》い締めにして動けなくしている。

「止めろ！　貴様ら公務執行妨害で逮捕するぞ」

公安警察官の格好をした男が街角から一人現われて大声で怒鳴った。

「いきなり殴ってきたのはこいつらだぞ！」

ユンリが公安警察官に文句を言った。

「おまえたちが暴力を振るった相手は全員公安警察官だ。ホテルに怪しげな団体が宿泊していると通報があり、捜査していたのだ」

男は偉そうに言ったが、声が裏返っていた。というのも襲撃してきた連中は全員神崎と若者らによって、身動きできない状態になっていた。立場はすでに逆転しているのだ。

中国では警官が職務質問をする前に暴力を振るうという不祥事が後を絶たない。

二〇一〇年七月、湖北省武漢で公安警察の私服警官が地元の政府高官の夫人をいきなり袋叩きにする事件が発生した。夫を訪ねて共産党政法委員会本部がある建物に入ろうとした夫人を、公安警察官らは陳情者と間違って襲撃したのだ。

中国では腐敗した政治を告発するために地方から出てきた陳情者を、公安警察が暴力を振るって追い返すのが常識になっている。その証拠に公安当局は、夫人とは知らずに襲ったとあくまでも誤認だったと弁解したが、陳情者に対する暴力に対してはいっさい弁明することはなかった。

神崎は若者らに武装警官を放さないようにハンドシグナルで合図をして、タクツェルの耳元で囁《ささや》いた。

タクツェルは何度も頷いて見せると咳払いをした。

「君はこの街の公安当局の責任者なのか？」

タクツェルは横柄な聞き方をした。暗がりで警官の階級はよく見えないが、年齢的にはまだ管理職には見えない。

「そっ、そうだが、……そういうおまえは何者だ？」

公安警察官は警官相手に大きな態度をとるタクツェルに首を捻った。

「私は甘粛省地質鉱産探査開発局の副局長の習孝徳《しゅうこうとく》だ。君こそ、我々にいきなり暴力を振るってただですむと思っているのか。私の護衛が優秀でよかったよ」

「開発局の副局長！　しっ、しかし、そんな偉い方が来るとは聞いていない」

公安警察官は引き攣った顔で言った。

「隣の舟曲県で洪水が頻発するために我々は調査しにきたのだ。また同時に現地の役人の洪水対策を抜き打ちで調べにきた。おまえごときに知らせが来るはずがないだろう」

タクツェルは武装警官の態度を見て自信をつけたのだろう。台詞《せりふ》に力がこもっている。

「そっ、そんな」

公安警察官はゆっくりと後ずさりをしはじめた。

「動くな、馬鹿者！　おまえの部下を全員放してやる。それに今日のことも忘れてやる。ありがたく思え」

そう言うとタクツェルは公安警察官を暗がりに連れて行き、掌を差し出した。すると警官は慌てて財布から有り金を出してタクツェルに渡し、部下を引き連れて姿を消した。

「カンザキ、あんたの言うとおりにやったらうまくいったよ」

タクツェルは警官から巻き上げた賄賂を見せて笑った。

「グッジョブ」

神崎は親指を立ててにこりと笑った。

「それにしても、制服を着た警官はともかく最初に襲ってきた連中は人相の悪い男ばかりだったな」

「公安警察官かどうかあやしいものだ。私服の連中はおそらく食い詰めた農民でも雇っているのだろう」

「何！　それじゃ、あいつは詐欺師《さぎし》か山賊か？」

「いや、どちらとも言えない。中国じゃ、常識では通用しないところがあるからな。だがひとつ言えることは、今日はゆっくり休めるということだ」

神崎はそう言うと呆気にとられるタクツェルらを気にせず、ホテルに足を向けた。

三

冷え込んだ空気が、ヘッドライトの光に霧を絡ませてくる。

午後十時十五分、五台のランドクルーザーが闇に閉ざされた省道三一三号を東に進んでいた。

ゲリラ部隊〝スタグ〟は、チェックインした迭部県テウォのホテル〝益民賓館〟から夜を待って抜け出し、神崎とユンリの一班は、斥候として車列の先頭を走っている。

「去年沢山の人が死んでいますから、こっち方面に行くのは気が進みませんね。亡くなったのは貧乏なチベット人ばかりだったそうです」

ハンドルを握るユンリが重苦しい声で言った。

二〇一〇年八月、甘粛省甘南チベット族自治州舟曲県で大きな土石流災害が発生した。長さ五キロ、幅三百メートルの土石流が県の中心地である城関《じようかん》鎮という街を襲い、死者千二百七十名、行方不明四百七十四名という被害をもたらした。被害があった地域は貧しいチベット人が多く、世界中から同情が寄せられる中、中国政府は報道規制を敷いて第一報以降の情報を公表することはなかった。

「土石流の被害は、これまで何度もあった地域だったらしいな」

神崎は成都にあるＣＩＡの施設で訓練を受けているときに事故のことを聞いていた。

「何度も被害を出しているのに、どうしてそんなところに住んでいたんですかね？」

「あの地域のチベット人は貧乏で、しかも勝手に移動することはできない。だから土石流の危険性があるところに住まわされていたんだろう」

「俺たちはいったい、何のためにこの世に生まれてきたんでしょうね」

ユンリがしみじみと言った。

「どこの国も戦争であれ、天災であれ被災者は貧乏人と決まっている。中国の場合は、それに少数民族という言葉も必要かもな」

助手席の神崎は腹立たしげに言った。

「それにしても、ＣＩＡは地図にもない鉱山と街をよく見つけましたね」

ユンリは話が暗くなったせいか、話題を変えた。

「偵察衛星で調べたんだ。やつらの最新技術を使えば、簡単なことだ」

「宇宙から地上を監視するなんて何遍説明されても想像もつかない。俺もいつか外国に行って勉強がしてみたいな」

中国にいるチベット人の切なる願いは、チベット人としてちゃんとした教育を受けることだ。チベット自治区ではチベット語は禁じられている。また他の地域の学生たちも、中国語を強要される授業に堪え難い苦痛と屈辱感を常に味わっているそうだ。二〇一〇年の十月に各地で中国語教育に反発したチベット人学生により、大規模なデモが行なわれたのは記憶に新しい。

「ところで、地図にも出てない鉱山を潰してどうするんです。もちろん、チベットの山はすべて神聖なものです。それを汚す行為はもちろん許せませんが」

ユンリは作戦の意味を将軍であるタクツェルには聞かなかったようだ。

彼に限らず若者らには作戦の全容が知らされていない。また、神崎も作戦は連続して行なわれると聞いているだけで、〝タイガー〟やタクツェルからは次の作戦については教えられていない。作戦が漏洩するのを防ぐために、最小限の情報で動くのは大事なことなので、神崎も聞こうとも思わなかった。

「地図に出てないということは、中国政府は公表していないということだ。とすれば潰しても政府は関係者を処罰することはあっても、チベット人に罪をなすりつけることはできない。もっとも襲撃者は武装警官の一団ということになるがな」

「なるほど、そういうことですか。それは愉快ですね」

ユンリは神崎の説明にハンドルを叩いて喜んだ。

「スピードを落とせ。そろそろ左に曲がる省道二一〇号があるはずだ」

神崎は車の距離計を見ながら言った。迭部県テウォを出て八十一キロが過ぎていた。ユンリは減速して、フロントガラスに額が付きそうなくらい頭を突き出して前方を見ている。外灯もなく道路標識もほとんどないために注意が必要だ。

一キロほど進むと道は山に沿って緩やかにカーブし、左側に〝S二一〇〟、右側に〝S三一三〟と記された愛想もない標識がある分岐点があった。神崎らは迷うことなく白龍江を渡って左へ入る省道二一〇号に五台のランドクルーザーを進めた。

「もっとスピードを落とせ！」

神崎は道路の右側を見ながら言った。

ユンリはさらに減速し、およそ五百メートル進んだところに標識もない右に曲がる道路があった。

「あったぞ！　あそこだ。ここから五百メートル先に右側に谷があるはずだ。そこに車を入れろ」

神崎は地図を見ながら指示を出した。

「了解しました」

五台のランドクルーザーは省道を外れて谷に入った。途端に車は激しく上下し、頭をぶつけないように右手で天井を押さえた。

「いいだろう、車を停めろ。省道からはもう見えないはずだ」

神崎は四百メートルほど進んだところで車を停めさせた。

車を降りると息が白く伸びた。気温も低いが湿度も高いようだ。だが、この辺りの標高は千八百メートルしかない。四千メートル級の高地に住んでいた者にとってはむしろ暖かく感じられた。

命令するまでもなくユンリたちは、座席の下のボックスから銃や弾薬を取り出して身につけはじめていた。後続の車からも続々と仲間は降りて装備を整えている。用意ができたユンリが神崎の装備を持ってきた。

「ご苦労」

銃と自分のバックパックを受け取ると神崎はユンリに軽く頷いた。

ユンリは敬礼をして、その場に直立し命令を待っている。

神崎は班ごとに整列したのを確認し、合図に右手を高く伸ばして歩きはじめた。

「……………」

前に広がるのは暗闇の谷だが、ふと頭の中でジャングルの風景が過《よぎ》った。

まるでデジャブーを見ているような錯覚に囚われた。おそらく記憶をなくす前も、指揮官として先頭に立って歩いたことが何度もあるのだろう。ジャングルの風景はそうした記憶の一コマだったに違いない。しかも背後に仲間がいる気配すら感じた。実にリアルな感覚だった。

「どうかされましたか？」

はっと振り返ってみると、ここ何ヶ月か一緒に暮らしているユンリとチベット人の若者たちの顔があった。

「いや、何でもない。行くぞ」

神崎は頭を軽く振ると歩きはじめた。

谷は北に向かって延びている。三百メートル進んだところで、今度は斜面が緩やかな場所を探して東に向かって登り、尾根に出た。

霧はほとんど晴れているが、星明かりでは視界も限られる。神崎は夜目が利く方だが同行の若者らには敵《かな》わない。文明に毒されない彼らの視力はすこぶるよく、全員五・〇前後あるようだ。彼らはまるで昼間行動するように夜の山を淡々と歩く。一番足下が危ないのは将軍であるタクツェルだ。米国の亡命生活が長かったために視力を落としたらしい。

尾根に沿って三百メートル北東に進んだところで、神崎は右手を上げて隊を止めた。眼下の斜面に鉱山の入口らしき穴と、霧で全容は見えないが坑口の周辺にところ狭しと並ぶプレハブの小屋が無数に建てられている。小屋は扇状に広がり、南の端は東西に流れる白龍江の川岸近くまで達していた。小屋は幅奥行きともにおよそ三メートル四方の小さなものばかりだ。

列の後ろの方からタクツェルが近づいてきた。

「あったようだな」

タクツェルはほっとした表情を見せた。

西の端には省道から続く道があり、鉱山の敷地の入口に小さな監視小屋のような建物がある。プレハブの村は幅百メートル、奥行き三十メートルの範囲に密集していた。

神崎は各班にハンドシグナルで監視をする配置を指示した。

四

夜空は日本ではまず見ることができない星で埋め尽くされていた。

時刻は午後十時半を過ぎていた。

瀬川はごつごつとした河原の石の上で大の字になって空を見上げていた。黒河《こくが》という、やがて黄河と合流する川の研ぎすまされた冷気が、短く切りそろえた髪の上から頭皮に差し込んでくる。露出している頭や手が寒さで凍《こご》え、痛みすら感じるが瀬川はじっと耐えた。今このときも浩志が危険な場面に遭遇し、また怪我を負った美香は病院のベッドで苦しんでいるはずだ。二人の苦境を思うとやるせなかった。しかも浩志にあと一歩まで迫っていたのに追いつけなかった自分を責めていた。

昨夜は田中と京介の三人で武装集団のアジトを調べてみたが、感心するほど何も残されていなかった。おそらく彼らは常に脱出に備えていたのだろう。唯一残されていたのは、粗末なベッドの下に転がっていたジャックダニエルの空瓶ぐらいだった。瀬川は浩志が飲み干したボトルではないかと思っている。浩志はバーボンをこよなく愛した。いつもはターキーの八年ものを好んで飲む。十二年ものは上品で、荒削りの八年ものがいいと言っていた。

アジトを調べた瀬川らは武装集団を追跡していた加藤と黒川の二人と合流し、二台のランドクルーザーで国道三一七号から阿爾路を北上し、四川省の西北にあるアバ・チベット族チャン族自治州のアバという街に武装集団が宿泊したところまで確認できた。瀬川らはホテルの近くの路上に車を停めて夜が明けるまで監視をした。

だが、相手は二十名以上おり武装している。迂闊に近づくことはできなかった。また、追跡チームのメンバーは誰も中国語が話せないという問題もあった。そのためあくまでも敵を逃さないということに徹し、辰也とワットと宮坂の三人を待つことにした。彼らは石渠からやってきた友恵と、美香の看病を交代して昨日の夕方出発している。友恵の車が途中で故障して到着が遅くなったために合流が大幅に遅れてしまった。

「瀬川さん、いつまでもこんなところにいると凍死しますよ」

河原に三十分以上も横になっていたために、黒川が心配して見にきたようだ。

瀬川が身体を起こして座ると、黒川も隣に腰を下ろした。

「寒いけど、気持ちいいですね」

黒川も窮屈な車の中にいるのに飽きたのだろう。

朝一でアバのホテルを出発した武装集団を追って瀬川らも街を出た。彼らは省道三〇二号を二十キロほど進んで、U一三県道という舗装されていない道に入った。武装集団には気付かれないように、位置発信器の信号をたよりにそれまでは一キロ近く離れて追うことにしていたが、U一三県道は比較的起伏のない平野部を通るために、ときには三キロ近く離れなければならなかった。

さらに運が悪いことに黒河を渡る橋に大型トラックが脱輪して通れなくなっていた。もっとも雨期でないため川の水深が浅く、地元の車は次々と渡河していた。不運は続くものだ。瀬川の車が川を渡り、加藤が運転する車が続いたのだが、途中で故障して動かなくなってしまった。

加藤の車を牽引《けんいん》して河原から引き上げ、メカのプロである田中が調べたところ、ウォーターポンプが焼き付き、タイミングベルトが摩擦熱で破損してしまったようだ。エンジンに異常はなかったものの部品を交換しなければならなくなった。

ただでさえ橋を渡れなくて時間がかかっていたのに、車の故障で武装集団との距離が離れ過ぎたために信号を捉えることができなくなってしまった。今は後続の辰也らと彼らが調達してくる交換用のウォーターポンプとタイミングベルト待ちなのだ。

瀬川は追跡に躍起になり、給油する際に車を点検すべきだったと悔やんだ。また加藤は加藤で運転していた自分の責任だと考えているようで、見張りを仲間に譲ろうとしない。

「藤堂さんはどうしているだろう」

黒川がひとり言を言った。これは彼の口癖のようなものだ。浩志が失踪してからはよく耳にする。だが言っても詮無いことなので誰も答えることはない。

「はじめて藤堂さんに指名されたときに、一緒に闘えて光栄ですと言ったら、幸せなやつだと皮肉を言われてしまったことがあった」

瀬川は苦笑混じりに言った。別に黒川のひとり言に付き合ったわけではない。ただ満天の星を見ていたら昔のことを思い出したのだ。彼がはじめて浩志と一緒に行動したのは、四年前に衆議院議員である鬼胴巌の武器と麻薬ルートを調査するために、フィリピンにある倉庫を襲撃した時のことだった。

「空挺部隊でトップの瀬川さんでもまだ力不足と見られたのでしょうかね」

瀬川もそうだが、傭兵代理店のコマンドスタッフである黒川や中條は、陸自の空挺部隊でトップクラスの成績ゆえに特殊任務を帯《お》びて池谷の元に出向している。

「私も最初そう思ったが、藤堂さんはあれほど優秀な軍人にもかかわらず、戦争ばかりか武器すら否定しているんだ。軍人は必要悪であり、自己否定することにより存在しているというのが、藤堂さんの哲学らしい」

「難しい話ですね」

黒川はぴんと来ていないようだ。

「軍人や武器が必要とされない平和な世界になれば一番いい。だがそうするには今は闘わなければならない。つまり軍人は自己否定することで存在が許されるということらしい。だから一緒に闘えて幸せと言った私は、藤堂さんから見れば能天気なやつということになるんだ」

瀬川は自嘲気味に笑った。

「なるほど、そう言えば藤堂さんはよく〝武器を持ったやつは死んで行く〟と言っていましたね。あれは武器を持ったら死を覚悟しろという意味だけでなく、武器を持つようなやつはみんな死んじまえという意味もあるのかもしれませんね、きっと」

黒川は大きく頷いた。

「藤堂さんは記憶をなくしていると美香さんは言っているそうだ。だが、それでもあの人は何かと闘っている。だから藤堂さんが行動を共にしている武装集団も、きっと何か重要な使命を帯びているに違いない」

辰也から美香の意識が戻ったという知らせを瀬川は貰っていた。

「藤堂さんらしいですよね」

「だが、記憶がないのに軍事行動をしているとしたら非常に危険だ。だからこそ一刻も早く私たちで藤堂さんを救い出す必要があるんだ」

瀬川は拳を握りしめた。

背後でクラクションの鳴る音がした。

「辰也さんが来たようだな」

振り返ると加藤が土手の上から手を振っていた。

五

山裾にまとわりついていた霧は、西北の谷に沿って吹く風に洗い流された。

神崎は左腕の腕時計を見た。時刻は午後十一時二十分、鉱山が見下ろせる場所に着いてから二十分が経過した。

「この鉱山は、甘南チベット族自治州の舟曲県と迭部県のほぼ県境にある。正直言ってどちらの県が関わっているか微妙なところだな」

タクツェル・トンドゥプは首を傾げた。

「〝タイガー〟はなんと言っていたんだ」

隣で監視を続けていた神崎はぶっきらぼうに尋ねた。

「情報を収集せよとだけ言われた。我々の活動は、破壊活動の前に情報を収集して彼らに報告することだそうだ」

　予想通りの答えに神崎は苦笑いをした。

「さてそれじゃ、そろそろその情報収集に出かけるか。俺と一班で斥候に出る。何かあれば無線連絡をする。最悪の場合は、俺たちを置いて撤退するんだ」

　神崎はタクツェルに命じた。

「撤退は最後の手段だ。いざとなれば全員で山を駆け下りて闘う」

「いや、俺の命令に従ってくれ。一人の兵も失いたくないからな」

「分かった」

　タクツェルはようやく首を縦に振った。彼も実戦になった段階で指揮を執ろうとは言わなかった。

　神崎は一班に前進を命じた。

　監視をしていた場所から東に二百メートル移動し、比較的緩やかな斜面から下りた。足下はところどころに雑草が生えてはいるが、硬い岩盤のため崩れる心配はない。それだけに小石が落ちても岩に当たって思いのほか大きな音をたてる。だが、一班の若者は足腰を柔軟に使い、音もたてずに斜面を下りて行く。

　一番低い位置にある白龍江の河原で標高千七百メートルあり、鉱夫の住居と思われるプレハブはそれより十五メートルほど高い場所から河原に向かって広がっている。目視できる範囲では監視はいない。また囲いや塀もなく監視カメラすらない。これならあえて山の上から迂回しなくても、潜入するのに簡単な川沿いを来るべきだったのかもしれない。

最も高い場所に作られた小屋の裏に辿り着いた。小屋には小さな換気用の窓が付いているだけで中の様子は見えない。だが、薄い壁を通して微かにイビキが聞こえてくる。壁に沿って表の出入口まで回ってみた。出入口のドアの下に汚れた靴が三足置かれている。

「……」

神崎の右眉が吊り上がった。ドアには外から大きな南京錠が掛けてあった。

ユンリを残し、他の四名を二つに分け、合計三組で小屋を手分けして調べるように神崎はハンドシグナルで命じた。

住居用の小屋は全部で十八あったが、すべて鍵が掛けてあった。小屋の外に置かれている靴の数からすると六十三人の鉱夫が働かされているようだ。仕事が終われば住居兼牢獄の小屋に閉じ込めておけばいいのだ。これならどんな重労働を課しても鉱夫は逃げることはできない。

神崎は坑道を爆破させる前に〝タイガー〟から指令されていた鉱山の放射能汚染を調べることにし、一班のメンバーを鉱山の入口の警戒に当たらせた。

防寒用ジャケットからガイガーカウンターを取り出しスイッチを入れた。途端に赤いランプが点いて液晶の表示は百九十ミリシーベルトを表示した。

「何！」

二百ミリシーベルト以下なら人体に影響がないと言われているが、すでにその数値に近い。しかも坑道から一番離れた小屋の前である。

一般に人体に影響があるのは白血球が減少しはじめる五百ミリシーベルト以上と言われ、千ミリシーベルトで吐き気を催し、四千ミリシーベルトで五十パーセント、七千ミリシーベルトで百パーセント死亡するらしい。ちなみに法律で定められている被曝線量制限値は年間五十ミリシーベルトである。だが、常時百九十ミリシーベルトの放射線を浴びていたら確実に癌にかかって死ぬだろう。

神崎は試しに白龍江の河原に下りて調べてみた。驚いたことに二百五十六ミリシーベルトもある。急性放射線症に陥ってもおかしくない数値だ。おそらく川で直接ウラニウム鉱や放射能汚染された機材を洗っているのだろう。あるいは上流にある迭部県の〝七九二鉱山〟から流れ出した廃液が原因かもしれない。いずれにせよ一帯は放射能汚染されていると考えていい。地域住民に重大な健康障害が出ていると、二〇〇六年の段階で報告されているが何の対策もとられていないようだ。

神崎はハンドシグナルでユンリに撤収の合図をした。

被爆するというほどではないかもしれないが、若者らをこれ以上放射能で汚れた場所にいさせたくなかった。

きた。

「参謀は?」

ユンリは隊列を整えて斜面を上りはじめたが、神崎が動こうとしないので戻って尋ねて
神崎は何も答えずに再び撤収の合図を出した。

「いけません、参謀。我々も……」

ユンリの言葉をさえぎって神崎は彼の鳩尾《みぞおち》にパンチを入れていた。

「ガイガーカウンターは一つしかないんだ。大勢いても邪魔なだけだ。命令に従え」

神崎は腹を押さえるユンリの耳元で言い聞かせ、彼を突き放した。

ユンリは悲しげな表情で敬礼し、一班を連れて戻って行った。

案の定、坑道の入口付近で二百八十ミリシーベルトあり、入口付近に置かれている機材もすべて同じような数値だった。この分で行けば坑内は間違いなく三百ミリシーベルトを超える場所があるはずだ。もはや人間が足を踏み入れられる限界を越えていた。坑道を爆破する作業は防護服がなければ文字通り命を懸けた作業になってしまう。

神崎は様々な場所で放射線測定を終え、鉱山を後にした。

六

早朝、空は気持ちよく澄み切っていたが、あまりの静けさに誰しもが違和感を覚えた。

「静かすぎて、妙ですね」

運転席で眠っていたユンリは大きな欠伸《あくび》をしながら言った。

「おそらく放射能汚染されているために、動物たちはどこかに避難したのだろう。人間より賢いからな」

神崎は助手席で眠ったが、熟睡できなかった。汚染された場所に閉じ込められた鉱夫を逃がすべきだったか考えていたら、眠るのが遅くなってしまったのだ。だが彼らを夜中に解き放したところで、どうしようもない話であった。

前日の夜にウラン鉱山を調べたゲリラ部隊〝スタグ〟の任務は三つあった。一つ目は鉱山の詳しい情報収集、二つ目は坑道を落盤させて鉱山を閉ざすこと、三つ目は武装警官の姿で襲撃し、中国人によるゲリラ活動だと偽装することである。

特に三つ目の武装警官に成りすますのは重要な事項で、そのためにこれまで各地で警官を襲撃してきたのだ。彼らの武器を奪うことはむしろ二の次で、本当の目的は武装警官による中央政府に対する反乱を演出し、政情不安を煽《あお》ることだ。

だが昨夜の調査で、鉱山は予想以上に深刻な放射能汚染にさらされていることが分かった。そのため坑内に入って爆薬をしかけることは困難とみられ、今日の襲撃は鉱山を管理する者を拉致し、経営者が誰なのか白状させることにあった。また閉じ込められた鉱山労働者の解放も重要なポイントになる。この二点を達成できれば今回の作戦は成功したと言えよう。

午前六時半、〝スタグ〟の一班と二班は神崎を先頭に、昨夜と同じコースで鉱山を監視する場所へと移動を開始した。残りの班は別行動をとっている。昨夜と違うのはメンバーは武装警官の制服に身を包んでいることだ。制服姿の彼らは一糸乱れぬ行動を取っている。全員目出し帽を被っていること以外、どこから見ても本物以上に警官らしく見える。神崎が厳しく軍隊式の訓練をしたのは、まさにこのためだった。

一班と二班が監視の位置に就いた。目出し帽を被っているだけに表情は分からないが、これまで銃を使っての戦闘経験がないだけに若者らは緊張しているだろう。

眼下の鉱夫の宿舎であるプレハブ群は朝もやに包まれていた。まるで無声映画を見ているような音と色のない世界がそこにあった。

三十分後、省道につながる道からトラックが一台やってきた。荷台には六人の男を乗せている。彼らが鉱夫でないことは、いずれも銃を担いでいるのですぐ分かった。

トラックが停まると運転席から降りた男は近くの監視小屋らしき建物に入った。また銃を持った男たちはプレハブの集落を囲む配置に就いた。最後に助手席から六十前後の男が出てきて、無数にあるプレハブ小屋の鍵を外して行った。すると鍵が開いた小屋から鉱夫らしき男たちが争って飛び出し、白龍江の河原まで走って行った。意外にもほとんどが中国人のようで年齢は十代から六十過ぎの年寄りまでいた。銃を構える監視が見守る中、彼らは河原に着くと一斉に放尿しはじめた。

トイレタイムが終わった彼らは、鍵を開けた年寄りからパンと水筒を受け取って坑口の中に消えた。もちろん防護服など着用するものなど誰もいない。

中国に無数にあるウラン鉱山では、〝孫小弟〟が告発した甘粛省迭部県の〝七九二鉱山〟のように半ば強制的に働かされている場合もあるが、中には湖南省寧遠県《ねいえん》の〝牛頭江村《ぎゅうとうこう》〟のように近隣の農民が金儲けのために閉山された坑口を爆破し、採掘を続けている所もある。彼らは自ら掘り出したウラン鉱を売って大金持ちになった。だが、生活用水である川はウラン鉱を洗うため黄色く染まっているそうだ。もちろん彼らは放射能の危険性など知るはずがない。こうした村は数多くあるようだが、近い将来、欲に目が眩んだ彼らは自らまき散らした放射能で死に絶えて行くことだろう。

神崎は一班と二班を整列させ、山を下りる準備をさせた。また将軍であるタクツェル・トンドゥプに任せてある三班から五班までは、鉱山の西側にある省道に通じる道から車で乗り込んで襲撃させることにした。神崎らは東側からの攻撃になる。しかし山の上からの攻撃は有利ではあるが、足場が悪いためにかえって標的になる可能性がある。そのため、一班と二班が監視を狙撃し敵を減らしてから総攻撃することになった。

——こちら、ドゥルサ、ガンドゥク、応答願います。

タクツェルから無線が入った。彼はコードネームに訓練施設だった死の島を意味する〝ドゥルサ〟を使用することになった。神崎はチベット語でカム地方の別称である四つの川と六つの山脈を意味する〝チュシ・ガンドゥク〟から引用した。

「こちらガンドゥク。どうぞ」

——配置に就いた。

「こっちもだ。手はずどおり、監視を狙撃するのが合図だ。攻撃は電撃的に行なう」

——了解。

一班と二班の若者は、すでに斜面の岩陰に身を隠して銃を構えている。鉱山の監視との距離は百五十メートルから二百メートル。〇三式自動小銃なら、もちろん射程距離だ。

神崎は右手を静かに下ろした。

若者が一斉に銃撃をした。監視が一名倒れた。他の五名は慌てて銃を乱射しながら物陰に隠れた。実弾の訓練が不足している者に、二百メートル近く離れた標的を撃てというのは所詮無理な話だったようだ。

「突撃！」

神崎は号令をかけ、自ら斜面を駆け下りた。同時に鉱山の西側から五台のランドクルーザーが土煙を上げて乗り付け、タクツェル率いる三つの班が雄叫《おたけ》びを上げながら車から飛び降りてきた。

物陰に隠れていた監視らは恐れをなし、抵抗もせずに銃を捨てて投降した。彼らはあっという間に緑の制服で溢れかえったために、実数の三倍近くの敵に囲まれたと勘違いしたに違いない。

五人の監視と鍵を開けた男を縛り、監視小屋にいた男には鉱山で働いている鉱夫を外に出すように命じた。すると男は監視小屋にある赤いボタンを押し、坑内のベルを鳴らした。

坑口からわけが分からないうちに出てきた鉱夫たちは、居並ぶ武装警官を前に竦み上がった。恐怖に震える彼らにタクツェルは解放されたのだと伝えた。だが、彼らの表情は冴えなかった。

「連中は何で喜ばないのだ？」

思わず神崎はタクツェルに尋ねた。

「大半の鉱夫は七九四鉱山や七九二鉱山から連れて来られたようだが、賃金を払ってもらってないらしい。だから故郷には帰れないそうだ」

〃七九二鉱山〃が二〇〇六年に閉鎖命令を受けた際、政府関係機関が鉱山に乗り込んできて放射能汚染された機材や物資を売りさばき、政府から出された保証金もほとんど彼らが着服、横領した。そのため不満を抱く労働者からの情報漏洩を恐れた政府は、口封じのために彼らを故郷に強制送還した。このように中央政府を騙して金持ちになる核関連の役人や地方の幹部の腐敗が、中国全域にわたって核汚染を拡げている。

「それなら、支払わせるまでだ」

タクツェルの答えに神崎は即答した。監視小屋にいた男を銃で脅すと、黒幕である男の居場所をあっさりと白状した。他の省でウラン鉱山をいくつも開発してきた劉求新《りゅうきゅうしん》という元政府の役人で、四キロほど北にある村に豪邸を建てて仮住まいをしているらしい。

神崎は全員に乗車を命じた。

五分後、白昼堂々と五台のランドクルーザーで豪邸に乗り込んだ神崎ら偽の武装警官は、鉱山の惨状を目の当たりにした怒りを弾丸に込めた。

豪邸は六人の武装した警備員がいたが神崎らの怒濤の攻撃の前には成す術もなく、たった数分の銃撃戦で全身に銃弾を浴びて六人全員死亡した。

「見つけたぞ!」

屋敷中を捜索し、二十分後、一階のキッチンの床下に隠れていた劉求新をキルティが発見した。パジャマ姿の劉はでっぷりと太った男で細い目を泳がせていた。

「戻るぞ！」

神崎の号令で劉を拉致すると再び鉱山に向かった。途中で解放した鉱夫たちとすれ違った。彼らは賃金に相当する金品を劉の豪邸から持ち出すことになっている。

鉱山に戻った神崎と第一班は、劉を銃で脅して鉱山の坑口に立たせた。

「私をここで殺そうというのか。金ならいくらでもある。一人百万元払うから許してくれ」

劉は愛想笑いを浮かべて言った。金で決着がつくと思っているのだろう。交渉するところをみると足は震えているが、まだ余裕があるようだ。

「金などいらない。坑道の中にこの荷物を十分以内に置いてきたら、許してやる」

ユンリは麻袋を左右の手に持ち、淡々とした口調で言った。袋の中身は二十分で爆発するようにセットしたＣ四爆弾が入っている。すでに時限装置は作動させてある。残りは十八分ほどしかない。

「馬鹿な！　そんなことをしたら被爆してしまう」

劉は真っ赤な顔をして怒った。

「その馬鹿なことをおまえは鉱夫にしてきたんだ。責任を取るんだな」

「彼らは一年たったら金を払って故郷に返すつもりだった。問題はない」

若いユンリの言葉に劉は平然と言ってのけた。

「嘘をつけ！　賃金も支払われずに他の鉱山から来た者もいたぞ」

ユンリは理不尽な劉の態度に感情的になってきた。

「あれは、政府が関係した鉱山での問題だ。私には関係ない」

「何だと！」

ユンリは劉の胸ぐらを摑んだ。

「離れろ！」

神崎は声を上げてユンリを引き離すと劉の足下を撃った。

「さっさと行け！」

劉は真っ青な顔になり、麻袋を抱えて坑道に消えた。だが、十分経過しても劉は坑口から出てくる様子はない。

「出てきませんね。俺、十分以内に置いてくれれば、許してやるって言いましたよね」

ユンリは目出し帽をはぎ取り、頭を掻きながらいたずらっぽく言った。

「言葉が足りなかったかもな。三分前だ、撤収」

神崎も目出し帽を脱ぎ、腕時計を見ながら命令した。

〝スタグ〟のメンバーが乗り込んだ五台のランドクルーザーが猛スピードで省道に出る直前に、大きな爆発音がした。

作戦を終えた神崎らは武装警官の制服を着替え、省道三一三号を西へと向かった。途中迭部県のテウォのメインストリートを通る際に、赤い文字で〝天誅警察〟という名で書かれた声明文を車から十枚ほどまいた。昨夜、タクツェルが書き起こしたものだ。

声明文には違法なウラン鉱山の詳細なデータと、国家を糾《ただ》すために武装警官の有志が立ち上がったと力強く書かれてあった。

執念の追跡

一

ゲリラ部隊〝スタグ〟は甘南チベット族自治州の舟曲県と迭部県のほぼ県境にあった違法なウラン鉱山の坑道を爆破し、労働者を解放した。その上、鉱山のオーナーであった劉求新を破滅させることもできた。はじめての仕事としては上出来である。

将軍であるタクツェル・トンドゥプをはじめ、若いメンバーは作戦の成功に酔いしれた。だがその中で一人だけ、神崎は一抹の不安を覚えていた。なぜなら今後ＣＩＡからこうした不正な鉱山の襲撃を繰り返し命じられるのなら、〝スタグ〟のメンバーは確実に被爆し身体に異常を来すことが分かっているからだ。

中国政府も違法鉱山の取り締まりをしているが、閉鎖してもすぐに掘り起こされるというイタチごっこを繰り返すというのが現状だ。原因の一つは違法操業に地元の役人が絡んでいることと、ウラン鉱の闇販売で味をしめた近在の農民が活動しているためらしい。

今日の中国における拝金主義の元凶は、鄧小平による儲かれば偉いのだという改革経済政策だと言われているが、そもそも中国は何千年にもわたり様々な帝政が権力を握り、その末期は必ず官僚の腐敗による政治の堕落という歴史的土壌が根底にあるのだろう。

ウラン鉱山だけでなく核実験や核製造工場、核廃棄物処理による放射能汚染、化学工場などによる大気および河川の汚染、また間違った農業政策による砂漠化、森林伐採による洪水、農地の農薬汚染など、中国ではありとあらゆる環境破壊が進行し、人が住めない地域が年々急速に広がっている。そのため、富裕層は大挙して国外に脱出しており、党の幹部でさえ家族は欧米に帰化しているという状態なのだ。

日本人にも馴染みのあるカナダのバンクーバーにあるリッチモンド市では、住民の大半が中国人になった。中国を捨てた富裕層で溢れかえっているのだ。彼らはここを拠点としてカナダを占拠しつつある。今や中国人に異を唱える政治家が落選するというのだから、もはやカナダは中国の属国になったようなものである。

〈俺としたことが〉

神崎は作戦を顧《かえり》みて舌打ちをした。ウラン鉱山の坑道を落盤させるという今回の作戦を軽く考えていた。おそらくタクツェルもそうだろう。確かに鉱山のオーナーである劉は私兵とも言うべき銃を持った警備員を雇っていたが、神崎や訓練を積んだ〝スタグ〟の若者の敵ではなかった。だが、現地でガイガーカウンターが異常に高い放射線を検知した。敵はむしろ深刻な放射能汚染だった。

おそらくＣＩＡでは事前にそうした事実も摑んでいたのではないかと思えてならない。今度〝タイガー〟に会ったら問いつめるつもりだ。傭兵は戦場で死ぬのは覚悟の上だが、利用されて使い捨てにされることは我慢ができない。

「うん……？」

作戦についていろいろと考えているうちに、自らのことを傭兵と捉えていることに神崎は戸惑いを覚えた。〝タイガー〟から教えられた経歴は、海兵隊に八年間所属し、その間特殊任務に就いてフランス語で訓練を受けた時期もあったようだ。退役後はＣＩＡに雇われて東南アジアでゲリラの指導をしてきたらしい。

だが傭兵になったことはないはずだ。それともＣＩＡの情報員という境遇を、雇われ兵と自分では考えてきたのだろうか。そもそもノースカロライナ州出身の日系米国人らしいが米国に対して忠誠心もない。それも事故で記憶とともに失せてしまったのだろうか。

「くそっ！」

記憶のない苛立ちが口から漏れた。

「どうされたんですか？」

運転をしているユンリが横目で心配そうに見ている。この若者には人一倍辛く当たっているはずだが、それでも神崎を気遣ってくれる。彼だけではないが、若者たちを死なせたくないと思い厳しくしているのが、分かっているのかもしれない。

「いやなんでもない。昔のことを思い出そうとしたがうまく行かなかっただけだ」

言い繕《つくろ》うこともなく正直に話した。

「記憶がないことは辛いことですか？」

「当たり前だ。自分が何者かも分からないんだぞ」

「俺たちは逆です。過去をすべて忘れられたらと思いますよ。特に子供の頃酷い経験をしたやつらばかりですから。……公開処刑を見たことはありますか？」

ユンリは戸惑い気味に尋ねてきた。

「おそらくないだろう」

神崎は仕方なく曖昧に答えた。

「少なくはなりましたが、中国では今でもあります。〝公開処刑大会〟と看板を出して広場に舞台まで作って見せ物にするんです。子供の頃、僧侶が処刑されたのを未だに覚えていますよ」

ユンリは言葉を切って生唾を飲み込んだ。よほど嫌な記憶なのだろう。

「街の広場に住人は強制的に駆り出されるのです。子供だからと言って許されません。広場の中心に年老いた僧侶がいました。父の話では偉いお坊さんだったそうです。中共に協力しないために逮捕されたそうです。しかし、中共兵は住民に銃を突きつけてその僧侶を罵倒するように命じました。住民は仕方なく涙を流しながら悪口を言っていくのです。そして最後に僧侶は銃で撃たれました」

神崎は黙ってユンリが話すのを促した。

「でもまだこれはいい方です。キルティはもっと酷い経験をしています。あいつの父親は独立を宣言したプラカードを持ってデモに参加したそうです。そしたら捕まって公開処刑されたんです。しかも中共兵は、キルティの五つ年上の兄に銃を持たせて撃つように命令したんです」

中国各地で行なわれていた公開処刑は二〇〇八年以降少なくなったが、人民解放軍がチベット人やウイグル人に行なってきた公開処刑は際立って残虐である。亡命したチベット人から得られる数々の証言は耳を塞ぎたくなるほどだ。子供に親を殺させるというのは序の口で、僧侶にヤギの乳を飲ませて高い所から突き落とし、血とヤギの乳が混じるのを兵士らは喜んで見ていたというものまであり、おそらく有史以来最悪に残酷な処刑方法を行なったのは人民解放軍に違いない。

「泣きながらキルティの兄は父親を殺しました。でもそのすぐ後に自殺したそうです。俺はできればやつの記憶を消してやれたらいいのにといつも思っています」

ユンリは呻くように言った。

「……」

神崎は言葉が出なかった。

車内に気まずい空気が流れた。後部座席に座る他のメンバーも居心地悪そうである。

「ここではガソリンは給油しない方がいいですよね」

ユンリは場の雰囲気を変えようとしているのだろう、明るい声で聞いてきた。

迭部県の街テウォを出て、そのまま省道を西に進んでいる。神崎の乗った車は五台の車列の先頭を走っていた。昨日給油した〝康薩村〟を通り過ぎるところだった。

「とにかく一刻も早く、この自治州から抜け出すことだ」

神崎はウインドーから見える村のレストランの看板を横目で見ながらそう言った。

二

国道二一三号と省道三一三号の交差点から省道に沿って右折したところに〝康薩村〟はある。小さな村の割にレストランが四つもあり、雑貨店や薬局もあるために近在の村からも人を集めている。

辰也をはじめとしたリベンジャーズは、村のガソリンスタンドで給油している間に交代で中華レストラン〝盛隆飯菜館〟で昼飯を食べることになった。誰の顔にも疲労が滲み出ている。連日車中泊ということもあるが、浩志を捜索する手掛かりを失ったというのが最大の原因であった。

追跡していた瀬川らはＵ一三県道で車が故障したために、武装集団の車に取り付けておいた位置発信器の信号を見失ってしまったのだ。

〝康薩村〟まで来たのは、Ｕ一三県道を抜けて国道二一三号に出た際に、右折して東に進むと元の場所に戻ってしまうので左折し、給油するために省道三一三号の交差点に近い村に辿り着いたのだ。もちろん武装集団が同じガソリンスタンドで給油したことなど知る由もない。

中華レストランと言っても四人掛けの席が五つあるだけだ。店内は昼というのに薄暗く、陰気な感じがする。表の通りを車が何台も通ったのか走行音が立て続けに響き、遅れて粉塵《ふんじん》がドアの隙間から入ってきた。窓が薄汚れて外が見えない理由がこれで分かった。

店に入ったのは辰也とワットと宮坂の三人で、徳格、デルゲから車が一緒だったというだけで特にチームを分けたというのではない。店に入るとき、辰也は思わずワットと一緒であることに舌打ちをした。というのも辰也はリベンジャーズのリーダーであり、ワットはサブリーダーであるからだ。浩志ならチームを分ける際は必ず意味があった。少なくともリーダーとサブリーダーが同じチームになるようなことはしなかった。

だが、反面もうどうでもいいという気持ちもあった。発信器の信号を見失って十八時間以上経つ。車で移動していることを考えれば、五百キロ近く離されていたとしてもおかしくはない。何をしても浩志を広大な中国大陸で見つけることはできないという絶望感があった。瀬川と黒川はそれでもパソコンを定期的にチェックしているが、無駄な努力に思えて仕様がない。

メニューは壁に貼り出してあった。世界共通の青椒肉絲《チンジャオロース》や炒飯《チャーハン》などの文字が並ぶ。

「豚カツが食いたいな」

メニューを見ながら辰也がぼそりと言った。

「トンカツ？　ああ、ポーク・カットレットのことか。俺も好きだ。米国ではポークと言えば靴底のように硬いジンジャーステーキしか知らなかったが、日本のトンカツは最高だぜ」

ワットが相槌を打った。

「豚カツは藤堂さんの好物だったんだ。俺は作戦上のミスをしたときに藤堂さんから豚カツを奢《おご》れとよく怒られたよ」

辰也は懐かしそうに言った。

「俺なら、一ポンドのステーキを奢れと言うな。しかもマツサカステーキでだ。間違っても顎の筋肉を鍛えられるニューヨークカットステーキじゃないぞ」

ワットは分厚いステーキを切って食べるジェスチャーをしてみせた。

「そう言えば、命を救ってもらったときは、豚カツにステーキも付けろとも言われたよ」

辰也が笑いながら言うと、ワットと宮坂もつられて笑った。

「確かにトンカツはうまいが、日本にはもっとごちそうがあるだろう。俺だってスシやウナドンぐらいは知っている。どうしてトンカツなんだ？」

ワットは大笑いをした後で辰也に尋ねた。

「俺も不思議に思って一緒に豚カツ屋に行った時に聞いたことがある。そしたら子供の頃は、豚カツが最高のごちそうで一年に一度しか食べられなかったらしいんだ」

辰也はしんみりとした口調で答えた。

「一年に一度か。そんなに藤堂の家は貧乏だったのか？」

ワットは目を丸くして聞いた。

「詳しくは聞けなかったが、母親がアル中で食事を作ってくれなかったと苦笑いをしていたよ。豚カツもお祭りのときに親戚の家で食べさせてもらったらしいんだ」

「だから大人になってもトンカツが最高のごちそうなのか」

ワットは溜息混じりに頷いた。

「勘弁してくれよ、二人とも。リーダーとサブリーダーだったら、しけたつらするなよ。少なくとも他の連中の前では明るく振る舞ってくれ、頼むぜ」

宮坂がめずらしく怒ってみせた。この男はスナイパーとして世界でも屈指の腕を誇る。

だがそれだけに職人気質で感情を表に出さず、人に意見を言うことはめったにない。その宮坂が声を荒らげたために辰也とワットはぎょっとした表情をみせた。

「すまない。疲れていたんだ。飯を食えば、なんとかなる」

辰也はわけの分からない言い訳をして青椒肉絲と炒飯を注文した。

二十分後、辰也ら三人は食事を終え、レストランを出た。するとガソリンスタンドから黒川が走ってくるのが見えた。異変を感じた三人は黒川に向かって駆け出した。

「どうした？」

辰也は黒川に尋ねた。

「大変です！　発信器の信号を捉えました」

「何！」

四人は急いでガソリンスタンドに向かった。発信器の電波は加藤が運転している車が拾っているはずだ。

ガソリンスタンドの駐車場は通りから奥まったところにあるが、三台のランドクルーザーは、すでに省道にいつでも出られるように瀬川と加藤が動かして待っていた。

「国道二一三号を南に向かっています。すでに二十キロ近く離れたところを走っています」

「何！」

発信器の信号は場所にもよるが、二十キロは電波が捉えられる限界に達していた。

「早く乗ってください！」

二台目の運転席から瀬川が声を張り上げた。

辰也とワットと宮坂の三人は三台目の車に乗り込み、すでに走りはじめた瀬川らの車の後を追った。

三

甘南チベット族自治州を出発した神崎とゲリラ部隊〝スタグ〟は、国道二一三号から都《と》江堰《こうえん》市の北西部で高速道路に乗り、成都に午後九時四十分に到着していた。

成都の北西五十キロに位置する都江堰市には、二千三百年前に作られた都江堰と呼ばれる灌漑《かんがい》施設がある。紀元前三世紀、戦国時代の泰《しん》国の太守が洪水対策として長江の支流である岷江《みんこう》に堰《せき》を作って乾燥した成都盆地に分水し、この地域を大穀倉地帯に変えたそうだ。この堰の開発がなければ今の成都の発展はなかったかもしれないと思うと、中国の先人の知恵と労力には頭が下がる。

およそ六百七十キロの道のりを給油以外は停まることもなく、十一時間弱で飛ばしてきた。未舗装の省道もあったことも考えると驚異的な速さと言える。そのため水分を補給する以外は食事などする時間はなかった。

ホテルは、岷江の支流で市内を流れる錦江《きんこう》沿いの交通飯店にチェックインした。旅慣れているタクツェル・トンドゥプの話では安宿で有名らしいが、シャワーがついているので文句はない。彼らの部屋はスタンダードルームといって、他はトイレもシャワーも共同らしい。

都会に出てくるのもホテルに泊まるのもはじめてという〝スタグ〟の若者らにとって、かなりくたびれた部屋でも白いシーツのベッドに感激しているようだ。もっとも空腹で今にも倒れそうな彼らは、部屋に荷物を置くなりホテルに隣接するレストランに直行した。

彼らを連れて成都に来たのには理由がある。まず事件を起こしたことで甘粛省および隣接する四川省全域に警戒網が敷かれることが予測され、地方にいるよりも都会に身を潜めていた方が目立たずに安全だからである。また、次の作戦のために〝タイガー〟と成都で接触することになっていた。

神崎とタクツェル・トンドゥプは若者らとは別行動をとった。二人はタクシーで市の中心部に向かい、メインストリートの一つである総府路に面するタイムズスクエアの近くで車を降りた。成都の中心街は、ここが中国であることを忘れさせるほど近代的なビルが建ち並んでいる。

タクツェルは来た道を戻る形で歩道を歩きながら用心深く辺りを観察した。

「尾行はないようだな。行こう」

しばらく広い歩道を歩いていたタクツェルは、ふいに通りと交わる細い路に曲がり、こぢんまりとした〝頼湯圓《らいたんえん》〟という中華レストランに入った。閉店時間が近いこともあり、客は数えるほどしかいない。奥のテーブルに入口を背に一人で食事をしている男がいた。タクツェルは男と背中合わせになるように前のテーブル席に座った。

神崎もタクツェルの前の席に着くと後ろに座る男は、おもむろに新聞を読みはじめた。男はビジネスマン風のスーツを着て、テーブル席の下にアタッシュケースを置いている。神崎はタクツェルの正面に座っているために男の背中しか見えないが、新聞を読みはじめたわざとらしさに苦笑を漏らした。

タクツェルは神崎の分も含めて料理とビールを注文した。注文を受けたウエイターは閉店を気にしてか、慌ただしくビールとコップをテーブルの上に置いて行った。

「はじめての作戦にしてはうまくいったな」

ウエイターがテーブルから離れると、後ろに座っている男が聞き取れないほどの小声で言った。CIAの神崎の上司であり、〝スタグ〟の後方支援をしている〝タイガー〟だ。

「監視衛星で鉱山が爆破されたのは確認した。しかもCIAでも要注意人物として追っていた違法ウラン鉱山のオーナーである劉求新を殺害したのは上出来だ。彼は党の幹部に多額の賄賂を贈っていた。現政権に少なからず打撃を与えることができたはずだ」

〝タイガー〟は低い声で笑った。

「我々は到着したばかりなのでテレビも見ていませんが、事件の報道はされていますか？」

タクツェルはテーブルに置かれたビールをコップに注ぎ、一気に飲み干すと正面を向いたまま尋ねた。だが、仕草とは裏腹に表情は硬い。

「報道はされなかった。武装警官が反乱を起こしたんだ。あまりにもショッキングだったからだろう。だが、党の幹部でＣＩＡの情報源はいくらでもあるから心配ない。劉求新から賄賂を貰っていた連中は今頃さぞかし慌てているだろう。おそらくここ数日中に党内部で粛清される人間も出てくるはずだ」

〝タイガー〟の言葉にタクツェルはふっと溜息を漏らして笑顔になった。

「次回の作戦はどうなっている？」

神崎はにこりともせずに〝タイガー〟に聞いた。

「相変わらずせっかちな男だな。支局から支給された薬はちゃんと飲んでいるのか？」

〝タイガー〟は不機嫌そうに音をたてて新聞をめくりながら聞いてきた。

「余計なお世話だ。なるべく飲まないようにしている。最近は頭痛も大したことがなくなってきたからな」

カプセルに入った薬は常備している。激しい頭痛に襲われたときは我慢ができずに飲むこともあったが、処方されたように毎日飲むほどではない。

「飲んでいないだと！」

〝タイガー〟が苛立ち気味に声を上げた。

「薬を飲まないとまずいことでもあるのか」

神崎はビールを呷りながら言った。

〝タイガー〟の肩がぴくりと動いた。

「記憶は戻ったのか？」

「記憶が戻っていれば苦労はしない。俺が正常になることが悪いとでも言いたげだな？」

神崎は〝タイガー〟の狼狽《うろた》えぶりを見て首を傾げた。

「馬鹿な。そういうわけではない。ただ君の身体を気遣っただけだ」

まるで子供をあやすように〝タイガー〟は声の調子を変えてきた。

「俺のことはどうでもいい。作戦は決まっているのかと聞いたのだ」

「次の作戦はチベット自治区だ。詳しくは資料を見てくれ」

「次回もウラン鉱山の仕事なら断る。放射能汚染で死にたくないからな」

自分のことはさておき、神崎は将来のある若者らにつまらない死に方をさせたくなかった。

「心配するな。次は千二百キロも離れたダム工事の妨害だ。我々の予想通り、君らの鉱山襲撃を受けてチベット自治区に駐屯していた武装警官や人民解放軍の大部隊が、甘粛省と四川省北部に派遣され、現在移動中だ。仕事はしやすくなっているはずだ」

「なるほど、それでチベット自治区と離れた甘粛省の鉱山を襲撃したんですね」

タクツェルは感心してみせた。

「俺たちにいつまで武装警官の振りをさせておくつもりだ?」

神崎は不機嫌そうな声で言った。

作戦がウラン鉱山と関係がないと聞かされても納得していなかった。確かに武装警官の反乱というのは、中国政府にショックを与えることはできるだろう。しかし所詮散発的に事件を起こすだけで、それが中国政府を転覆させるほどの原動力を生み出すとは思えないからだ。

「次の作戦を遂行したら、しばらく地下に隠れていて欲しい」

「いつまでだ?」

「二つの事件が続けて行なわれれば、チベット自治区、青海省、甘粛省、四川省西部は他の省から援軍が送られて厳戒態勢になる。ことによるとチベット自治区以外でも戒厳令が敷かれるかもしれない。これらの警戒網が解かれるまでだな」

〝タイガー〟は読んでいた新聞を畳み、席を立つと椅子の上に何気なく置いた。そしてポケットから銀縁のメガネを出してかけると白髪混じりの髪を整えた。どこから見ても中国人のビジネスマンに見える。

「次の作戦の健闘を祈る。それから、カンザキ。記憶が戻るような兆候があったら、報告してくれ。医者にすぐに診せれば回復が早くなるからな」

そう言い残すと〝タイガー〟は神崎らと一度も目を合わせることもなく、店を出て行った。

タクツェルは右手を伸ばして背後の席から新聞を拾い上げて、さりげなく懐にしまった。どうやら次の作戦の詳しい資料が新聞に隠されているようだ。

両手に料理が盛られた皿を抱えたウエイターがタイミングよく厨房から出てきた。

「さあ、食べるとするか」

掌をすり合わせてタクツェルはわざとらしく言った。

神崎はどこか納得ができないものを感じながらも箸を取った。

四

成都の中心にレンガ作りの古い建物がある総府路は、人民政府の建物の前を通る人民東路と交わり、まるでニューヨークを彷彿《ほうふつ》させる大通りとなる。

そんな大通りである総府路の近くの路地に〝頼湯圓〟という四川小吃《シャオチー》の専門店がある。

小吃とは中華料理の一品料理のことで、〝頼湯圓〟は頼湯という白玉団子のデザートで有名だ。中華レストランらしい店の看板の他に、羊肉串という大きな看板が掲げてあるのがいかにもチベットに近い四川の店らしい。

この店の向かいには最近では中国にも定着した〝肯徳基《ケンタッキー》〟があり、ワットと瀬川と加藤、それに黒川が窓際の角のテーブル席でフライドチキンにむしゃぶりついていた。外から目立たない席はここしかなく、狭い席に大きな男が四人で無理矢理座り込んでいた。

甘粛省で一旦は武装集団に取り付けておいた位置発信器の信号を見失っていたが、再び捉えた信号にリベンジャーズは食らいついた。そして六百七十キロという長距離を追跡し、成都までやってきたのだ。

武装集団は市の南に位置するホテルに入ったが、浩志と思われる人物が一人の男を伴って外出したために、ホテルの監視を辰也と宮坂と田中と京介の四人に任せ、ワットらは二人を追った。変則的なチーム分けだが、ワットは北京語が堪能なために追跡には適任ということになった。

彼らは本来なら精根尽き果てるほど疲れているはずだが、誰の目も輝いていた。一度は諦めかけた追跡が再開できたこともあるが、追跡している人物が浩志であるという確信を得ていたからだ。

病院に入院している美香を見舞うために徳格デルゲに入った池谷から、浩志のレジオネール名は〝カンザキ・ケン〟であるという確認が取れたのだ。池谷は傭兵代理店に登録していた元傭兵で、浩志とフランスの外人部隊で同期だったジミー・サンダースから電話で聞き出した。カム地方の山間にある寺院〝タツァン〟の僧長であるリポティックから聞いた〝カンズキ・ケン〟という名とも符合した。

「こんなにフライドチキンがおいしいと思ったことはないな」

ワットはチキンを五本平らげてポテトを頬張りながら言った。

「偶然とはいえ、向かいの店がケンタッキーでよかったですよ。中華料理にもげんなりしていましたから。しかし、正直言って、回転寿司だったらもっとよかったですけどね」

大食いの瀬川が六本目のチキンを手にして言うと、一同の笑いを誘った。

「それにしても、あの店にわざわざ行くには何か理由があるのでしょうか？」

ずいぶん前に食べ終わっている加藤がワットに尋ねた。

「武装集団が泊まったホテルは、成都でも安いと有名な店だが、あの周辺にも四川料理の店は沢山ある。タクシーを使ってまで夜食を食べに来る必要性はないだろう。おそらく誰かと待ち合わせをしているのに違いない」

ワットは個人的に中国には何度も来ているらしく、この街のこともよく知っていた。

浩志らが店に入ってしばらくすると〝頼湯圓〟からアルミ製のアタッシュケースを持った中肉中背、口髭を伸ばして銀縁のメガネをかけた男が出てきた。

「むっ！」

四人が座っている場所は窓を覗き込むような場所のため、少し壁際に身を寄せるだけで外からは見えない。しかも観葉植物があるため外からは絶対見えないはずだが、ワットは慌てて頭を低くした。

「加藤、出てきた男の後を尾けてくれ、頼む！」

ワットは壁の後ろ側に回り、窓の外を覗き見しながら言った。

「黒川、一緒に行ってくれ」

瀬川は機転を利かせて黒川に指示を出した。彼らは二台のランドクルーザーをこの近くの路上に停めていた。四人ともハンドフリーの無線機は携帯しているが、尾行は二人で行なった方が有利である。

加藤と黒川が頷いて店から出て行った。

「危なかった。危うく見られるところだった」

ワットは席に戻り、大きく息を吐いた。

「誰なんですか、あの中国人は？」

瀬川は窓の外を見ながら尋ねた。

「すまない、瀬川。今は言えない。俺は今でこそフリーな人間だが、もとはデルタフォースの指揮官だったんだ。本来ならそのことも言ってはいけないことになっている。だから、辞めた今でも様々な機密保持をしなければいけないことになっているんだ」

眉をへの字に曲げてワットは言った。

「分かりますよ。私も黒川も同じ立場です。ワットさんがそれだけ責任ある立場にいたことは誰でも知っていますから、時が来たら教えてください」

瀬川も表向きは下北沢にある質屋の店員であり、その一つ裏は傭兵代理店のコマンドスタッフという顔を持ち、さらにもう一つ裏には、池谷の特務機関に出向してきた空挺部隊隊員という顔がある。

「ところで、さっきの男は中国人に見えましたが、実は米国人なのですね」

瀬川はワットの立場を理解しているといいながらも、ちゃっかりと質問をした。

「まあ、そんなところだ。あんまり聞かないで欲しいが、俺にとっては心地いい人間でないことも付け加えておこうか」

ワットは男のことを思い出したのか忌々《いまいま》しげに言った。

「それじゃ、何かあったときにぶん殴ってもよさそうですね」

「だめだ！　手を出すことは絶対許さない」

瀬川の冗談にワットは真剣な表情で答えた。

「殴るのは俺がやる。あいつの細く尖った鼻をへし折ってやるんだ」

そういうとワットは瀬川の肩を叩いて大笑いをした。

「コーヒーのお代わりでもするか」

三十分後、手持ち無沙汰にワットは空のコップを振った。

「そうですね」

瀬川が席を立った。

「瀬川！」

ワットは壁に身体を寄せて言った。

「出てきましたか」

瀬川も壁の後ろに回り込んだ。

「出てきた。周囲を警戒しているようだ」

「藤堂さんでしたか？」

「俺は浩志だと思う。だが外見は似ているとしか言いようがない」

ワットの答えは曖昧だった。

瀬川は窓際の観葉植物の隙間から外を覗いた。

「確かに、髭や髪をあんなに伸ばしている藤堂さんは見たことがありません。それに痩せて眼光が以前にもまして鋭い。別人と言われても否定できませんね。しかし、あそこまで人が変わったようになるということはよほど酷い経験をされたのか、美香さんの言うように記憶がないのかもしれませんね」

瀬川は厳しい表情で言った。

「もし、浩志が何かの任務に就いていた場合、あるいは記憶がない場合にしてもだ。俺たちがどのタイミングで会うかは問題だな。下手に顔を出せば逆効果になりかねない」

ワットも険しい表情になった。

五

インスタントの食材やレシピの普及により、今や中華料理は家庭の味と化している。青椒肉絲、麻婆豆腐、回鍋肉《ホイコーロー》、麻婆茄子、その他担担麵や棒棒鶏《バンバンジー》、エビチリなど誰でもいくつかの名前は挙げられると思うが、家庭で普及している中華料理の大半が四川料理だと認識している人は案外少ないだろう。当然本場ではどの料理も激辛料理となる。四川は内陸の盆地ゆえに暑さが厳しく、疫病防止の毒消しとして香辛料が多く用いられたことに辛さの原因があり、健康のためというより生きるためという切実な問題があったのだろう。

四川料理を堪能した神崎は勘定をタクツェルに任せて〝頼湯圓〟を出た。

「うん？」

首筋に視線を感じた。欠伸《あくび》をする振りをして、さりげなく辺りを見渡した。通りには中国人のカップルが一組とかなり離れた所に親子連れの白人の姿があるが、いずれもこちらを気にするでもなく遠ざかって行く。閉店時間が近いのだろう、向かいのケンタッキーにもほとんど人はいない。

〈気のせいか〉

神崎は伸びた顎髭を触りながら首を傾げた。

「行こうか」

タクツェルが両手に大きなビニール袋を下げて店から出てきた。

「どうした、それ？」

「羊肉の串焼きだよ。若い連中の土産に買ったんだ。この店のはうまそうだから、つい買ってしまったよ」

神崎が尋ねるとタクツェルは快活に笑いながら答えた。

この男と知り合って一年近くなる。基地として使っていたカム地方の山奥から神崎がほとんど外に出なかったのに対して、タクツェルは情報収集に奔走していたために、これまでじっくりと腹を割って話すこともなかった。神崎は理屈っぽいタクツェルを嫌っていたし、彼も酒を浴びるように飲む神崎を疎《うと》んじていたというのが実際のところだ。だが、作戦を実行するにあたって互いの距離は縮まった。一度でも一緒に命を懸けた経験をすれば分かり合えるものなのだ。

二人はタクシーを拾うために総府路に出た。午後十時二十分、深夜というほどでもないが、空のタクシーがない。

二〇〇八年の〝四川大地震〟の後、大勢の被災者が浮浪者となり周辺都市に流れ、街の治安が悪化したと言われている。成都は比較的治安がいいことで知られているが、犯罪を恐れた市民や観光客のタクシー利用が増えたらしい。

「タクシー乗り場まで行くか」

タクツェルは歩きはじめた。

総府路の中央分離帯の上には遊歩道になっている巨大な歩道橋がある。長さは階段も含めて優に百メートルを超す。その東の端にタクシー乗り場がある。だがそこにもタクシーは一台も停まっていなかった。

「ホテルまでは、ここから二キロもないだろう。歩いて行くか」

神崎は地理を知らないため、タクツェルの言葉に素直に従った。

二人は総府路の大陸橋を渡り、春熙路《チュンシール》と呼ばれる路地に入った。石のタイルが敷き詰められた歩行街で七百あまりの店が出店している、成都で一番有名な繁華街である。シャッターを閉めた店もあるが、営業している店も多く、遅い時間だが人通りはある。

神崎はまたどこからか視線を感じた。どうやら尾行されているようだ。店を眺める振りをしてさりげなく警戒するのだが、存在までは確かめられない。

「こんなきれいな繁華街を歩く中国人は、少し離れたところに住むチベット人が辛酸を舐《な》めていることを知らないでいる。世の中不公平だ」

タクツェルは尾行されているとも知らずに不満を漏らした。

「この近くにホテルか大きな施設はないか？」

「大きな施設？」

神崎の唐突な質問にタクツェルは歩みを止めた。

「立ち止まるな、尾行されている」

「本当か？」

タクツェルの声がうわずった。

「ホテルはないが、イトーヨーカドーならある。午後十一時まで営業しているはずだ」

成都の伊藤洋華堂《イトーヨーカドー》の春熙店はスーパーマーケットというよりデパートに近い風格を持つ。

「イトーヨーカドー？」

イトーヨーカドーと聞いて神崎は首を捻った。どこかで聞いたことがあるからだ。これまで過去の記憶を呼び起こすために成都のＣＩＡの施設で薬物療法を受け、〝タイガー〟からは神崎の出身地や出身大学などの話を聞いたが、ぴんとくるものはなかった。

「日本の大きなスーパーマーケットだ。すぐ側には伊勢丹《いせたん》もある」

「伊勢丹……」

神崎はまたしても聞き覚えのある名前に思わず足を止めた。

「どうしたんだ、立ち止まって？」

タクツェルが訝しげな表情で振り返った。

「なんでもない。タクシーをそこで拾おう」

一瞬目眩《めまい》を覚えた。何かが喉をついて出てくるような感じがした。固く閉ざされている脳の引出しがこじ開けられようとしたのかもしれない。

「だめだ、どちらの店も歩行街の中だ。タクシーを拾うなら、このまままっすぐ行って東大街まで出た方がいいだろう」

「分かった。案内してくれ」

次第に頭痛がしてきた。神崎はポケットからＣＩＡに処方された薬のカプセルを取り出した。

「大丈夫か？　顔色が悪いぞ」

「薬を飲めば治る」

神崎は急いで薬を口に含んだ。いつも水なしで飲んでいる。だが、なぜか今日は口の中が粘つき、とても飲み込めそうになかった。

「くそっ！」

カプセルを掌に吐き出し路上に叩き付けると、神崎は足早に歩きはじめた。

六

ワットの指示を受けて総府路のケンタッキーを飛び出した加藤と黒川は、スーツ姿のアジア系の男を追っていた。

男は〝頼湯圓〟を出て総府路でタクシーを拾うと、人民東路を左折して人民南路一段、二段と南下し、二・二キロ離れた錦江に近いホテル〝錦江賓館〟で降りた。加藤が男を見張っている間に黒川が近くに駐車してあったランドクルーザーを取りに行ったので、車で追うことができた。

しかし、男は〝錦江賓館〟のラウンジを通り抜け、ホテルの裏口でタクシーを拾い今度は、人民南路二段から右斜めに北上する大業路を通り、古中市街にあるホテル〝新華国際酒店〟で降りた。最初に出発した〝頼湯圓〟からはわずか一キロほど北に位置する場所だ。男が尾行を気にしていることは明白だ。

男は〝新華国際酒店〟のロビーにあるトイレに入ったかと思うと、今度はジーパンにラフなジャケット、銀縁メガネも外しバックパッカーという姿になっていた。持っていたアタッシュケースやスーツはバックパックに仕舞ったのだろう。トイレにいた時間はわずか十数秒で、しかも口髭もなくなっていた。

変装の弱点である靴もスニーカーに替え、ハンカチで手を拭きながら出てくるという念の入った演技で、別人に変身していた。おそらく瞬時に着替えができる特殊なスーツと靴を身につけていたのだろう。

この時点で、しつこく尾行されていたとしても九十九パーセントまくことができたはずだ。だが、追跡しているのが追跡と潜入のプロである加藤だということなど〝タイガー〟は知る由もない。

〝タイガー〟はバックパックを担いでホテルの前に停まっていたタクシーに乗り込み、一・五キロ西に位置する〝シェラトン成都麗都ホテル〟で降りて再びロビーのトイレに入ると、スーツ姿に戻って出て来た。だが、取り外した口髭は捨ててしまったのか、銀縁メガネをかけただけの姿になっていた。

右手にアタッシュケースを持った〝タイガー〟は、尾行はないという自信なのだろう。辺りを大して警戒することもなくロビー中央の階段を上りはじめた。

二〇〇〇年に開業した成都のシェラトンホテルは、ビジネス街の中心にある五つ星のホテルだ。三階まで吹き抜けになっている豪奢《ごうしゃ》なロビーを抜け、階段を上がって二階にラウンジ〝翠雲廊〟がある。

〝タイガー〟はラウンジの奥にあるテーブル席におもむろに座った。一階ロビーを見下ろすことができる人気の席だ。対面には恰幅《かっぷく》のいい中国人らしい男が座っている。年齢は四十代後半、贅沢なスーツを着ている。

「ここは少々目立ちませんか。私の部屋で打合せすることもできますし、誰にも見られないミーティングルームもありますよ」

〝タイガー〟は中国語で正面に座る男に苦言を言った。ロビーが見晴らせる席が落ち着かないようだ。大きなホテルだけに、遅い時間にもかかわらずロビーには大勢の人がいた。

「米国人は気が小さくて困る。ここから見えるフロントの景色の良さが分からないか。今の中国を象徴している。客の服装や手荷物で金持ちかどうか、すぐ分かるのだ。今入ってきた欧米人は気取っているが、バッグが安物だ。どうせツアーの客なのだろう。それに比べ、隣の中国人は着ている物も持ち物もすべてブランド品だ。富は中国に集まっていることがこれだけでも分かる」

そう言って男は低い声で笑った。

「しかし、ここはロビーから丸見えですよ」

〝タイガー〟は苛立ち気味に言った。

「冗談だ。君に尾行がないか、この目で確かめたかったんだ」

「それこそ、冗談です。私は完璧です。そんなヘマはしませんよ」

頭を大袈裟に振って〝タイガー〟は笑った。

「しかし、この席の周りは人が多過ぎます」

隣り合った席は一メートル以上間隔があるが、両サイドと一つ離れた席は客で埋まっていた。

「心配しなくていい。周りにいる者はすべて私の護衛だ」

男は軽くポンと手を叩いた。すると客と思っていた周囲の男が一斉に〝タイガー〟を見て軽く会釈してみせた。

「今何時だ？」

男は唐突に尋ねてきた。

「午後十時四十一分です」

「このラウンジは午後十一時でクローズだ。とりあえず十二時まで貸し切りにしてある。それで十分だろう」

〝タイガー〟は肩を竦めて頷いた。

「馬鹿な観光客だ。十一時で終わりだというのに」

男はラウンジの入口で、ホテルマンに腕時計を指しながら断られている観光客を見てあざ笑った。

「作戦は手はずどおり成功しました。党の核開発部の数名が、密かに公安に逮捕されたという情報はこちらでも得ています」

「さすがＣＩＡの耳は早いな。核開発部の逮捕者は五名だ。それから下っ端だが党の幹部も二人逮捕された。いずれも現政権の若手だ。彼らの将来を奪った点では大きなポイントとなった」

男の報告に〝タイガー〟は満足げに頷いた。

「次の作戦に期待している」

「次はチベット自治区で行なわれます。隣国がぬか喜びしますよ」

〝タイガー〟はメガネを軽く上げて頷いた。

「ダム工事の妨害だったな。あのダムは世界的に評判が悪い。妨害で建設が中止になっても構わない。ほとぼりが冷めたら工事を再開するだけのことだ」

男の口ぶりから、どうやら中国共産党の幹部らしい。

二人の様子をロビーからさりげなく黒川が見ている。二階から階段を降りて来た加藤を見つけると黒川はラウンジの死角に入った。

「ばっちり撮れましたよ」

加藤はポケットから高解像度の小型カメラを出して笑った。ラウンジがクローズ間近でホテルマンに断られていた客は彼だった。

「さすがだ。後は我々が尾けてきた男の宿泊先を調べれば終わりですね」

黒川も笑みを漏らした。

新たな作戦

一

神崎とゲリラ部隊〝スタグ〟は、派手なビルボードが掲げられた高層ビルが建ち並ぶ成都を、夜が明ける前に出発した。

ＣＩＡの〝タイガー〟から警察や軍の情報を得て、新たに爆薬などの追加支援を受けるのを待っていたために、神崎らは結局五日も街に泊まった。甘粛省の〝舟曲〟で起こした事件は案の定、ニュースになることはなかった。だが、彼らが名乗った〝天誅警察〟という名は、公安や武装警官、それに党の幹部には知れわたった。その意味では大成功と言えるだろう。

カムの山奥でチベットの再興を願ってゲリラとなった若者らにとって、短期間ではあるが大都市の生活は刺激的であった。だが、中国人の繁栄に対し劣悪な環境に置かれているチベット人を思うと、かえってチベット独立への闘志をたぎらせることになったようだ。

　中国共産党を憎悪する気持ちは、人民解放軍によって植民地にされた亡国の民に限ったことではない。大多数の中国人もそう思っているのだ。すべての人民は平等であることを謳《うた》い文句にした中華人民共和国は、建国六十年を経て、世界有数の富豪である少数の支配層と明日の食べ物にすら困る十億人以上いるといわれる貧民層が存在する、人類史でも類を見ない格差社会国家となった。

　元中国共産党のエリートで著名な中国研究家である鳴霞《めいか》氏によれば、十億人以上いる貧民層の教育レベルは低く、そのうちの三億人以上は小学生以下の教育レベルらしい。これは支配層がコントロールしやすいように愚民化政策が長年続けられてきた結果のようだ。また、共産党の特権五百家族と彼らの親族や関係者などを合わせた約五千人といわれる上層指導者層が富と権力を享受し、中国十三億人を搾取《さくしゅ》している。それゆえ大多数の中国人は生まれ変わっても中国人にはなりたくないと願うそうだ。

　五台のランドクルーザーを連ねた〝スタグ〟は成都市内から成雅《せいが》高速道路に乗り、成都の南西百四十キロに位置する雅安《があん》市まで二時間で到着した。雅安市は四川盆地とチベット高原の境にあるため、古くからチベットの玄関を意味する〝西蔵門戸〟と呼ばれる。

　さらに雅安市から国道三一八号を西に進み、百十二キロ西にある大渡河を渡り九時間後にはカンゼ・チベット族自治州の西部にある理塘《りとう》県リタンに到達していた。移動距離は六百キロを超していた。

リタンは標高四千十四メートルという世界でも有数の高所にある街で、ダライ・ラマ七世、ダライ・ラマ十世が生まれた、仏教史上重要な土地であるとともにかつては抗中統一ゲリラ組織であったチュシ・ガンドゥクの拠点でもあった。そのため、この地では今もなお政府に対して反発心が強い。

タクツェルは街の西のはずれにある村に車を停めさせた。村は高台にあり、レンガ作りの小さな小屋が十数棟点在する。時刻は午後六時を過ぎているが、日の入りまではまだ二時間半近くある。

神崎はいつものようにユンリが運転する一班の車に乗っていた。車を降りて身体を伸ばした。長時間の移動で身体中の筋肉が強ばっていた。

「今日は、ここに宿泊する。西側にある三つの小屋が空いているはずだ」

先頭車から降りたタクツェルは若者らに小屋に入るように指示をした。

「ここも廃村なのか?」

神崎はタクツェルに近づいて尋ねた。

カム地方にはいくつも廃村があり、これまでも臨時の隠れ場所として使ったことはあるが、どこも荒れ果てていた。だが、目の前の村にある家はしっかりとした造りで生活の匂いがする。

「両親もずいぶん前に死んでしまったので自分の家はないが、ここは私の生まれ故郷なのだ。一昨日知り合いの村人に家を三つ空けておくように連絡をしておいた。それにここに公安がいないことは確認済みだ」

タクツェルは照れくさそうに言った。

「すると、ここで僧侶をしていたのか」

「今でもこの地を目の敵にしている中共政府は愛国教育キャンペーンをし、ダライ・ラマ十四世を批判する運動を強化している。むろん寺院への弾圧は厳しい。もう二十年近く前になるが、ある日突然、寺院の僧侶を半分以下にするように通達があり、私は僧籍を剝奪《はくだつ》されてこの地を離れざるを得なくなったのだ」

タクツェルは他人事のように淡々と話した。指導者として感情を表に出さないようにしているのだろう。

「村人は、俺たちが何をしているのか知っているのか？」

タクツェルは安全と言うが、成都のように大きな街ならともかく、小さなエリアで第三者がいるような場所に宿泊することに神崎は不安を覚えた。

「教えてはいないが、少なくとも私が米国に亡命したことを村人は知っている」

「それならなおさら、彼らが裏切る心配はないのか」

「もし、裏切っているのなら、すでに武装警官に包囲されている」

タクツェルは肩を竦めて答えた。確かに彼の言うとおりだろう。武装警官の待ち伏せ攻撃があってもおかしくない。

「村に人影がない。寝るには早いだろう」

神崎が不安を感じる要因の一つは、村人の姿がなく異常にひっそりとしていることだ。

「我々と関係を持てば公安に後々追及されることになりかねない。だから外出しないように村長に言ってあるんだ。心配はない」

故郷に帰ってきたためか、タクツェルは自信ありげに断言してみせた。

「なるほど……」

納得できる回答なのだがタクツェルから話を聞けば聞くほど、神崎は何かひっかかりを覚えた。何がというのではない。ただ胸騒ぎがするのだ。

「念のために宿泊する家の割り振りは俺がする。それにいつものように見張りも立てる」

「それは構わないが……」

タクツェルは大袈裟だとばかりに苦笑してみせた。

「タクツェルは、真ん中の家に二班と一緒になってくれ。奥の家は一番大きいから、三、四、五班が入る。手前の家は俺と一班だ」

神崎は若者らに指示を出した。

二

理塘県リタンは、カンゼ・チベット族自治州を東西に横切る国道三一八号沿いにある街で、四千メートルを超す高い山に囲まれ広大な草原の中にある。ゲリラ部隊〝スタグ〟が宿泊することになった村は、国道三一八号を北に進んだ山のすそ野にあった。

午後十一時を過ぎて気温は三度近くまで下がった。

神崎は村の西のはずれにある小屋で腕組みをして座っていた。しばらく治まっていた頭痛がまたするようになってきた。だが、CIAから貰った薬は飲まないようにしている。薬を飲むと頭痛はなくなるが、しばらく頭がはっきりとしない状態が続くからだ。CIAの訓練施設では、その状態で医師の診断やカウンセリングを受けることが多かった。すると過去のことなどどうでもいいと思ってしまうときもあった。

薬を飲まないのは、作戦中のため一時的でも判断力が鈍ることがあってはならないということもあった。薬をここしばらく控えているせいか、頭痛がする度に過去の風景と思われる映像が浮かんでくるときがある。だがまるで霞《かすみ》がかかったようで、はっきりとしないものがほとんどだ。

小屋のドアが音もなく開いた。

「参謀」

ユンリが顔を出し、頷いて見せた。一班の者を見張りにつけていたのだ。

神崎はユンリの後を追って外に出た。北側の山から吹き下ろす風が強い。思わず防寒服の襟を立てた。

二人は村の西側にある高台に登った。一班の若者が見張りとして立っていた。

「見てください。車が四台こちらに向かってきます。おそらく公安か武装警官でしょう。村人が通報したのでしょうか？」

ユンリは眼下の道を指差した。道は一本道で見通しが利く。見えるのはヘッドライトだけだが、四台の車が二キロ先を移動しているのが見える。車列は村を素通りして北の山を越す県道四号に向かうのかもしれないが、時刻からしてそれはないだろう。四台の車にはフル装備の武装警官が二個小隊、二十人以上乗車していると見るべきだ。

「可能性はあるが、タイミングからして、俺たちが街を通った時点ですでにマークされていたのだろう。全員を起こして出発の準備をさせろ」

神崎は一班の若者を走らせた。

「どうしますか、参謀？」

ユンリは興奮気味に尋ねてきた。見張りをさせていた彼らには銃を持たせていた。闘いたくて仕様がないのだろう。

「銃はいつでも使える。だが今は使うときではない。前回の作戦で公安や武装警官は甘粛省と四川省北部に集結している。今ここで事件を起こせば、元の部署に彼らは戻ってしまう。そうなれば、次の作戦はやりにくくなる」

「しかし、追っ手がかからないように徹底的に叩くというのはどうですか?」

「たとえ素手で闘ったとしても、武装警官をここで負傷させればどういうことになる」

「そっ、それは、……おそらくこの村の住民は犯人として全員拘束されるでしょう」

ユンリは血の気は多いが頭のいい男だ。それに何よりも同胞を思いやっている。

「そうなれば、ここも廃村になる。それでもいいのか?」

神崎に諭され、ユンリは悲しげな表情で頭を横に振った。

「行くぞ!」

神崎はユンリを従えて坂を駆け下りた。仲間はすでに車に乗っていた。

「何?」

神崎は車が停めてある村の広場まで下りてきて立ち止まった。夜中にもかかわらず村人が続々と家から出てきたのだ。しかも手には長い棒や、中には短刀を持っている者もいる。

タクツェルが車から降りて慌てた様子で村人と話しはじめた。

神崎はタクツェルの元に駆け寄った。

「どうした？」

「困った、カンザキ。村人は警官たちから我々を守ると言い張っている」

タクツェルは困惑の表情で答えた。

「馬鹿野郎。相手が武装警官なら容赦なく銃撃してくるぞ」

神崎はタクツェルと村人を交互に見ながら言った。

「そう言ったのだが、中共と闘う戦士を守ると言って聞かないのだ」

「放っておけ。すぐ出発だ。俺たちがいなくなれば村人は何もしないだろう」

「だめだ。彼らは私たちが逃げるための時間稼ぎに警官を襲撃するつもりだ。私たちが逃げても同じ結果になる」

タクツェルは情けない表情で言った。自分が村に寄ったために、最悪の結果になったと自分を責めているのだろう。

「敵を迎え撃つ！　整列しろ！」

神崎は叫んだ。

〝スタグ〟の若者らは機敏に反応した。

「カンザキ、闘うのか」

タクツェルはまだ迷っているようだ。

「次の作戦のことは考えるな。今俺たちの任務はここの住民を守ることだ。敵を殲滅し、証拠をいっさい残さないようにするんだ。それしか残された道はない」

「分かった」

タクツェルは大きく頷いた。

神崎は隊列を整えた班に村を守る配置に就かせた。

「ユンリ、一班は俺に付いてこい」

敵を最も近い場所で迎撃するために神崎は村に通じる道を下った。村から五十メートルほど離れた地点で、メンバーを岩陰に散開させた。

四台の車は村から二百メートルほど下で停められていた。おそらく小隊を半分に分け、正面から突入する隊と回り込んで側面から襲撃してくるチームに分かれるはずだ。

神崎は外気で冷えきった〇三式自動小銃を握り締めて敵の襲撃を待った。だが、十分経っても敵が接近してくる様子はない。周囲を固め、援軍の到着を待っている可能性もある。その場合、援軍は武装警官ではなく人民解放軍だろう。近くに駐屯する部隊が投入されたら、勝てる見込みはない。援軍が来る前に敵を殲滅させる必要があった。

「一班、これより敵を襲撃する。俺の後に付いてこい」

無線で散開している一班のメンバーを呼び寄せた。

神崎は右腕を高く挙げ、ハンドシグナルで前進を命じた。

背後に若者らの靴音が微かに聞こえ、思わず振り返った。軽い頭痛がしてデジャブーに遭ったかのように懐かしさを覚えたからだ。だが、すぐ後ろには緊張した面持ちのユンリと一班の若者らの顔があった。神崎は首を振って前を見た。道に停められた車の十メートル前まで近づき、拳を握って止まれの合図を出した。

「うん？」

神崎は耳をそばだてると車に音もなく駆け寄った。

背後にいた若者らは神崎が合図もなく行動を起こしたために、戸惑いながらも彼の後に付いて走った。

四台の車は武装警官が使う緑色の四駆だった。その背後に十一人の武装警官が倒れていた。指揮官らしい年輩の男の首筋に指を当てて脈を調べた。男の脈はしっかりしている。他の警官も調べたが、外傷もなく呑気にイビキをかいている者もいる。神崎は微かに聞こえるイビキに気が付いて車に駆け寄ったのだ。

班を二つに分けて周辺を調べさせた。すると二十メートルほど道から外れた斜面に、十人の武装警官が倒れていた。

「どういうことですか？」

ユンリが尋ねてきた。

「おそらく麻酔銃を使ったのだろう」

言ってはみたが、神崎も首を捻るほかない。使った者は証拠となる麻酔弾も持ち去ったに違いない。

「しかし、いったい誰が？」

「分からない。だがこれで俺たちが救われたことは確かだ。朝になって警官たちは己の寝相の悪さに気が付くだけだ。あまりの不甲斐なさに上層部に報告すらできないだろう。しかも村人が疑われることもない。こんなことは彼らにはできないからな。とりあえず、こいつらを車の中に入れるぞ。このままでは凍死してしまうからな」

神崎は辺りを見渡したが人の気配は感じられなかった。だが、誰かが笑いながら見ているような気がしてならなかった。

三

理塘県リタンを真夜中に出発したゲリラ部隊〝スタグ〟は、国道三一八号を西に向かい、三時間後には、リタンから百八十キロ離れた茶雪村のはずれでようやく車を停めた。チベット自治区と四川省との境界である長江の上流のディチュ川、中国名で金沙《きんさ》江の二キロ手前の村だが、発電所や用水路の建設工事などがされている。工事現場には五台の車を乗り入れても外からは見えない場所があった。小休止するには都合がいい。

金沙江から先は戒厳令下のチベット自治区であるため、川を渡る金沙江大橋の四川省側には常設の検問所がある。中国人なら身分証明書を見せればすむが、外国人なら入域許可証と監視役であるガイドと同伴でなければ通行できない。またチベット人は自国の領土であるはずだが、移動が制限されているため当局の厳しい取り調べを受ける。

〝スタグ〟のメンバーは銃などの軍用装備をシートの下に作られたボックスに隠し、ナンバープレートは別のものと取り替えていた。

神崎は車のドアミラーで自分の顔を見た。そこには髭で覆われた顔があった。これまで中国人の武装警官を襲撃するために夜中に活動することはあっても、日中に出歩くことはあまりなかった。だが、チベット自治区に入るとなると長髪で髭面というのは目立つ。若者らは成都のホテルで暇を持て余している間に全員髪を短くしていた。

自分のバックパックからハサミと髭剃りを出した。長く伸びた髭をハサミで適当に短くすると、水筒の水で顔を湿らせドアミラーを見ながら髭剃りを使った。石鹸《せっけん》を使わないために顎や頬を何カ所か切ってしまったが、剃り上げるとさっぱりとした。

「…………」

神崎は一年ぶりに見る髭のない自分の顔を不思議そうに眺めた。

「参謀、素顔をはじめて見ましたよ。別人ですね。かっこいいですよ」

ユンリが変貌した神崎を見て笑った。

「おだてるな。誰か、髪を切ってくれ」

神崎はドアミラーを見ながら笑った。不思議と髭を剃るとさっぱりするだけでなく、力も湧いてくるような感じがする。おそらく軍人としての生活感が蘇ってくるのだろう。

「参謀、私が切りましょう」

すぐ近くで作業をしていた二班のリーダーであるキルティが駆け寄ってきた。彼らは閉ざされた基地で一年以上暮らしていたために何でもこなす。

名乗りを上げただけあって、キルティはまるで街の床屋のように神崎の髪を器用に切りそろえた。

ドアミラーで確認するとご丁寧に七三に分けてある。

「これは勘弁してくれ。もっと短くしろ」

神崎は苦笑を漏らしながら文句を言った。

「似合っているのに残念ですね」

キルティはぶつぶつと文句を言いながらも、スポーツ刈りのような短い髪型にした。

神崎は再びミラーを見た。見覚えのある顔がそこにはあった。だが、それ以上のものではない。情けないことに自分の素顔を見ても記憶を呼び起こすことはないようだ。

髪を切っているとタクツェルが腕組みをしてにやにやと近づいてきた。

「参謀、男前になったな」

タクツェルは口元を緩めて言った。普段は互いに名前で呼び合う仲だが、若者らの前では階級で呼ぶことに決めていた。

「将軍、確認の意味も含めて作戦の説明をみんなにしてくれ。それに作戦を遂行する前に気を引き締めておいた方がいい」

神崎が忠告するとタクツェルは真剣な表情で頷いてみせた。

タクツェルは若者らを集めて自らは工事現場に置いてある資材の上に乗った。

「我々はこれから四川から来た中国人労働者になりすます。そのため私は引率する現場監督という肩書きになる。目的地はチベット自治区のヤルツァンポ川のダム建設現場だ」

ＣＩＡからは様々な面でサポートを受けていた。タクツェルだけでなく全員の身分証明書や許可証を渡されていた。

「ダムの工事現場に潜入し、現在進んでいるダムの基礎部と工事用道路を破壊する。今回も現場に声明文と武装警官の身分証明書を残し、失踪した警官らの反乱に見せかける」

タクツェルが組織するゲリラ部隊〝スタグ〟の目新しさはここにあった。かつて存在したゲリラ組織がチベット人としての誇りをかけた闘いだったのに対して、彼らは中国人の仕業とみせかけて中国政府を揺さぶるテロを行なうのだ。これはある意味チベット人として尊厳を捨てたことになるが、当局のチベット人への報復を避けることが活動を続ける上で重要だった。

「今回の作戦を終えてしばらくの間、我々は地下に潜ることになる。そして警戒態勢が緩んだらまた事件を起こす。政府を混乱させ、中国人民の反乱を喚起させ共産党を解体に導き、チベット独立を達成する。これが我々の最終目的だ。作戦を重ねるごとに熾烈《しれつ》を極めるだろう。またチベット人として闘えない悔しさも味わうことだろう。だが、我々の闘いこそ唯一、中共の魔の手からチベットを解放することになるのだ」

タクツェルは淀みなく演説した。軍事的なこととなると素人同然だが、語らせれば元僧侶だっただけに弁が立つ。

午前七時三十四分、ようやく朝日は顔を見せた。準備を整えた〝スタグ〟は日の出とともに出発した。理塘県リタンで武装警官に目を付けられたことを踏まえ、メンバーは神崎が一班と二班の二台と、タクツェルが三、四、五班の三台と分かれて検問所に向かった。

三十分後、どちらのチームもディチュ川の検問所を無事通過した。

中国人の身分証明書と通行許可証を形式的に確認した検問所の武装警官のチェックは甘かった。警官は四人いたが、誰も車の中を覗こうともせずに欠伸をしながら神崎らの車を見送った。

四

カンゼ・チベット族自治州徳格県、デルゲのチベット医学病院の集中治療室に入っていた美香は三階の病室に移っていた。

病室は十畳ほどの広さがあり、ベッドが二つ置かれている。窓際のベッドを美香が使用し、廊下側のベッドを付き添いの友恵が使っているために事実上個室と変わらない。

昨日、傭兵代理店の中條の運転する車でやってきた池谷は、長期間病室を借りることができるように病院と交渉し、病室を確保した。その他にも美香の病状が思わしくないために、日本から知人の医師も呼び寄せるために池谷は動いている。傭兵代理店はスタッフ全員が中国に入っているため、休業状態になっていた。防衛省の特命を受けて開業して以来、これほど長期間営業をしていないのははじめてのことだが、池谷は美香を助けたい一心で他のことは何も考えられないようだ。

午前二時、医学病院は空調が不規則な雑音をたてる他は、不気味なほど静まり返っている。もっともデルゲの街そのものが深い眠りについている時間だった。

美香は眠りながら苦しげに呻き声を上げた。

夢の中で浩志とプロの殺し屋でもある殺人鬼〝ドク〟こと大道寺堅一《だいどうじけんいち》が闘っているのを彼女は固唾《かたず》を飲んで見守っていた。

三年前大道寺に拉致されて人質となった美香は浩志に助けられた。だが大道寺は卑怯《ひきょう》にも、浩志の気を逸らそうと美香にナイフを投げつけて負傷させた。その記憶が夢の中で生々しく再現されていたのだ。

右胸にナイフが刺さった美香の意識は次第に薄れて行く。

「美香！」

浩志が呼んでいる。

「……私、死ぬの？」

意識が朦朧《もうろう》とする中、美香は浩志に尋ねた。

「馬鹿野郎！　俺が死なせない」

彼は耳元で叫んでくれた。

「美香さん、美香さん」

ふいに女の声が聞こえてきた。

美香は重い瞼《まぶた》を持ち上げるように目を覚ました。

「大丈夫ですか？」

女のシルエットが目の前にある。

「……」

美香は自分がどこにいるか確かめるために頭を持ち上げて周囲を見た。浩志に抱きかかえられていると思っていたが、現実は病院のベッドの上だった。

「ずいぶんうなされていたみたいですけど、大丈夫ですか」

「友恵さん……」

付き添いで隣のベッドにいる友恵のことを美香はようやく思い出した。

「どこか、痛むんですか?」

友恵が心配げな顔で尋ねてきた。年齢は二十九歳らしいが、見てくれは二十歳と言ってもおかしくないほどかわいらしい顔をしている。

下北沢にある傭兵代理店には一度だけ行ったことがある。池谷との話が終わった後で友恵がコーヒーを持ってきてくれたのだが、彼女があまりにも乱暴にテーブルに置いたためにてっきり嫌われていると思っていた。後から池谷に聞いた話では彼女の唯一の欠点は乱暴で礼儀知らずということで、ハッカーとしては世界でも屈指の腕らしい。黙っていれば美人なのに残念と女の美香でさえ思う。

「夢でうなされただけ」

部屋が明るいので光源を探すと、友恵のベッド上にノートパソコンが載っていた。

「すみません。眩《まぶ》しいですか?」

慌てて友恵はノートパソコンを閉じた。

「大丈夫、気にしないで。付添いで退屈でしょう」

「パソコンが使えて、インターネットがさくさく見られる環境ならどこでもいいんです。食事や寝る場所もこだわりはありませんから」

友恵はにこりと笑った。

「ここでインターネットが使えるの？」

「もちろんです。衛星携帯での接続ですが」

「それなら調べて欲しいことがあるの。いいかしら？」

美香はためらいがちに尋ねた。

「なんでも言ってください。私に調べられないことはありませんから」

友恵は大袈裟に胸を叩いてみせた。

「世界で権威のある神経外科医は誰か、あるいは実績のある病院はどこか調べて欲しいの」

医師からは何も聞かされていないが、美香は下半身の麻痺が脊髄か神経の損傷だと自己診断しており、外科手術を受けてでも治療しなければならないと覚悟していた。

「……おやすい御用です」

友恵はぎこちなく返事をした。態度からして美香の病状を池谷から聞かされているのに違いない。

「ところで、仕事をしていたの？」

美香は気まずい雰囲気を変えようと質問をした。

「そうなんです。実はうちの黒川から成都のホテルで撮影した二人の東洋人の身元を調べて欲しいと頼まれたのですが、誰なのかさっぱり分からなくて」

「私にも写真を見せて」

美香に言われて友恵は一瞬戸惑ったが、ノートパソコンを開いて美香の方に画面を向けた。

「メガネをかけたアジア系の男は分からないけど、太った男は中国共産党の情報課米国担当の万振東《ワンゼントウ》、年齢は確か四十八歳。彼はＩＴ企業の社長というビジネスマンの顔も持つ親の代からの金持ちで、〃太子党《たいし》〃の一員よ。ただ彼は前面に出ないようにしているから、検索ではまず引っ掛からないわね」

美香は元内調の腕利き特別捜査官らしく即答した。

〃太子党〃という政治団体が中国にあるわけではない。中国共産党の特権階級をマスコミが批判して呼んだのがはじまりだ。党の幹部でその地位を利用し企業経営などで成功を収めて巨万の富を得ている特権階級で、互いの結束を高めて地位の安定を図るために、彼らを称して〃太子＝皇太子〃の党と呼ぶのである。

「さすが美香さん、助かりました」

友恵は礼を言いながら、すばやく黒川に報告のメールを打った。

五

ヒマラヤ山脈の北側からチベット高原の南部を流れるブラマプトラ川は、チベットではヤルツァンポ川と呼ばれ、バングラデシュではジョムナ川となり、やがてガンジス川と合流する。その全長は二千九百キロあり、バングラデシュやインドでは重要な水源となっている。

中国ではチャムドの南西二百キロに位置するヤルツァンポ川の大褶曲点《だいしゅうきょくてん》に山峡ダムの二倍の規模を持つダムを建設し、水位が著しく低下している黄河水系に年間二千億立方メートルの水を送り込む計画を立てている。

ダム建設によりバングラデシュのジョムナ川は乾期には干上がり、砂漠化する可能性もある。また、インドの東部のアッサム州では慢性的な水不足になり、バングラデシュ同様乾期に川は干上がり、この地方は壊滅的な被害を受けるだろう。両国は中国に再三の工事中止を求めているが、中国政府はそのような計画はないと言いながらも、ダム建設は必要であり、環境に配慮し他国に迷惑はかからないとうそぶいている。

中国は国内の河川の七十パーセントが化学工場や生活汚水で汚染されており、慢性的な水不足に喘《あえ》いでいる。だが、経済の発展を優先させているために工場の規制や、下水道を敷設するなどの公共投資は遅れている。そのため水資源確保にも、中国は排他的な〝核心的利益〟を唱え、他国の事情など考慮することはない。

チベット自治区に潜入したゲリラ部隊〝スタグ〟は、国道三一八号を西に進み、波密《はみつ》県の県政府所在地であるジャキに到着した。四川省と自治区を隔てるディチュ川の検問所から六百四十キロを移動したことになる。ヤルツァンポ川の工事現場は、この街から約六十キロ西の山間部に位置する。

午後八時四十分、国道三一八号沿いの街であるジャキは夕暮れ色に染まっていた。この地域は原生林が残る景勝地だけに観光客が多く、狭い街ながら小さなホテルやレストランの他にも雑貨品や生活用品を売るスーパーなどが軒を連ねる。

二チームに分かれている〝スタグ〟のメンバーは、神崎らが街のはずれにある〝明珠《みょうしゅ》賓館〟に、タクツェルらは街中にある〝交通旅館〟にチェックインし、三泊分を前払いした。どちらのホテルもトイレとシャワーはすべて共同、部屋は六畳ほどでベッドは二つと狭い。だが共同でもシャワーがあるだけましだ。

午後十一時、停電かと思うほど暗い街で、メインストリートの国道の街路灯が唯一光を放っていた。

神崎らは闇に乗じてホテルを抜け出し、ランドクルーザーで国道を北西に進んだ。ダムの基礎工事部と工事用道路に時限爆弾をセットし、夜明け前にホテルへ戻る予定だ。もっとも気前よく三日分も前払いしてあるために、ホテル側はたとえ部屋にいなくても気にすることはないだろう。

〝波都蔵布《はとぞうふ》〟と呼ばれる川に沿った三一八号を西北西に百キロ進むと川は二叉に分かれ、ヤルツァンポ川の大褶曲点で合流する。この〝波都蔵布〟から分岐する川は〝赤隆蔵布《せきりゆうぞうふ》〟と呼ばれ、この川に沿って作られた工事用道路を十六キロ南に進んだ先に、ダムの建設現場がある。

　谷を切り開いた未舗装の狭い工事用道路は十トントラックが一台ぎりぎり通れる幅で、すれ違うには途中で設けられている待避所を使わなければならない。だがこの場所は崖を削って作られているため、何カ所もあるわけではない。普段は工事用道路の入口と建設現場で監視員が工事車両の通行を互いに連絡を取ることにより、便宜を図っているものと思われる。

　二時間後の午前一時、〝赤隆蔵布〟沿いにある工事用道路の入口から百メートル手前に〝スタグ〟の車両は到着した。

　神崎は停車するとすぐに一班の若者二人を工事用道路の入口の斥候に向かわせた。

　五分ほど待っていると、斥候の二人が戻っていささか興奮気味に報告をした。北京語のため神崎には聞き取れない部分もある。

「参謀、やはり、あなたの読みどおり入口には見張り所が設けられていました。見張りは人民軍の兵士二人。近くには小さなプレハブ小屋があるそうです」

ユンリが改めて報告をした。

「やはりな」

中国政府は工事を秘密裏に進めている。そのため軍を派遣して、監視しているに違いないと神崎は予測していた。

「それにしても夜中も警備しているとは秘密基地のようですね」

ユンリは呆れ気味に苦笑を漏らした。

「中国にとってはある意味、軍事基地と同じ意味を持つのだ。やつらはダムの完成後に発表するつもりなのだろう。下流のインドやバングラデシュが文句を言ってくれば、今度は全面的に水をせき止めると脅すに決まっている。水が止められれば、両国で二億人近い人間が死ぬ。下流の国は黙らざるを得ない。へたにミサイル基地を作ってこけおどしをするより実効性がある」

「なるほど、水は確かにすごい武器になりますね。汚いな中国は」

ユンリは神崎の説明に妙に感心してみせた。

「一、二班は出撃準備をしろ」

無線で神崎は命令し、防寒服を脱いで武装警官の姿になった。あらかじめ一、二班は戦闘に備えて着替えていた。神崎が車から降りると、一班と二班の若者がそのすぐ後ろに整列した。一糸乱れぬ姿は本物以上に武装警官らしく見える。

神崎は三台目の助手席から顔を覗かせたタクツェルに頷いてみせると、右手を挙げて二つのチームを前進させた。

「ユンリ、先頭に出て手はずどおりにやれ」

「了解しました」

ユンリは命令に従い、神崎と交代して前に出た。

二つのチームは駆け足で工事用道路の入口まで進んだ。入口に車止めを置いて、その後ろに二人の監視兵が立っていた。

「全体、止まれ！」

ユンリの号令でチームは監視兵の目の前で止まった。監視兵は何事が起こったのか分からずきょとんとしている。

「私は第三十八師団の武警少尉、除《じょ》であります。工事現場がテロリストに襲撃される恐れがあるとの連絡を受けて駆けつけてきました。人民軍の配備はどうなっていますか？」

ユンリは二人の監視兵に敬礼してみせた。

「監視所に五人、工事現場に十人ですが……」

監視兵の一人がもう一人の兵士の顔を見ながら答えた。監視兵の階級は上等兵だった。

ユンリの制服の階級章を見て丁寧に答えた。

「監視所に残りの三人がいるのですか」

ユンリは笑顔で尋ねた。

「はい。残りの三人はあそこの監視所で休んでいます」

「ご苦労。二人とも手を挙げろ！」

ユンリが肩に掛けていた〇三式自動小銃をすばやく監視兵に向けて構えると、後ろにいる神崎や九人の仲間が一斉に銃を構えた。

「なっ、何を！」

「抵抗は止めろ。殺されたいのか！」

監視兵は銃を構えようとしたが、ユンリが声を荒らげたために慌てて両手を上げた。

「我々は天誅警察である。これより、おまえたちの武装解除をする」

ユンリが宣言すると、神崎は二班を連れて監視所を襲撃し、瞬《また》く間に就寝中だった三人の兵士を縛り上げた。見張りをしていた監視兵も縛って監視所に閉じ込めると一班のペマとガワンを見張りに残し、神崎はチームを率いてタクツェルらが待機している所まで戻った。

「もう監視兵を片付けてきたのか？」

タクツェルが車から降りて尋ねてきた。

「人民軍の兵士が五人いただけだ」

神崎は淡々と言った。

「五人じゃ我々の敵じゃないってことか」

報告にタクツェルは笑って答えた。

「敵が油断していただけだ。死ぬチャンスは敵味方関係なくいつでもあるんだ」

クールにそう言うと右手で首を斬る仕草をした。タクツェルから笑顔が消えるのを見て、神崎は小さく頷いた。

六

狭い未舗装の工事用道路の入口から車両が離合するためにある待避所は、ほぼ三キロおきにあった。

ゲリラ部隊〝スタグ〟の目的はダム工事を妨害し、神聖なチベットの地を開発から守り、水資源を渇望する中国政府のもくろみを打ち砕くことにある。そこで谷の岩壁をくり貫くように作られた待避所を高性能爆薬で破壊し、崖崩れを引き起こして工事用道路を使用不能にすることになった。すでに入口から三カ所目の待避所にも爆弾の設置を完了させている。

爆弾はもちろんＣＩＡから支給されたＣ四プラスチック爆弾と最新式の起爆装置で、時限装置とは別に緊急時に備えてリモコンで作動させることもできる優れものだ。時限装置は夜明け前である五時間後の午前七時に起爆するようにセットしてある。工事関係者に被害が及ばないようにと考えてのことだ。

神崎は、工事用道路の途中に設けられている待避所の岩壁に設置された爆弾をチェックしていた。

「むっ……」

起爆装置を確かめていると軽い頭痛とともに過去の映像が浮かんだ。どこか古い建物で肌の色が浅黒い男が爆弾を覗き込んで笑っていた。

「ボンブー……」

男はフランスの外人部隊の同期のキューバ人で、爆弾のスペシャリストだった。小柄で痩せているため、竹と爆弾の合成語、〝ボンブー〟というあだ名で呼ばれていた。顔をはっきりと思い出すとホセ・ゴンザレスという名も浮かんだ。

神崎は古い友人のあだ名が口をついて出てきたので苦笑した。軍事行動をする度に断片的ではあるが記憶は戻るようだ。

〈……待てよ。ホセ・ゴンザレスはレジオネール名だったはずだ。しかもフランスの外人部隊！〉

外人部隊ではレジオネール名と呼ばれる偽名を、入隊と同時に隊から付けられることを思い出した。すると今名乗っている名前が本名なのか自信がなくなってきた。

ＣＩＡの上司である〝タイガー〟から過去の履歴を教えてもらっていたが、少なくとも所属した部隊は米軍の海兵隊でないことはこれではっきりした。

「参謀、どうかされましたか？」

神崎の補佐をしていたユンリが背後から声をかけてきた。時限爆弾を見たまま固まっていたようだ。

「いや、なんでもない」

「難しい顔をされているので、爆弾の設置に問題でもあるのかと思いましたよ」

ユンリは額から汗を拭《ぬぐ》う振りをしてみせた。彼に限らず実戦を重ねる度に、チベットの若者らは本来の明るさを見せるようになった。訓練期間中は私語を許さず、ひたすら厳しくしていたためにともすれば反発を買っていたが、戦闘を通じて信頼関係が築かれてきたこともあるのだろう。

――大変です。人民軍が大挙してやってきました。

工事用道路の監視所に見張りとして残してきた一班のペマから緊急無線が入った。無線は全員がモニターしている。若者らに動揺が走った。

「落ち着いて報告するんだ」

神崎はなだめるように言った。

――兵士を乗せた軍用トラックが何台も通り過ぎて行きます。

「正確に報告しろ！」

今度は大声でペマを叱りつけた。

――すみません。三台です。しかし、まだ後続のトラックが来ます。

「了解。気付かれないように見張りを続けろ」

おそらく監視所からの定時連絡がない場合は出動するようになっていたのだろう。

――敵だ！　敵が近くにいます。

ペマと一緒に残してきたガワンの絶叫が聞こえた。

「すぐ脱出しろ！」

――だめです。すでに包囲されています。まわりは人民軍の兵士が……。

ペマの報告が途切れて無線から銃声が聞こえてきた。

「参謀、助けに行きましょう」

ユンリが神崎の前に立った。

「この道を戻れば、人民軍と鉢合わせになるだけだ。彼らが生きていれば必ず助け出す。だが、今はできない。遠隔起爆装置をよこせ！」

神崎は頭一つ分背が高いユンリから目を逸らさずに言った。

「しかし、道を塞げば、我々も戻れなくなりますよ」

神崎の気迫にユンリは後ろに退きながらも言い返した。

「早くしろ！　それとも挟み撃ちになりたいのか」

遠方にトラックのヘッドライトが垣間見えた。

「了解しました」

ユンリはバックパックから起爆装置を取り出し、神崎に渡した。

「全員、乗車！　タクツェル、先に行け」

神崎は車に乗らずに仲間に命じた。

タクツェルは車に乗り込むと先頭に自分の車を出させた。だが、車列の順番を変えただけで動こうとはしない。

「すぐ追いつく、先に行くんだ」

再度タクツェルを促すと、一班の車を残して四台のランドクルーザーは走り出した。

トラックはすでに一キロ先に迫っていた。神崎は待避所から百メートル離れ、一番目と二番目の待避所に設置した爆弾の起爆装置ボタンを押した。くぐもった爆発音の後に大きな爆発音が続き足下を揺らした。

「その調子だ。もっと近くに来い」

神崎はトラックの車列が近づくのを待った。

ヘッドライトが迫ってきた。先頭車をやり過ごし、二台目の車両が待避所にさしかかった瞬間にボタンを押した。爆風で二台目のトラックは後輪を踏み外して二十メートル下の川に転落した。後続の三台目のトラックは直後に起きた崖崩れに巻き込まれて大量の岩石に流されるように川に落ちて行った。

轟音とともに凄まじい粉塵が巻き起こり、難を逃れた先頭車が爆風に押し出されるかのように突進してきた。神崎は起爆装置を捨て、〇三式自動小銃を構えてトラックの右前輪を連射した。タイヤは瞬く間に吹き飛んだ。右に飛んで避けると、トラックは神崎の脇をかすめるように横切って闇の川へと勢いよく落ちて行った。後続車の心配は無用だった。崩れてきた岩石で道は完全に塞がれていた。

「行け！」

神崎は待っていた一班の車に乗り込んで叫んだ。

七

ダムに通じる工事用道路は三カ所の待避所を破壊することにより、完全に使用不能にすることができた。大型の重機を使っても復旧するのは至難の業だろう。

道路を破壊して後戻りできなくなったために、神崎らは作戦通りダムの基礎工事部を破壊することになった。また脱出するためにもダムの建設現場にいるはずの人民解放軍の守備隊を叩き、ヤルツァンポ川を下っていかなければならない。川岸を徒歩で下り途中で山越えすれば、逃げることができるからだ。

「こちらガンドゥク、ドゥルサ、応答願います」

神崎は先頭車に乗っているタクツェルを呼び出した。

――こちらドゥルサ。

「ダムの三キロ手前で車を捨てて斥候を出す。適当に停めてくれ。それからスピードをもっと落とすんだ。敵が待ち構えているかもしれないぞ」

ダムの建設現場まではあと五キロほどの距離に迫っていた。だが、タクツェルの車が狭い道路を五十キロ近いスピードで飛ばしている。それでは前方に障害物があったときに対処ができない。敵の援軍が迫っていたために先頭を任せたことを神崎は後悔していた。

――了解。

無線を切ると同時に前方に閃光が走り、遅れて爆発音がしたかと思うとフロントガラスに粉塵が叩き付けた。

ユンリが急ブレーキを踏み、左側の岩壁に車のボディを激しく擦りながら停まった。

前方は白い煙で覆われている。

「ライトを消せ！　全員、車を降りて敵に備えよ！」

神崎は命じると助手席から飛び出し、耳を澄ませた。銃撃音はない。

「一班、付いてこい」

銃を構えているユンリらを連れて、神崎は道を進んだ。十メートル先の煙の中にすぐ前を走っていた二班の車があった。

「参謀！」

二班のリーダーであるキルティが車の陰から出てきた。

「二班はそのまま待機しろ」

「はっ！」

キルティは敬礼して元の場所に戻った。

二班の車の二十メートル先に五班の車が岩に激突して停まっていた。運転席と助手席の若者はフロントガラスから飛び出して死亡していた。後部座席の三人は折り重なって倒れていた。一人が座席に挟まれて死亡していたが、後の二人は軽傷のようだ。しばらく休めば歩けるだろう。

神崎はさらに進んだ。だが、五班の前には四班、そして先頭にはタクツェルを乗せた三班の車があるはずだが二台とも見当たらない。もっと先にいるのかもしれない。

「油断するな」

神崎は腰を低くして銃を構えた。煙が晴れてきたのだ。

「馬鹿な！」

三班と四班の車が消えていた。しかも地面に大きな穴が開いている。十メートル先に進むと直径四十五センチ、厚さ十五センチの丸い物が先端に取り付けられた二メートル近い板が道を跨《また》ぐ溝に置かれていた。

「これは……対戦車地雷か」

神崎の記憶の中から眠っていた知識が呼び起こされた。

板の下には蝶番《ちょうつがい》が付いており、普段板は立てかけられているのだろう。いざという時に板を寝かせるだけで、タイヤあるいは戦車のキャタピラに当たる位置に地雷が敷設される仕組みになっていたようだ。溝に置かれた板と地雷は黒く塗装されて闇に紛れ込んでいたが、ゆっくり進んでいればタクツェルでも気が付いたはずだ。もっと早く忠告しておくべきだった。

「くそっ！」

神崎は拳を握りしめた。記憶喪失といっても軍人としての記憶は残っているものだと思っていたが、完璧ではなかった。

「参謀、将軍は……」

ユンリが悲しげな声を出した。

タクツェルを乗せた三班と四班の車は対戦車地雷で宙高く飛ばされて、谷底に落ちたに違いない。生存の可能性はないだろう。神崎も入れて二十七人いた仲間はあっという間に十一人に減っていた。

神崎が首を横に振るとユンリが無言で谷に下りて行った。

待っている時間が恐ろしく長く感じられる。しばらくするとユンリが項垂《うなだ》れた様子で戻ってきた。報告は聞くまでもなかった。

「行くぞ！」

神崎は若者全員を引き連れて夜道を急いだ。対戦車地雷は一キロごとに敷設してあるが、敵の待ち伏せは今のところない。

急なカーブを描いている場所が目の前に迫った。アンブッシュ（待ち伏せ）をするには都合がいい場所だ。用心深く進むと足下に銃弾が飛び跳ねた。

「下がれ！」

神崎は手を振って後ろの仲間を後退させ、岩陰から覗いた。

二百メートル左前方にプレハブ製の作業小屋がある。道路はその前辺りから広くなり谷まで緩やかなスロープになっていた。その先の河原にバックフォー（油圧式ショベル）や資材のシルエットが暗闇を透かして見える。建設現場に到着したのだ。

プレハブの窓にマズルフラッシュが見えた。敵は作業小屋に籠城《ろうじょう》するつもりのようだ。

援軍がすぐ来ると思っているのだろう。

神崎はハンドシグナルで五班の二人に敵の注意を引くために銃撃をさせ、一班と二班を連れて谷へ下りた。川原を進み、作業小屋の右側面から百メートルほどのところに出た。だが、作業小屋の右側にも窓があり、小屋までは広い空間が広がっている。近づけば、撃ってくださいと言うようなものだ。それに小屋はプレハブだが、周りの壁に工事用の鉄板が立てかけられ小さな要塞と化していた。敵が籠城したわけが分かった。

「参謀、俺、バックフォーなら運転できますよ。ガキの頃から工事現場で働いていましたから」

ユンリが耳元で囁くように言った。

バックフォーは七十メートルほど先の河原に停めてある。川の中から行けば見つからずに行けるはずだ。

「二班、この位置で待機。合図をしたら銃撃しろ」

神崎は二班を残し、一班の三人を連れてバックフォーに向かった。川に太腿《ふともも》のあたりまで沈めて進んだ。氷のような冷たい川の水が身体の芯まで冷やしていく。川から上がる頃には唇が震えた。

バックフォーは日本製で鍵が付いたままになっていた。ユンリが運転席に座った。五班は断続的に銃撃をして敵を引き付けている。

神崎は二班に合図を送り、銃撃をさせた。バックフォーのエンジン音を消すためだ。

「行きますよ！」

ユンリはキーを回し、前進をはじめた。

「作業小屋の裏から叩き壊せ」

ユンリはバックフォーを作業小屋の裏に付けると、高く上げていたアームを振り下ろした。プレハブの小屋はあっけなく屋根から崩れた。バックフォーの後ろから神崎は回り込み、小屋の裂け目から銃弾を浴びせた。

さらにユンリはアームを真横に薙《な》ぐように振って小屋を完全に破壊した。右横から二班が凄まじい銃撃を開始し、敵の攻撃はなくなった。

「撃ち方、止め！」

神崎は用心深く小屋の残骸の中を調べた。監視所の兵士から聞いたとおり十人の死体があった。

「これが戦争なんですか？」

バックフォーの運転台に立っていたユンリが、折り重なる敵兵の死体を見て泣いていた。仲間を失い、敵兵の死体を目の当たりにする。それが戦争だ。

「武器を持った奴は死んで行く。それが鉄則なんだ」

神崎は英語で答えた後にはっとした。この台詞を口癖のように言っていたような気がしたからだ。すると脳裏《のうり》に少年やヤクザ者など様々な顔が浮かんでは消えていった。しかも英語で話していることに違和感を覚えた。

「武器を持った奴は死んで行く」

もう一度同じ台詞を日本語で言ってみた。言葉はすんなりと頭から口に抜けた。

「俺は日本人なのか」

神崎は激しい頭痛に襲われながらも、自分を取り戻しつつあることを覚《さと》った。

公開処刑

一

ヤルツァンポ川の大褶曲点に建設中だったダムを破壊した神崎とゲリラ部隊〝スタグ〟の残党は、川伝いに十八キロ下り、東にそびえる四千メートル級の山を越えて反対側の谷に出た。谷間には中国で唯一県政府の所在地でありながら道路が開通していない墨脱県《モートウオ》のメトクから、神崎らがチェックインしたホテルがある波密県のジャキに通じる山岳路があった。

神崎らはジャキを目指していた。およそ九十キロの道のりがある。山岳路を生活路としているメトクの住民でさえ、雪崩《なだれ》などで命を落とすことがある悪路だった。

半数以上の人員と指導者であるタクツェル・トンドゥプまで失ったことにより、〝スタグ〟は事実上壊滅したも同然であり、残されたメンバーの精神的なダメージは大きかった。自《おの》ずと足取りは重く、ジャキと川を挟んで対岸にある村に辿り着いたのは翌日の午前七時、二十六時間後のことだった。

三キロほど前から山道からは解放され、川沿いの平坦な道を歩いてきたのだが、対岸のジャキの街が見える村の高台に着いたところで全員担いでいたバックパックを降ろし、大の字になって小休止をとった。肉体的疲労もピークに達していたが、何より空腹だった。短時間で作戦を終了させるつもりが、まさか車を失って徒歩で脱出することになるとは思いもしなかった。そのため、予備の食料もなく川の水を飲んで飢えをしのぎ、ここまで来たのだ、疲れて当然だった。

神崎は起き上がって足下に置いたバックパックを引き寄せた。中身は武装警官の制服とストックを折り畳んだ〇三式自動小銃と予備のマガジンだ。小銃は三・五キロしかないのだが、異常に重く感じられ、何度山に捨ててしまおうかと思ったほどだ。だが、いつ人民解放軍と戦火を交えるのかと思うと手放せるものではなかった。

「参謀、大丈夫ですか？」

ユンリが隣に座り込んで気遣った。一番体力があるだけに声にもまだ張りがある。

「タクツェルも死んだ。俺はもう参謀でも何でもない」

無意味な階級など鼻で笑うしかない。まだ記憶は蘇っていないが、ＣＩＡのタイガーに騙されていたことだけは分かっている。これ以上闘うのは無意味なことだった。

「参謀、魂を呼び戻すことになるので、将軍の名を口にしてはいけません。チベットでは、死後数日過ぎて魂は死体から抜けると言われています。だから今は名を呼んではいけないのです」

「そうか、知らなかった」

口元に人差し指を当ててユンリに注意されてしまった。

チベットの葬儀は、鳥葬といわれる文字通り遺体を鳥に食べさせるのが一般的だ。その他にも病気で死んだ人や犯罪者は土葬に、貧しい人や幼児は火葬にされる。

「将軍は精神的指導者であっても、軍人ではありませんでした。だが参謀は違う。あなたがどう思おうと我々にとっては指揮官なのです。これからどうしたらいいか指示をしてください」

ユンリは仲間や敵兵の死体を見て涙を流していたが、今は気持ちの整理ができたのか淡々とした口調で話している。

「将軍が死んだことをすでに克服したのか？」

これまで若さが目立った男の成長ぶりに思わず質問をした。

「あの方は正しいことをして亡くなったのです。地獄にいくことはありません。魂は生まれ変わるのです。また来世で活躍されるでしょう」

ユンリをはじめとしたチベットの若者たちは中国式の教育を受けている。そのためタクツェルに会うまでは、チベット人としてのアイデンティティはなかったらしい。チベットの文化、宗教、それに言語はタクツェルが彼らに教えたものだ。彼の教えが若者たちの心に残っているのなら、それはそれですばらしい業績と言えよう。

「何かご指示をしてください。他の者もそれを待っています」

「我々の闘いは終わった。安全な場所まで逃れたら〝スタグ〟は解散する」

若者らからどよめきが起こった。涙を流す者もいるが、ユンリは静かに頷いてみせた。

「俺は別の闘い方をしたくなりました。具体的には言えませんが、まずは亡命してダライ・ラマの元に行き、勉強がしたいと思っています」

ユンリはおそらく、ダムの建設現場での戦闘が終わってから考え続けていたのだろう。

「俺も連れて行ってくれ」

しばらく思案した後に、キルティが声を上げると次々と他の若者も賛同した。

神崎は若者らが自主的に発言している姿に何度も頷いてみせた。

「どうやら次の作戦は決まったようだな。それにはまずは腹ごしらえだ。その後、街を偵察して安全の確認をする」

「了解しました」

ユンリはにこりと笑って頷くと、武器を置いて一班の二人の若者を連れて村に行き、十五分ほどでやかんと鍋を抱えて戻ってきた。

「村人に道に迷ったと話したところ、ツァンパとバター茶を分けてくれました。お金を支払おうとしましたが、受け取ってもらえませんでした」

ツァンパはすでにこねてあり食べられる状態になっていた。またバター茶も熱く淹《い》れたてだった。どちらも朝ご飯用に用意されていたものを譲ってくれたのだろう。この辺りの村は生産性がなく、どこも貧しいはずなのに困った人に施《ほどこ》しをするというチベット人の心は失われていないようだ。

ツァンパを等分に分け、バター茶は回し飲みした。バター茶が冷えきった身体を温めると同時に脂肪分が疲れを急速に回復させた。

二

波密県はチベット語で先祖を意味するポメ県と呼ばれ、県政府所在地であるジャキは美しい山々に囲まれた小さな街だ。

街の中央に、どこの都市でも見られる中国の権威を表す石畳の広場があり、広場の奥に中共波密県委員会や人民政府の立派な庁舎が建っており、国道を挟んで斜め向かいに公安局がある。

辰也は両脇に小柄な公安の警察官に付き添われて公安局の玄関まで出た。無精髭はいつものことだが、頬はこけてげっそりとしている。辰也に限らず、浩志を捜索しているリベンジャーズの仲間は食事を摂ることがなかなかできないからである。

「釈放か。そもそも何の容疑だったんだ。言ってみろよ」

英語で話しかけると、警官は辰也の背中を勢いよく押して出口の外に突き飛ばした。

辰也は玄関の階段を踏み外しそうになり、階段の下まで勢いよく下りて危うく人にぶつかりそうになった。

「意外に元気そうじゃないか」

階段の下に立っていた男が辰也を見て笑いながら言った。

「大佐、来てくれたんですね。ありがとうございます」

ぶつかりそうになった男は、大佐ことマジェール・佐藤だった。大佐の隣には瀬川とガイドの王偉傑の顔もあった。

王偉傑は辰也らが成都に滞在しているときに、今後の動きも見据えて徳格デルゲからもう一人のガイドである陸丹と一緒に呼び寄せていた。というのも、北京語を話せるワットが、黒川と、それまで二人と一緒に行動していた加藤と交代した中條の三人で、不審な中国系アメリカ人を追っているからだ。

ワットと中條が北京語を話せるのに対して、辰也のチームは、瀬川、宮坂、加藤、田中、京介と六人もいるが誰も話せない。そのため、追跡範囲がチベット自治区になった場合に備えて、どうしてもガイドが必要だったのだ。

「浩志が見つかったと聞けば、どこにでも駆けつけると言っただろう。とりあえずホテルに戻るか、それともどこかで腹ごしらえでもするか、どっちだ？」

大佐は辰也らが宿泊している〝波密賓館〟に午前中にチェックインしていた。彼は六日前に成都にいる辰也から浩志を発見したという知らせとともに協力要請を受け、準備を整えて成都経由で波密県に隣接する林芝《ニンティ》県の空港に一昨日到着し、そこから車で一日かけてここまでやってきたのだ。大佐は中国に偽の中国籍のパスポートで入国し、しかもガイドとしての偽の身分証明書も用意するという周到さだった。

大佐は九年前に傭兵を引退しているが、未だにアジア各国の軍に太いパイプを持ち、裏社会の情報にも詳しい。また英語、日本語、マレーシア語、インドネシア語の他にも中国語が堪能なため、チームが二手に分かれて人手不足となった現状では助っ人としてこれ以上相応《ふさわ》しい人物はいなかった。

「丸一日拘束されたのに出されたのは水だけです。腹が減って死にそうですよ」

昨日公安警察と人民解放軍が街に大挙して押し寄せ、ホテルを片っ端から調べて行った。辰也は仲間と一緒にいたのだが、責任者と言っただけで公安に拘束されて取り調べを受けた。

「待遇が悪いことで文句は言えまい。中国で警察に捕まって一日で出られたのなら奇跡というものだ」

「パスポートを見せて日本人と分かっても釈放しないんです。やつらが日本人を嫌っていることがよく分かりましたよ。もっとも別の部屋で若い男が拷問されているのを見ちゃいましたからね、正直言って助かったと思いましたが」

中国では警官による拷問は日常的に行なわれ、拷問による死亡というケースも多々ある。親族が居場所を聞いても分からなくなるケースの大半は死亡しているからだろう。

「その先の店に入ろう。ちょっと早いが昼飯にするか」

四人は〝崇州《すうしゅう》飯店〟という四川料理の店に入った。

「適当に注文するぞ」

大佐は四人掛けのテーブル席に座るなり、壁に貼り出されたメニューを見て流暢《りゅうちょう》な北京語で料理を注文した。

「公安で何を聞かれたんだ?」

大佐は日本語で尋ねてきた。外国人観光客が滅多に訪れない街でも用心に越したことはない。店は四人掛けの席が六つあり、中国人の客が五人、店の者が三人、無精髭を生やした人相の悪い辰也をじろじろと見ている。

「連中ときたら英語はまったくだめで、漢字で筆談をして尋問に答えただけです」

「質問の内容は?」

「一昨日の夜はどうしていたかということです。おそらく藤堂さんが何か事件を起こしたと思われます」

辰也は急に声を潜めて大佐に耳打ちするように話した。

「浩志は記憶喪失の可能性があると聞いたが、何かやらかしたのか。あいつらしいな。それで、どこまで追跡したんだ」

事件を起こしたと聞いて大佐は嬉しそうに尋ねてきた。

「五台のランドクルーザーで一昨日の深夜にホテルを抜け出したのを、我々は位置発信器の信号を頼りに追跡しました。ここから国道を西に百キロ行った地点で三十分ほど停車し、その後川沿いの工事用道路に侵入したところまでは、確認しています。ところが、工事用道路の入口で藤堂さんの仲間と思われる男が二人見張りに立っていたために、車での追跡は諦めるほかありませんでした」

「なるほど、その先にあるのはヤルツァンポ川にあるダムの建設現場だ。事件を起こすとすれば、建設中のダムの破壊工作に違いない。もし成功したとしたら、現政権に手痛いダメージを与えることになるからな」

大佐はさすがに中国の裏事情も知っていたようだ。

「ダムの破壊工作ですか。何が重要なのですか?」

辰也は首を捻った。

「ダムで水を塞き止めて、その水を中国の北東部に流すんだ。それを破壊されれば、水不足に喘《あえ》ぐ中国を救う手段を一つ失うのだ。政権には大きな打撃になる。それからヤルツァンポ川は下流ではブラマプトラ川と呼ばれている」

「ブラマプトラ川！　水を塞き止めたらインドの東部やバングラデシュじゃ、川が干上がって死活問題ですよ」

辰也は思わず声を上げて、慌てて店内を見渡した。

「そういうことだ。チベット人にとって山や川は神聖な場所であり、ダムは聖地を汚す異物と見られている。チベット全土を乱開発する中国人をチベット人は聖地を食い荒らす亡者と見ているのだ。浩志は亡者を相手に闘っているのかもしれないな」

大佐は深い溜息をついた。

「それで公安だけでなく人民解放軍まで地域一帯を捜査しているんですね」

「浩志のことだ。ダムは破壊したのだろう。今はどこにいるのか分からないのだな」

「車を置いて、全員で追跡することも考えたのですが、我々とは反対方向から人民解放軍が大挙して現われたために撤退するほかありませんでした。しかし……」

辰也は言葉を区切って、いたずらっぽくウインクをしてみせた。

「なんだ。もったいつけるな」

「加藤が追っています。無線と衛星携帯は今は通じませんが、彼のことですから見失わないはずです」

加藤は防寒服を着て麻酔銃を持ち、食料や水も充分携帯して追跡している。たとえ浩志だろうと加藤の追跡から逃れられるものではない。

「あの男が追っているのなら間違いないな。それから、銃で撃たれた美香さんはどうした？」

大佐は気難しい顔になった。彼にとって美香は娘のような存在だった。

「一昨日、デルゲの病院を退院して今は成都のホテルに宿泊しているはずです。今日にでも池谷さんと友恵さんが付き添って出国する予定です」

デルゲの病院は、設備が整っていない上に気候が悪いということで退院していた。

「それはよかった。とりあえず私の知り合いに頼んで、設備が整ったクアラルンプールの病院に入院できるように手配はしてある。恋人を探して銃で撃たれるとは、彼女が哀れでならない。神を恨みたくなるよ」

大佐は複雑な表情をした。

「それにしても、藤堂さんが見つかるまで絶対出国しないと言っていた美香さんを、よく説得しましたね」

転院はともかく、出国には難色を示していた美香を大佐は電話で説得していた。

「浩志を信じろと言ってやったんだ。あの男なら必ず彼女を迎えに行く。安心して治療に専念しろとな」

「なるほど、信じろか。簡単な言葉ですが、ぐっときますね」

「さて、おしゃべりはここまでだ」

厨房からごちそうが盛られた皿を両手に持った従業員が出て来ると、大佐は英語で話しはじめた。

テーブルに載り切らないほどの料理が並べられた。

「これはごちそうだ」

辰也は料理を見て目を輝かせた。

「日本で言う、出所祝いだ。遠慮なく食べてくれ」

「藤堂さんには申し訳ないのですが、いただきます」

辰也は両手を合わせて箸を取った。

三

キルティは二班の副リーダーであるプツォックと、ジャキのメインストリートである国道をまるで買い物客のような顔をして歩いていた。もちろん彼らは安全を確認するために偵察をしているのだ。

時刻は午前十一時五十分、武装警官の姿は時々見かけるが、人民解放軍の姿はない。

キルティとプツォックは仲間が隠れている村から空のバックパックを背負い、木の吊り橋を渡って対岸のジャキに入ると、街の東のはずれにある〝恒霧《こうむ》招待所〟という安宿にチェックインした。警察官に職務質問をされたときに宿泊先を聞かれるからである。そして川沿いの道から路地に入り、市場で食料を買ってバックパックに詰め込んだ後、雑貨店でタオルや下着を購入した。

この街はデパートこそないが、郵便局や銀行などの金融機関、日用品を売る店、大小のレストランやホテルなど、都市としての機能は揃っているので買い出しに来る村人をよく見かける。二人の若者が雑貨店で買った紙袋を抱えて歩いていれば誰も怪しまない。

街の東側の偵察を終え、キルティとプツォックは人民政府の広場の前を通り、公安局の前を通ろうとした。

公安局の前に人だかりができている。玄関横の壁に張ってある張り紙を見ているようだ。

「何だろう？」

キルティも覗き込むと公開裁判と公開処刑の告知書だった。

二〇〇八年以降は少なくなったが、中国では今でも公開裁判と称し、一般市民を観客として集め人民法院で被告人の罪状を読み上げた後に、近くの広場で銃殺する公開処刑が行なわれている。裁判というのは名ばかりで被告人に弁護士はいないし、抗弁することは許されない。そのため冤罪《えんざい》も多いと言われている。

毎年多数の若い女性が売春の罪で公開処刑されている。もちろん彼女らが貧困ゆえに農村部から大都市に売られてきたことなど考慮されることはない。だが、アンケートによれば中国人の六十パーセント以上の人が、公開処刑は犯罪の抑止力になるとして賛成しているそうだ。

「……………」

キルティは張り紙を読むうちに危うく声を上げそうになった。

告知書には罪人として売春婦、泥棒の次に偽警官とその人数が記されていたのだ。

「キルティ！」

後から告知書を見たプツォックが声を上げた。

「狼狽《うろた》えるな。警官が見ているぞ」

キルティは小声で注意し、プツォックの腕を引っ張って道を渡った。

「告知書には裁判は明日と書いてあるんだぞ」

プツォックの声は震えていた。裁判と処刑が併記されているのは、裁判を受けた者は全員処刑されることになっているからだ。

「まず仲間かどうか確かめるんだ」

「でも、どうやって?」

プツォックの質問にキルティは腕組みをしたまま考え込んでいたが、しばらくすると持っていた紙袋をプツォックに手渡した。

「どうするんだよ」

「おまえは吊り橋のところで待っていてくれ」

そう言うとキルティは、道を渡って脇目もふらずに公安局に入っていった。

「すみません」

キルティは入口近くに立っている警官に声をかけた。

「なんだ?」

警官は横柄に返事をしてキルティを睨みつけた。

「僕は四川省からやってきた張《ツァン》といいます。表の告知書に二名の偽警官と書いてあったんですけど、僕は変な武装警官を大勢見ました」

キルティは偽の身分証明書の名を使った。

「何、大勢の偽警官を見たというのか。いつどこで目撃したんだ。それからおまえの身分証明書も見せろ」

警官の求めに応じ、キルティは身分証明書を提示した。

「一昨日の夜、国道にランドクルーザーが五台停まっていたので中を覗いて見たら、武装警官が沢山乗っていたので変だなと思ったんです」

「ここで待っていろ」

キルティの話に目の色を変えた警官は、廊下の奥の部屋から別の警官を連れてきた。年輩の警官でキルティの顔を見て笑って見せた。

「私は中央から派遣された公安の者だ。君は、偽警官を大勢見たらしいが、明日の午前中に行なわれる裁判で証言を求められるかもしれない。できるかね」

大都市から応援に駆けつけた警察官のようだ。おそらく偽警官事件は彼らが仕切っているに違いない。

「もちろんです。人民の務めですから」

キルティは明るい声で言った。

「よくぞ言った。君は中国人の鑑《かがみ》だ」

年輩の警官はキルティの肩を叩いて笑ってみせた。

「でも万が一間違いだといけないので、捕まった犯人を見て確認することはできませんか」

キルティはわざと上目遣いで言った。

「それは助かる。こちらとしても願ったり叶ったりだ」

警官は両手を挙げて大袈裟に喜んでみせた。

キルティは男が出てきた部屋に案内された。十五畳ほどの広さがあり、机がいくつも並べてある。普段は会議室として使われているのだろう。

十分ほど待たされ、ドアが乱暴に開いた。

「待たせたな。確認してくれ」

先ほどの年輩の警官が笑いながら手招きをすると、両脇を警官に抱えられるように、オレンジ色の囚人服を着せられた男が二人入ってきた。両目と鼻は殴られて潰れている。変わり果てているが、まぎれもなく一班のペマとガワンだった。二人とも意識が朦朧《もうろう》としているのか、キルティを見ても反応がない。

「たぶん、こいつらもいたと思います」

キルティはやっとの思いで声を出した。

「よく証言してくれた。これで二人の死刑は決まった。明日の裁判は十時からだ。遅れないように来てくれ」

警官はキルティの証言に満足そうに頷いた。

キルティは努《つと》めて冷静に行動した。公安局を出て表の通りをゆっくりと歩き尾行のないことを確認すると、川に出る路地に入り全速力で走った。

「ちくしょう!」

キルティの両眼は血走り、涙が溢れていた。

四

午前零時、神崎はゲリラ部隊〝スタグ〟の残党である若者を引き連れて、ジャキの南側を流れる〝迫龍蔵布〟と呼ばれている川にかかる吊り橋を渡った。闇に包まれたジャキの街は、生きていることも忘れたかのように静まり返っていた。

川沿いの道を進み、国道三一八号に出る路地に入った。八十メートルほど進むと鍵がかけられた大きな鉄格子の門があった。中を覗くと白い車が四台停められている。ボディに公安と大きく書かれたパトカーだった。駐車場がある場所は、表通りである国道に面した公安局の裏になる。

神崎が頷くと、二班のキルティが二メートル以上ある壁を猫のような身のこなしでよじ上り、中に入っていった。彼はチームの中で一番身軽で、こうした場面で頼りになる。

「トレーサーマン……」

キルティの動きを見ていた神崎はトレーサーマンという単語を口走り、思わず首を捻った。重要な単語だとは認識できるのだが、何を意味するのか分からなかった。

「参謀」

隣に立っていたユンリが声をかけてきた。キルティが門を中から開けたのだ。

用心深く駐車場に潜入すると、神崎は五班の若者二人に門の内側から見張るように命じて、ユンリの肩を叩いた。

ユンリは車のロックを用意してきた先の曲がった針金で器用に開けた。針金は昼間キルティが雑貨屋で購入したものだ。ドアロックを解除したパトカーには他の若者が乗り込み、ハンドル下の配線を引き出し、いつでもエンジンがかかるように細工をはじめた。

三台目の車もドアロックを外すとユンリはナイフを取り出し、残りの一台の車のタイヤをパンクさせた。

神崎は車が確保されたのを確認すると、今度はキルティの肩を叩いた。

キルティは無言で頷き、三階建ての公安局の壁に取り付いた。一階と二階の窓には鉄格子が外に付けられているために、侵入することができないからだ。キルティは三階の窓の下まで上って行き、ガラスカッターで窓に穴を開けて鍵を外し、建物の中に消えた。

その間、神崎らは各自のバックパックからストックを折り畳んであった〇三式自動小銃を取り出し、武装した。

待つこともなく駐車場に面した公安局の裏口からキルティが出てきた。

神崎はいつでも逃げられるように二班の若者三人をパトカーの運転席に残し、残りの若者五人を連れて公安局に入った。人数を絞ったのは、脱出路を確保しておきたかったこともあるが、若者らには市街戦の訓練をしていないからだった。しかも夜間の戦闘に慣れてないために同士討ちを防ぐ意味もあった。

室内は非常灯が点いているだけで廊下の照明も点いていない。夜間の警備もないようだ。一階の中ほどに会議室と書かれた部屋があった。キルティの話では応援の警官の部屋らしい。

ハンドシグナルでユンリにドアを開けさせ、神崎は室内に飛び込んだが誰もいなかった。どうやら応援の警官はホテルに泊まっているのだろう。公安局に泊まりがけで仕事をする者はいないようだ。

五人は廊下の奥へと進んだ。一番奥に拘置する監房があるはずだ。だが、廊下の奥に非常灯はなく鼻先も見えない暗闇になっていた。

「……？」

神崎は銃を構え、耳をすませた。物音は聞こえない。だが前方の闇に妙な胸騒ぎを感じる。ユンリとキルティだけ連れて、残りの三人の若者を見張りとして残した。

ポケットから小さなハンドライトを出して銃身を持つ左指に挟んだ。銃を構えると同時に廊下を照らしながら進んだ。廊下の突き当たりに〝牢房〟と書かれたドアがあった。ユンリにドアを開けさせ、突入した。

室内の照明が点き、目が眩んだ。

「うっ！」

神崎は銃を構えたまま動けなくなった。

奥の部屋には監房が三つあるがいずれも空で、その代わり廊下に十人の武装した公安警察官が、囚われたペマとガワンを人質にとって立っていた。どうやら公開処刑の張り紙は神崎らを誘《おび》き寄せるための罠だったようだ。

「手を挙げろ。神崎」

中央にいる年輩の警官が英語で言った。昼間キルティに対応した男だ。

「なぜ、俺の名前を知っている?」

神崎は銃を構えたまま男に近づいた。

「それ以上近づくな。私と取引きをするのなら、教えてやる。銃を捨てろ。それとも人質と一緒に殺されたいのか」

男との距離は三メートルと縮まったが、ハンドガンを構えた警官に囲まれた。

「分かった」

神崎は右手を挙げ、左手でゆっくりと床に〇三式自動小銃を下ろした。その瞬間、前方に猛ダッシュをした。誰も撃たなかった。神崎は至近距離で囲まれていたために誰も撃てないことを計算に入れていた。

目の前に二人の警官が立ち塞がり、パンチと蹴りを入れてきた。神崎は蹴りをかいくぐり、パンチをかわして年輩の警官の背後に回って羽交い締めにし、同時に相手のホルスターから銃を抜いて銃口を警官ののど元に当てた。

「止めろ！」

年輩の警官は驚きの声を上げた。

「動けば撃っ」

「さすがと褒めておこう」

警官は苦しそうな声を出しながらも慌てる様子はない。

「慌てないところを見ると、小物じゃなさそうだな。名前を聞いておこうか」

「いいだろう。私は公安部副部長の孟明《もうめい》だ。無駄だ。止めておけ」

「孟、人質を返してもらおうか」

神崎は銃口を警官の首に強く押し当てた。主導権を握れば外にいるユンリが仲間とともに部屋に突入して制圧できる。

外の廊下で物音がした。

監房の入口のドアが開き、ユンリが入ってきた。

神崎は舌打ちをした。

「無駄なことだと言っただろう」

警官は勝ち誇ったように言った。

ユンリに続いて、キルティや他の若者も銃を突きつけられて部屋に入ってきた。

神崎は仕方なく両手を上げて男を解放すると、男は神崎の顔面に強烈なパンチを入れ、すかさず鳩尾に膝蹴りを入れてきた。大したことはないと思っていたが、脇腹に残る弾丸に衝撃が伝わり激痛で膝を折った。

五

人民警察、いわゆる公安警察は通常は武装していない。ただし携帯する場合は、中国製の警察用九ミリ拳銃と呼ばれるリボルバーを使用する。これはS&W十の三インチ、俗に〝FBIスペシャル〟と呼ばれる形に似ているので、おそらくその模倣《もほう》品と思われる。

仲間の救出に失敗した神崎は、公安局の会議室に軟禁された。手錠をかけられ、部屋の内外に見張りが置かれている。窓には鉄格子がはめられているので逃亡は不可能だ。

監視の警官は、〇三式自動小銃を構え腰のホルスターにもハンドガンを携帯している。だが彼らは九ミリ拳銃ではなく、九二式拳銃と呼ばれるダブルカラムマガジン（多弾倉）の強力な銃を持っていた。

神崎は部屋の入口から一番離れた窓際の椅子に座らされており、立ち上がるだけでもドアの前に立つ二人の警官が〇三式自動小銃で威嚇してみせる。彼らの銃はいずれも安全装置を外してあった。

時刻は午前一時、拘束されて三十分近く経っていた。会議室のドアが開き、公安部副部長の孟明と名乗った男が入ってきた。

「チベット人は思いのほか口が堅い。他に仲間はいるか確認したが、だめだったよ」

孟は苦笑混じりに言うと、神崎の前に椅子を置いて座った。孟の両眼は細く、表情に乏しい。あるいは感情を表さないように訓練を受けているのかもしれない。ユンリらを拷問していたようだ。

「さてと、取引きの件だが、君以外にもこちらには拘束している十二人の若者の命がある。君には拒否する理由はないと思うが、どうだ?」

警官はビジネスライクに淡々と話した。

「一方的に押し付けることを取引きとは言わない。さっさと目的を言え」

神崎は警官のしらじらしさを鼻で笑った。

「ある人物を暗殺してもらえれば、若者は全員解放してやる。もし君が拒否、あるいは任務を途中で放棄するようなら、彼らは全員銃殺される。タイムリミットは十二時間だ」

「馬鹿馬鹿しい。そもそも、公安だと嘘をつくようなおまえが約束を守る保証がどこにある」

「さすがだな。我々が公安警察でないことが分かったのか。地元の公安でさえ、我々が党本部から派遣されたと聞いただけで疑うことすらしなかったのに、どうして分かったんだ?」

孟は一瞬頬をぴくりと動かし、苦々しい表情で尋ねて来た。

「まずは携帯しているハンドガンだ。警官は九二式拳銃を持たない。それに〇三式自動小銃の構え方も、その辺の武装警官よりも扱い慣れている。訓練の量や質が違うんだ。明らかに軍隊、しかも特殊部隊だろう」

中国は各軍区に特殊部隊を配備しているが、軍事大国だけにそれ以外にも数えきれないほどの特殊部隊を抱えていると言われ、その実態は不明である。

「君のことはある筋から情報を得ていた。上からの命令で、記憶喪失の君に重要な任務を与えることに疑問を感じていたが、それは杞憂《きゆう》らしい」

孟は否定することもなく満足げに言った。

「それほど重要な任務なら優秀な部下にやらせることだな」

「もちろんそれは可能だ。だが、もし作戦が失敗したときのことを考えた場合、私の部下では都合が悪いのだ。暗殺する相手の名前を聞けば君も納得するはずだ」

孟は神崎の皮肉を気にも留めずに答えた。

「もったいつけるな」

「北朝鮮の次期総書記だ」

孟はそれまでと打って変わって険しい表情で言った。

「何！　金正恩《キムジョンウン》か」

「そうだ」

金正日《ジョンイル》は二〇一〇年に三男の正恩が後継者であると正式に発表し、公式の場でも彼を登場させている。

「中国は北のパトロンじゃないのか。正恩を失えば北は混乱する。中国にとってもマイナスじゃないのか？」

「我々は、金正日に後継は血で選ぶなと再三忠告してきたにもかかわらず、あの男は自分の息子を選ぶという大きなミスを犯した。もはやあの国は同盟国でもなんでもない。しかも世界では北の核弾頭ミサイルは日本やアメリカに向けられていると言っているが、実は中国にも向けられているのだ」

「馬鹿な。そんなことをして何のメリットがあるんだ」

神崎は首を振って笑った。

「あの国は我が国を研究し尽くしている。核弾頭を北京に落とし、混乱に乗じて延辺《えんぺい》朝鮮族自治州で反乱を起こして吉林《きつりん》省を制圧する。するとそれに呼応し、チベット、ウイグルをはじめとした自治区でも反乱が起きる。そしてもっとも恐れている中国十三億人がそれに呼応して反旗を翻し、中国は壊滅する。ソ連が崩壊したのと同じことが起きるのだ。北朝鮮は作戦の詳細をあえて漏らし、我々を恫喝《どうかつ》しているというわけだ」

中国は北朝鮮をコントロールできなくなっているにもかかわらず、まるでご機嫌をとるように北朝鮮に援助を続けている。それが中国の安全と引き換えだとしたら、孟の言っていることはまんざらあり得ない話ではなかった。もし北朝鮮が吉林省を制圧し、そのまま実効支配して植民地化すれば、現在抱えている食料や燃料問題は解消されるだろう。

「しかし、指導者を暗殺して北朝鮮が崩壊したら、難民が中国に押し寄せて経済は大混乱に陥る。その方がリスクじゃないのか」

「金親子がいなくなれば、軍人が合議制で政治をとる。すでに幹部クラスの軍人は買収済みだ。そうなればあの国は属国になる。また混乱に乗じて、あの国を解放することもあり得る。いずれにせよ、あの国は我が国の領土になる。禍を転じて福と為すということだ」

神崎は大きく頷いた。理由の如何《いかん》はともかく、中国の狙いは朝鮮半島の植民地化だと理解した。彼らはもともと中国の領土だと主張しているからだ。

「だが、正恩をどうやって暗殺するというのだ」

「今日の午前八時三十分、正恩を乗せた特別列車が大連《だいれん》から北京に向けて出発する。四時間半後の午後一時〇〇分に瀋陽《しんよう》に到着し、列車の整備点検と休憩を兼ねて二十分間停車することになっている。そこで鉄道の作業員に化けて列車に時限爆弾を仕掛けてくれ」

孟は表情もなく簡単に説明した。

「爆弾を持って厳重な警戒網を通過できるわけがない。自殺行為だ」

「駅の近くでデモを行なう。その騒ぎに乗じて駅構内に潜入するのだ。しかも瀋陽市のセキュリティシステムにウイルスを流してすべて無効にする。ばれる心配はない」

「たかだかデモを起こしたぐらいで騒ぎにはならない。稚拙《ちせつ》な計画だ」

神崎は鼻で笑った。

「デモ隊はこちらで用意する。そのデモ隊に地元の武装警察隊がいきなり発砲することになっている。騒ぎにならないはずがない」

孟は銃を撃つ真似をした。

「自国民に銃を向けるのか」

「君と一緒に百人ほどチベット人を送り込む。彼らには賃金と帰りの電車賃まで払ってある。喜んで志願してくれたよ」

「何て汚い手を使うんだ。たとえそれで潜入できたとしても、どうやって十二時間で遼《りょう》寧《ねい》省の瀋陽まで行けるんだ。二千キロ以上離れているぞ」

神崎は苛立って声を荒らげた。

「正確には二千九百二十四キロだ。林芝《りんし》空港まで行き、そこから瀋陽桃仙《とうせん》国際空港まで空軍機で飛べば、ロスタイムも入れて十一時間もみればいい。充分間に合う」

孟はわざとらしく、まじめな顔で頷いてみせた。

「空軍機まで使うという計画なら、実行犯の俺がいなかったらどうするつもりだったんだ」

「何も君一人に頼んでいるとは誰も言ってない。我々はすでにこの計画のために五人の暗殺者を選抜していた。林芝の空港で実行犯を乗せることになっている。君は幸運にもその六番目に選ばれたわけだ。我々がいかに君の実力を買っているか分かるだろう」

うれしそうに孟は笑ってみせた。

「俺を買い被り過ぎている。あいにく俺はチベット人の若造に興味はないし、押し付けられた任務を遂行するつもりもない」

神崎は肩を竦めた。

「さて、それはどうかな。君が彼らに興味がないのなら、なぜ命懸けでここまで来たのかな」

孟は振り返って入口の見張りに合図をした。すると男は部屋の外に出て行き、手錠をかけられたユンリを連れてきた。拷問されたらしく目元は腫れ、口から血を流している。

「彼にはささやかだがプレゼントをするつもりだ」

孟はそう言うと、ユンリを連れてきた部下から黒い箱を受け取った。箱は金属の鎖が付いており、孟は鎖をユンリの首に巻いてステンレス製の鍵で鎖を繋いだ。

「この箱は時限爆弾なのだ。十二時間後に爆発するようにセットしてある。君が任務を成功させれば解除してやる。君が裏切ったり、任務が失敗したら、この男の首から上は吹き飛ぶという仕掛けだ」

「卑怯者め」

「彼らも林芝に連れて行き、とある場所に十二時間だけ留置しておく。君が作戦を成功させれば、その場で解放してやろう。さもなくば処刑するだけだ」

「くそっ！」

神崎は立ち上がり椅子を蹴って壊した後、渋々頷いた。

六

成都、午前一時五分。市内の中心部であるビジネス街にある〝シェラトン成都麗都ホテル〟の七階の部屋にワットと黒川と中條らは宿泊していた。

三人は成都の中華レストランから出てきた男を追ってここまで来たのだ。男は〝タイガー〟というコードネームで呼ばれるＣＩＡの情報員であり、ゲリラ組織〝スタグ〟を使ってチベット地域でのテロ活動を裏から指揮していた。

〝タイガー〟はシェラトンを定宿としているようだが、毎日部屋を変えるという用心深さを持っていた。ワットは〝タイガー〟に見られることを恐れ、彼がホテルにいる間は部屋からは一歩も出ずに黒川と中條の二人に尾行を任せていた。

黒川と中條が疲れた様子でワットの部屋に入ってきた。二人は〝タイガー〟を追って上海まで日帰りで行ってきたのだ。

「お疲れさん。どうだった？」

ワットは二人に冷蔵庫から冷えたビール缶を渡して労《ねぎら》った。

「ワットさんの読みどおりに彼は共産党の幹部と会っていました」

黒川は撮影したデジカメの画面をワットに見せた。

ワットはデジカメからパソコンにデータをダウンロードして、データの整理をした。

「それにしても、こんなことをして大丈夫ですか？」

黒川は缶ビールで喉を潤《うるお》した後に尋ねた。

「すまない。俺たちも浩志を救出するために、現場にいなければならないことは分かっている。だが、あの男の情報を追うことで浩志を救うことになると俺は確信しているのだ」

「それは分かっていますよ。そうじゃなくて、あの男はＣＩＡの情報員ですよね。我々の行為は米国の諜報活動の妨《さまた》げにならないか心配しているのです。そもそも我々二人を追跡チームに加えたのは、他の傭兵仲間と違って我々も特殊な任務を帯びていることを知っているからなんでしょう」

黒川と中條はワットから何も教えられてなかったが、ワットの態度とこれまでの〝タイガー〟の行動からおおよそ身元の察しはついていた。

「そういうことだ。だからこそ、逆に秘密を守れると思ったのだ」

「逆じゃないですか。私たちから日本政府に情報が漏れるとは思わなかったのですか？」

「思わないね」

　ワットは肩をすくめて笑った。

「それは君らが特務機関の人間である以前に浩志の友人だからだ。それと今追っている男が米国の意志ではない行動をしていると思っているからだ」

「確信を持っているようですが、何か理由があるのですか？」

　黒川はワットの自信ありげな態度に首を捻った。

「俺がアフガンで特殊任務に就いていたときのことだ。やつはＣＩＡの現地情報担当の責任者だった。我々はやつの情報で任務を遂行していたのだが、あるときタリバン系のテロ組織のアジトを急襲して大量の武器弾薬を発見した。だが、その押収した武器は米軍の倉庫から一週間後に無くなっていたんだ」

「どういうことですか？」

「やつが地元の武装勢力に売りさばいていたんだ。俺がやつに問いつめると武装勢力は米軍の協力者であり、彼らにはタリバンから身を守る武器が必要だと抜かしやがった。だが、やつは売りさばいた金は自分の懐に入れた節がある。それに麻薬取引きをしていたという噂もあった。証拠は見つけられなかったがな。あの男は限りなくダーティーだ」

アフガニスタンでは米軍がタリバンを掃討《そうとう》する作戦を行なう傍《かたわ》ら、タリバンが栽培する麻薬と交換するために武器を売りさばいているという情報がある。戦場ではとかく亡者が集まるものだ。あるいは亡者が戦争を仕掛けていると言った方が正しいのだろう。

「やつの名はブライアン・リー、ＣＩＡの情報員だ。すぐに拘束して白状させたいが、かえって浩志を危険にさらす可能性もある。そのためにも情報を集めているんだ。これまでやつが接触した中国人はいずれも〝上海閥〟に関係する政治家ばかりだ。それがどうも臭う。とりあえずデータをまとめて知り合いのＣＩＡの情報員に渡そうと思っている」

〝上海閥〟とは江沢民《こうたくみん》元国家主席が総書記時代に地盤固めをするため、かつて上海党委書記時代の部下を中央政府に重用して築き上げたもので、次期総書記と目される習近平《しゅうきんぺい》もその一人である。

また、胡錦濤主席はエリートを擁《よう》する中国共産主義青年団出身で、彼らは〝共青団〟、あるいは〝団派〟と呼ばれ、党の一大勢力になっている。現在の中国はこの〝団派〟と〝上海閥〟、そして特権階級の〝太子党〟の三つの勢力が複雑に絡み合い、己の利益を守るために権力争いをしているのだ。

「電話だ」

ワットは右手を上げて話を中断すると、振動する携帯を取り出して耳に当てた。頷きながらワットの表情が厳しくなった。

「藤堂さんに何かあったのですか」

ワットが携帯を切るのを待って黒川が尋ねた。

「辰也からだった。浩志がジャキの公安警察に捕まったらしい。間に合わないかもしれないが、俺たちも駆けつけよう」

「朝一の林芝行きの飛行機に乗りましょう。お昼近くに到着しますよ」

「しかし、入域許可証は前回のものが使えるとしても、航空券は手に入らないだろう」

「大丈夫ですよ」

黒川は上着のポケットから航空券を出して見せた。

「驚いた。どんなマジックを使ったんだ」

「林芝行きの便数は少ないんです。そこで毎日、翌日のチケットを買っては直前にキャンセルしていたんです」

黒川はワットにチケットを渡した。

「さすがだ。浩志のチームは最高だぜ」

チケットをポケットに入れたワットは部屋から出て行こうとした。

「どちらへ？」

「やることがある」

ワットは部屋を出ると同じ階にある別の部屋の呼び出しチャイムを鳴らした。

ドアが薄く開き、中からブライアンが顔をのぞかせた。ドアチェーンはかかっている。

「ワット！」

ブライアンは驚愕の表情を見せた。

「話がある。すまないが、ここを開けてくれないか」

ワットはにこやかな表情で言った。

「こんな夜更《よふ》けに失礼だろう。そもそもどうやって米国を出国したんだ」

「それはどうでもいいだろう。昼間じゃ都合が悪いんだ。なんせ儲け話だからな」

「儲け話？」

ブライアンの目が光った。

「アフガンで大量の薬を手に入れたんだ。山分けでいいからバイヤーを紹介してくれ。あんたならルートを知っているはずだ」

「私のアルバイトを知っていたのか。抜け目ないやつだ。勲章を山ほど持っている英雄もやっぱり金には目がないとはな。相談に乗ってやろう」

ブライアンはドアチェーンを外した。途端にワットがドアを蹴って部屋に入り、後ろ手にドアを閉めた。

「何をする！」

ブライアンは蹴られたドアに吹き飛ばされて尻餅をついていた。

「貴様、藤堂に一体何をしたんだ」

ワットはブライアンの胸ぐらを掴んで立たせた。

「トウドウ？　知らないな」

ブライアンはわざとらしく首を捻ると、ワットを突き放した。

「言っておくが、もしも藤堂や仲間に何かあったら、貴様を世界の果てまで追いかけて殺してやる」

ワットはブライアンの胸を人差し指で突いて怒鳴った。

「知らないものは、知らないとしか言えないだろう。出て行ってくれ」

「いいだろう、ブライアン。だが、俺がデルタフォースでナンバーワンの軍人だったことを忘れるなよ。必ずおまえの息の根を止めてやる」

ワットが親指で首を斬るジェスチャーをすると、ブライアンは生唾を飲み込んだ。

暗殺計画

一

午前一時十分、波密県のジャキのほぼ中心にある公安局の周囲を、〝勇士〟と呼ばれる中国陸軍のジープ型四駆が取り囲んでいる。

郊外に待機させてあったらしく、神崎らゲリラ部隊〝スタグ〟が公安局を襲撃すると国道の東の方から八台もの〝勇士〟が急行してきた。

一方〝スタグ〟を尾行していた加藤が無事に戻り、神崎の追跡をはじめた辰也らは公安局に潜入した神崎らを近くの建物から見守っていたのだが、彼らの目の前で八台の〝勇士〟から武装した公安警察が飛び出し公安局に突入して行ったのだ。

辰也は仲間を二チームに分け、彼がリーダーとなる宮坂、京介のチームと、瀬川をリーダーとする田中、加藤のチームに分かれて行動をしている。また大佐はオブザーバーとして瀬川のチームに参加していた。

「公安局を包囲している連中は本当に公安警察なのか？」

宮坂は〝勇士〟のボディに公安と書かれていることに首を捻った。

「いや、違うだろう。やつらの動きは特殊部隊そのものだ。公安に特殊部隊があるのなら別だがな」

隣で様子を窺う辰也は答えた。

二人はメインストリートを挟んで公安局の建物の斜め向かいにある、旅行代理店が入っているビルの屋上にいた。建物は三階で見晴らしがいい。また裏にある外階段を使えば地上にもすぐ下りることができた。ちなみにジャキの街はほとんどの建物が二階か三階建てで、それ以上高いビルはない。

「それにしても、藤堂さんがゲリラを助けるためにまさか自分で公安局に潜入するとは思わなかったな。やっぱり記憶がないのだろうな」

宮坂が寂しそうに言った。

「あの人はどんなときでも仲間を裏切らない。たとえ記憶喪失だとしても、今の仲間を救おうとしているのさ。俺たち傭兵は戦場じゃ負傷兵を置き去りにするのがルールだ。だが、あの人は絶対仲間を見捨てない。だからあの人の元には人が集まるんだ」

辰也は誇らしげに言った。

「そうだよな。だとしたら、俺たちも藤堂さんだけじゃなくて一緒に捕まっているゲリラも助けなくちゃならないということか」

「そういうことだ。だが、敵が多過ぎる。成都にいるワットには連絡してあるが、たとえ彼らが加わっても人質がいる敵を攻めるのは難しい。それに街中じゃ襲撃もできない。大佐はどうされるんだろう」

辰也は公安局と路地を挟んで隣り合う、中華レストランの建物を心配げに見た。建物の屋上では大佐と瀬川のチームが監視をしている。公安局とは十メートルと離れていない。

大佐は瀬川の隣で公安局の周囲を警戒する警官の様子を監視していたが、しばらくすると屋根伝いに公安局と反対側の建物の屋上に出た。

「大佐、監視は我々が交代でしますから、休んでいてください」

田中を見張りに残して瀬川が大佐を追いかけて声をかけた。

「私は車の中で待つ。どのみちもうすぐ彼らも出発する。浩志がどの車に乗るのか確認してくれ」

大佐は鼻をすすりながら身震いをした。南国育ちだけに頑丈な身体の持ち主でも寒さは堪《こた》えるようだ。

「移送されるのですか?」

「駐車場にいる連中がそわそわしている。撤収は時間の問題だ。それにやつらは公安じゃない。おそらく陸軍の特殊部隊に違いない。地元の公安とも顔を合わせたくないはずだ」

「公安じゃないんですか」

「鍛え上げた動きをしている。それに駐車場にいる連中の話し声が聞こえたが、上海語を使っている者がいた。公安ならわざわざ上海から応援で来ることはない。だが、人民解放軍の特殊部隊なら何か使命を帯びて来る可能性はある」

上海語は発音に特徴がある。中国語が堪能な大佐は分かったのだろう。

「上海？　とすると南京《なんきん》軍区の兵士ですか。確か〝飛龍《ひりゅう》〟というコードネームの特殊部隊があったはずです」

さすがに陸自のエースだけに、瀬川は中国軍の配備について詳しい。

「おそらくその辺だろう。彼らは総勢三十一人いる。三個小隊の特殊部隊を相手にするなら、正面から力ずくで攻めてもだめだ。ここで襲撃するチャンスは万に一つもない」

大佐はそう言うと壁を伝って下りはじめた。

二

午前一時四十分、神崎と〝スタグ〟の残党は公安局の廊下に並ばされた。彼らはいずれも手錠をかけられ、足首はロープで結ばれている。そして、まるで豚が小屋から追い出されるように建物から駆り出され、駐車場に停めてある四駆〝勇士〟に神崎を除いて若者らは二人ずつ乗せられた。

駐車場は暗く足首がロープで結ばれているため、誰しも足下を見て乗り込んだ。そのため屋根の上から見張りをしていた瀬川と田中の位置からは、浩志と思われる人物を判別することは不可能だった。

神崎は先頭から二台目に、残りの十二名は三台目以降に乗せられた。神崎の助手席には特殊部隊を指揮する孟明が乗っている。八台の〝勇士〟は独特のエンジン音をたてて、まだ眠りについているジャキの街を後にした。

「俺が任務を遂行したら若者らを処刑しないという保証はどこにある?」

神崎は後のウインドーから後続の車を見ながら言った。

「私はこれでも部隊を預かる隊長だ。嘘はつかない」

孟は振り向きもせずにバックミラーを見て答えた。

「もし俺が任務を達成できない場合は、公開処刑で頭を吹き飛ばすんだろ。野蛮な連中だ」

中国の公開処刑は見せしめ効果を演出するために、至近距離からライフルで頭部を狙う。

「君は中国人に偏見を持っているようだな。中国では毎年五千人も死刑にする。銃殺は、後の処理に手間がかかるし、大都市ならともかく、地方には処刑する場所もない。だから最近では処刑バスを使うケースが増えている。実にスマートな方法だよ」

　孟は得意げに言った。

「処刑バス？」

「専用のバスの中で囚人を薬物注射で殺すのだ。合法的に行なわれていることを関係者に見せるために生放送する。衛生的で処刑場もいらない。しかも公開処刑と同じくらい犯罪抑止力がある。実績を作って欧米にも販売すればいいと私は思っている」

　中国では処刑バスを四十台以上運行させている。だが、立ち会った医師が処刑された囚人の遺体から臓器を摘出しているとして問題になっている。関係する病院、裁判所、警察が臓器売買に関わっているとアムネスティ・インターナショナルからも報告されている。また処刑バスの使用が近年増えているのは臓器売買の増加が関係しているようだ。

「まともな裁判もしないくせに何が文明的だ。俺が任務を遂行しても彼らを殺すつもりだろう」

　神崎は吐き捨てるように言った。

「約束は守る。ただし彼らは反逆者だ。収容所で何年か過ごすことになる。殺さないだけましだと思え。それほど心配するのなら瀋陽に到着したときに連絡を取らせよう」

「どこに彼らを留置するつもりだ」

「どうでもいいだろう。そんなことは」

「嘘じゃないのなら、正確に場所が言えるはずだ」

神崎は食い下がった。

「林芝に軍の倉庫がある。八一鎮《はちいちちん》の中心から北に二・五キロ先の川沿いで一般人は近づかない場所だ。なんせ街中では処刑バスは目立つからな」

八一鎮は林芝県の政府所在地である。人民解放軍が駐屯して作った新しい街だ。

「北に二・五キロと言われても一本道で行けるわけもないだろう」

「しつこいやつだな。街から西に行く省道三〇六号で川を渡ると北に向かう道がある。納得したか。だが、十二時間後には処刑バスが到着し、処刑の準備をはじめる。任務が成功すれば、バスはキャンセルしてやる」

孟は振り返って面倒くさそうに言った。

「分かった。与えられた任務は遂行しよう。だが、瀋陽に到着したときに彼らと連絡が取れない場合は、任務を放棄するどころか妨害する。覚悟しておくんだな」

神崎は眉間に皺を寄せ、孟を睨みつけた。

四時間後、八台の〝勇士〟は国道三一八号を猛スピードで走っていた。その二百メートル後を三台のランドクルーザーが追尾している。

一台目は、瀬川がリーダーを務めるチームで田中と加藤、それに大佐が乗っていた。二台目は、辰也が指揮するチームで宮坂と京介の三人が乗車し、三台目はガイドの王偉傑と陸丹が乗り込んでいる。ガイドの二人は今や傭兵仲間のように行動しているが、銃撃戦となった場合、いつでも逃げ出せるように別の車両で行動させている。

大佐はオブザーバーとしているが、実質的にはチームを指揮していた。辰也もそれを望んだために大佐の乗る車が先に走っている。すでに二百三十キロを走破し、林芝県の政府所在地である八一鎮まで迫っていた。

「目的地は林芝の八一鎮でしょうかね」

ハンドルを握る瀬川が大佐に尋ねた。

「もし処刑するのなら、もうすでにしているはずだ。八一鎮は街としては大きいが目的地とは思えない。林芝の郊外に空港がある。輸送機にでも乗せるつもりかもしれないが、囚人を飛行機に乗せるとは思えない。まったく中国人の考えることは理解できない」

八台の〝勇士〟は、林芝の街を過ぎて川を渡ったところで先頭の二台は八一鎮から西に行く国道三〇六号を進み、後続の六台は北に向かう道に入った。

「大佐、どうしますか！」

瀬川が声を上げた。どの車に浩志が乗っているのか特定できていないからだ。

「仕方ない。我々は先頭の二台を追う、残りの車は辰也らに任せよう」

大佐が苦しい選択をすると、瀬川は後続の辰也に無線で連絡をした。

一時間半後、大佐らが追っている二台の〝勇士〟は、八一鎮から北西に五十五キロ離れたヤルツァンポ川沿いにある林芝空港に到着した。

午前七時十一分、四千メートル級の山々に囲まれた空港は、寒風が吹きさらす夜明け前の闇に包まれていた。

「目的地はここだったようだな」

大佐は滑走路を指差した。その先には大型の輸送機がライトで照らし出されている。

「あれは、キャンディッドじゃないですか」

後部座席に座っていた機械オタクでもある田中が鋭く反応した。

通称〝キャンディッド〟、ＩＬ七六ＭＤ輸送機は、ロシア製で四発のジェットエンジンを持つ中国空軍の主力輸送機である。全長四十六・六メートル、巡航速度時速七百八十キロ、航続距離七千三百メートル、積載量は四十から五十トンあると言われている。

「何かよからぬことが起こりそうだな」

大佐は輸送機を見据えて言った。

輸送機は後方貨物ハッチが開けられて、滑走路から大勢の人が列を作って乗り込んでいる。彼らはプラカードや垂れ幕を持つ者もいる。浩志を拘束している特殊部隊の隊長孟が言っていた偽のデモ隊だろう。

「車ではこれ以上近づけませんね」

瀬川は渋い表情をみせた。

空港は民間として使われているが、軍との共用になっている。しかも輸送機が滑走路にあるせいか、要所に警備の兵が立っていた。

「私に行かせてください」

田中の隣に座っている加藤が身を乗り出してきた。

「軍の輸送機に乗せられるとしたら、連れてこられたのは浩志に間違いないだろう。おまえ一人じゃ、救出は無理だ」

助手席の大佐は首を横に振った。

「藤堂さんを自由にして、武器を渡すつもりです」

「自由にか……」

大佐は腕組みをして考え込んだ。

「お願いです。行かせてください！」

加藤は大佐の肩を摑んで必死に懇願した。

昨年、爆撃機に乗り込もうとする浩志と行動を共にできなかったことを、加藤は後悔していた。浩志が命じたからであったが、命令を無視しても付いて行くべきだったと悩んでいたのだ。

「よし、行け！」

大佐は拳を握って命じた。

「これを待って行ってください」

バックパックを背に車から降りようとした加藤に、瀬川が位置発信器を手渡した。

「ありがとう」

さわやかな笑顔を残して加藤は闇に溶け込んで行った。

「あの男は死ぬつもりかもしれないな。気迫に負けたよ」

大佐は苦笑混じりに言った。

「みんなそうですよ。悔しいけど、潜入のプロである加藤さんが今は一番適任ですね」

「本当だよな」

瀬川の言葉に田中が相槌を打った。

三

午前七時五十分、神崎は両脇を二人の孟の部下に抱えられるようにＩＬ七六ＭＤ輸送機の後方貨物ハッチを上った。両足首をロープで繋がれているため、傾斜がついているハッチを上るのに苦労した。

奥行きが二十四メートルある貨物室には、大勢のチベット人がひしめいていた。年齢は様々だが、全員男のようだ。彼らは十人の人民解放軍の兵士に銃を突きつけられて貨物室の前へと追いやられ、床に座らされた。

機内の監視の兵士らは神崎を空港まで連れてきた部隊とは違うようだ。彼らは〇三式自動小銃を構えているが、腰のホルダーには九ミリ拳銃と軍用ナイフを携帯している。

神崎は貨物室後方にある備え付けの椅子に座らされた。孟の二人の部下は、神崎の上体を椅子の背にロープで縛りつけると、いそいそとハッチを下りて行った。

孟が言っていた、先に選ばれた実行犯と思しき五人の男が神崎の並びに同じように椅子に縛られている。おそらく脅迫されて実行犯に仕立てられたのだろう。諦めているのかみな目を閉じてじっとしている。

神崎は身体を揺すって状態を調べた。胴体のロープはかなりきつく縛ってあるが、手錠をかけられた両腕は前にあるために両手は比較的自由が利いた。

前方にいる監視の兵士らは大勢のチベット人の方を向き、背を向けている。後方にいる神崎らが厳重に拘束されているために、安心しているのだろう。

後方ハッチが閉まりはじめた。神崎は手の位置まで左足を持ち上げ、ブーツのヒモの隙間から布に包まれた小さなナイフを取り出した。これは徳格県、デルゲにあるチベット医学病院に侵入したときに宮坂が投げつけてきたものである。

右手でナイフを持ち、上体を固定しているロープを切りはじめた。ナイフは特殊加工されたセラミック製のブーツナイフだ。直径十五ミリはあるロープは小気味よく切れた。

神崎がロープを切断したことに気が付いた隣の男が小声で喚《わめ》きはじめた。チベット語のようだが何を言っているか分からない。

「うるさい。黙っていろ」

「あなたは外国人か？」

英語で注意すると、男は驚いた表情で英語を使ってきた。

神崎は無視して左足を持ち上げて足のロープの切断に取りかかった。なんとしても輸送機が離陸する前に脱出しなければならない。だが手錠の鎖が邪魔でなかなか切れない。しかも力を入れるあまり上体を起こすと切断したロープが完全に解けてしまい、監視の兵に気付かれてしまう恐れがある。

「ひょっとして、日本人だね」

黙っていると男は神崎が日本人だと言い当てた。

「どうして分かった？」

「やはり、そうか。ここにいる五人はいずれも人権運動家で、三人がウイグル人で私ともう一人はチベット人だ。それに日本人が加わるということは、中国人が憎しみの対象にしている種族ばかりじゃないか。事件を起こして濡れ衣を着せようという魂胆に違いない」

「だったら、なおさら逃げるまでだ」

「逃げ出せるはずがない。連帯責任を取らされたらどうするんだ。それに人質が殺される」

「人質？」

神崎は手を止めて尋ねた。

「そうだ。私の家族が人質になっている。任務を遂行すれば解放されると言われた」

「人質はどこにいる？」

「詳しい場所までは聞いていないが、林芝の軍事倉庫らしい」

「俺もそうだ。だが、俺はここを抜け出して仲間を助けるつもりだ」

「馬鹿な。相手は軍隊だ。そんなことができるはずがない」

「それなら聞くが、謀略に加担した俺たちを生かしておくと思うか。人質も間違いなく殺されるぞ」

神崎は特殊部隊隊長の孟明をまったく信用していなかった。

「……そうかもしれない。だが、任務を果たせば、家族は助かるのではないかと私は淡い期待を持っている。そう願うしかないだろう」

男は呻くように言った。

「俺は軍人だ。期待などしない。脱出して必ずおまえの家族も助けてやろう。一緒に逃げるか？」

男は首を横に振って口を閉じた。その横顔には絶望が深く刻み込まれていた。

神崎はまたロープを切断する作業にかかりはじめた。

輸送機が揺れてゆっくりと動き始めた。飛行態勢に入るようだ。

「くそっ！」

神崎は指先に力を込めて作業を続けた。

「おい！　おまえ、何をしている！」

監視の一人が神崎の不審な動作に気が付いた。

聞こえない振りをして作業を続けた。ロープはあと数ミリで切れる。

「貴様、俺を無視するな！」

兵士は走り寄って銃底で神崎の顔面を殴りつけた。

避けたものの肩口に銃底が当たり、椅子から転げ落ちた。

「何だと！」

切断されたロープを見て兵士は一瞬顔色を変えたが、構えていた〇三式自動小銃を肩に掛け、すばやく腰から軍用ナイフを取り出した。飛行機の中で銃など使えるものではない。兵士は冷静な判断をしている。

「どうした！」

様子を見ていた他の兵士が三人も駆けつけてきた。

「手首を切ってやれ」

「鼻だ。鼻を削ぎ落としても死なないぞ」

三人の兵士は手を叩いてはやし立てた。

輸送機が離陸しはじめた。床の傾斜は次第に急になり、立っていた兵士らはよろよろと歩いて壁にしがみついた。

林芝空港は周囲を四千メートル級の山々に囲まれ、しかもヤルツァンポ川が流れる狭い湾曲した渓谷中を飛行しなければならないという、中国で最も飛行が難しいと言われている空港だ。しかも天候が変わりやすく、午後には強風が毎日吹き荒れるために離陸は午前に限られている。

神崎は兵士らの身動きが取れないうちにまた足のロープの切断にかかった。その間も輸送機は上昇を続けて床の傾斜は緩やかになった。

あと一ミリ、指先に力を入れてロープを断ち切ろうとした途端に、鳩尾に蹴りを入れられて神崎は床を転げ回った。

「ふざけた野郎だ」

兵士はくの字に身体を折り曲げて咳き込む神崎を無理矢理立たせ、右手を大きく振りかぶった。だが神崎の右手がそれより速く動いた。

兵士の左の首筋から血が噴き出した。神崎はブーツナイフで兵士の頸動脈を断ち切っていたのだ。神崎はすかさず足のロープを断ち切ると、首筋を切られた兵士のホルスターから九ミリ拳銃を抜き取り、傍観していた三人の兵士の頭部を撃ち抜いていた。

チュイン！　弾丸が耳元で唸りを上げて飛んで行った。

残りの兵士が銃を撃ってきたのだ。兵士らの近くに座っているチベット人たちが悲鳴を上げた。

神崎は転げながら貨物室の後ろに積まれている機材の後ろに隠れた。

「うん？」

銃を構えて撃とうとすると、六人の兵士はまるで操り人形の糸が切れたように次々と倒れて行った。すると貨物室の奥から小柄な男が現われた。手にはハンドガンを持っている。どうやら助けられたようだ。

神崎は銃を下ろし、男に近づいた。

「怪我はありませんか」

男はさわやかな笑顔を見せて日本語で尋ねてきた。

「誰だか知らないが、助かった」

神崎も日本語で答え、つられて笑った。見知らぬ男だが、なぜか気が許せた。

男は神崎の反応に顔を曇らせながらも、ポケットから先の尖《とが》った道具を出して神崎の手錠を外した。

「ここから脱出します。大丈夫ですか」

そう言って男はパラシュートを手渡してきた。

「俺は大丈夫だ。だが、ここにいる人たちもできれば助けたい」

神崎は成り行きを見守っている不安げな顔をしたチベット人たちを見た。

「その必要はありません」

凛《りん》とした声が聞こえた。振り返ると神崎の隣に座っていた男だった。

「私たちはあなた方と関係がない方がむしろ救われる。それに大勢で逃げられるものではない。どうか私たちをこのままにしておいてください。もしあなたが逃げられたのなら、私たちの存在が消されないように事件を公にしてください。そうすれば救われるかもしれません。幸運を祈ります」

男の言っていることはもっともだった。

「さあ、急いで脱出しましょう。時間がありません」

助けてくれた男はパラシュートを背負いながら言った。

「後方ハッチを開けるのか?」

降下するとしたら後方貨物ハッチしかないが、開ければ操縦席に警告ランプが点いてばれてしまう。そうなれば孟に連絡されて、ユンリら〝スタグ〟の仲間は殺されてしまうだろう。

「いえ、侵入経路を使います」

「どこだ、それは？」

「主脚の格納バルジです。脱出できるように異常警報も切断し、いつでも格納扉を開けられるようにしておきました。そこから機外に出られます」

男はいとも簡単に言ってのけた。おそらく離陸前に空港で主脚を伝って侵入し、途中のメンテナンス用のハッチを開けて貨物室に侵入してきたのだろう。だが、主脚を格納するバルジは離陸した後では空気は希薄になり、寒さも尋常ではない。

「分かった。案内してくれ」

「了解しました」

返事をすると男はまるで部下のように敬礼してみせた。

四

神崎は助けてくれた男の後について行った。

男には、脱出したら八一鎮の郊外で囚われている仲間を救出するつもりだと伝えてある。神崎は倒した兵士の〇三式自動小銃を予備も含めて二丁背負い、九ミリ拳銃はズボンに挟み込んで持ってきた。

　貨物室の床のパネルを開け、メンテナンス用の狭い通路を抜けて主脚の格納バルジに到達した。格納バルジは防寒服を着ていてもまったく役にたたない強烈な寒さを感じた。それに空気も薄い。早く降下しないと高所に慣れた神崎でも酸欠で危険だ。しかも離陸して十分以上経つ。すでに空港から東に百三十キロ近く移動しているはずだ。目的地からどんどん離れてしまう。

　男は格納扉を開けたが、頭が揺らぎはじめた。

「大丈夫か？」

　声をかけた途端、男は背中から機外に落ちた。低酸素状態で気絶したのだろう。

　神崎は〇三式自動小銃をバルジに投げ捨て機外に飛び出した。

　男は回転しながら落下している。

　神崎は頭を下に逆さまの姿勢になり、両腕を閉じて空気抵抗をなくした。顔面に激しい空気の固まりが衝突してくる。息ができない。だが男との距離はみるみるうちに縮まって行く。

　デジャブー。どこかで見た光景だ。

　神崎は接近すると、回転する男をタックルするように抱きかかえた。急いで男のリップコードを引きパラシュートを開いた。以前も同じような状況で、この男を助けた記憶がある。神崎は男の両肩を摑み揺さぶった。

「しっかりしろ、加藤！」

男の名前が自然と口をついて出た。

加藤は何度か頭を振って目覚めた。

「大丈夫か？　加藤」

「とっ、藤堂さん、私のことが分かるんですか！」

加藤は笑みを浮かべて叫んだ。

「藤堂？　俺は藤堂というのか」

神崎は混乱した。

「とりあえず、降下するぞ」

神崎は加藤の身体から離れて落下し、距離を取って自分のリップコードを引いた。パラシュートが開き衝撃が脇腹に残された弾丸に伝わり、全身を痺れさせるような激痛が走った。苦しさに思わず上空を見上げた。間近にある加藤のパラシュートと、夢でよく見る大きな爆発の幻覚が重なった。

「これは……」

幻覚は一年前の記憶だった。

爆撃機から脱出した直後に、機は爆発したのだ。そして追いかけてきた中国人の将校と空中で闘い、パラシュートを開いたもののそのまま気絶してしまったのだ。

脳裏に爆音や銃撃音が響き、銃を構えた逞しい男たちの顔が次々とフラッシュバックした。彼らは自分のことを藤堂と呼んだ。

「達也、瀬川、宮坂、……ワット、それに大佐」

仲間の名が浮かぶと、髪の長い美しい女の姿が現われた。女は笑ったり、怒ったり様々な表情を見せた。

「美香」

美香は最後に憂いを秘めた表情で「浩志」と呼んだ。

「俺の名は、藤堂……浩志」

浩志は一年ぶりに蘇った。

上空でパラシュートを制御し、なるべく西に流れて行くように調整し、最後は国道三一八号上に着地した。すぐにパラシュートを畳み、辺りを警戒した。

遅れて加藤も三十メートル東に着地すると、パラシュートを畳んで浩志のところまで駆け寄って来た。

「加藤、現在位置は分かるか?」

トレーサーマンの加藤なら、上空から見た地形で正確な位置を把握しているはずだ。

「えっ……」

浩志に呼ばれても加藤はきょとんとしている。

「どうした。現在位置が分からないのか？」

「いえ、八一鎮から東に七十六キロの地点です。本当に私が誰だか分かるのですか？」

戸惑いながら加藤は尋ねてきた。

「当たり前だ。トレーサーマン」

浩志は笑みを浮かべ、加藤の頬を軽く叩いた。

「やった！」

加藤は両腕を上げて大声で叫んだ。

「礼は後でたっぷり言うつもりだ。とにかく八一鎮へ急ごう」

浩志は喜ぶ加藤をなだめ、走りはじめた。途中でヒッチハイクしてでもユンリらを助けに行くつもりなのだ。

「大丈夫です。連絡して迎えにきてもらいましょう」

すぐさま加藤は八一鎮の郊外で別れた辰也に衛星携帯で連絡した。

約一時間後、宮坂が一人で車を運転してやってきた。少しでも距離を稼ごうと国道を走っていた浩志らは、急いで車に乗り込んだ。

「お帰りなさい。大丈夫ですか？」

宮坂は助手席に乗り込んで息を切らす浩志を気遣った。

「俺のことはいい。急いで八一鎮の郊外にある軍の倉庫に行きたいんだ」

「分かっていますよ。私はそこから来たんですから」

「何！　はじめから説明してくれ。頭が混乱する」

宮坂はこれまで浩志の捜索をしてきた経緯を順を追って説明しはじめた。

「待ってくれ、すると基地に潜入してきたのはおまえたちだったのか？」

カム地方にあった〝スタグ〟の基地にリベンジャーズが潜入した話を聞いて、浩志は気になっていた女を思い出した。宮坂はまだ美香の名前を出していなかった。

「……撃たれたのは、美香だったのか？」

浩志は一拍置いて尋ねた。

「怪我をされましたが、命に別状はありません。昨日クアラルンプールの病院に入院するために出国されました。なんて説明したらいいか分からなくて、なかなか言い出せませんでした」

宮坂は運転しながら頭を下げた。

「……そうか。続けてくれ」

浩志は無事と聞いて幾分表情を和らげ、宮坂からの報告の続きを聞いた。

「ワットは俺と会っていた中国人を追っていたのか」

ワットが追跡していたのは〝タイガー〟だと分かったが、今はどうでもよかった。そして手を振って報告の続きをさせた。

「現場は辰也と京介が見張りをしているんだな」

宮坂からの話を聞き終えた浩志は、腕組みをしてシートに深く座った。軍の倉庫の状況を聞いたが、襲撃するには綿密な作戦が必要だった。

「いけない！　大佐に連絡するのを忘れていました」

加藤が後部座席で声を上げた。浩志と再会したことで、いつも冷静な男が珍しく動転していたようだ。加藤は慌てて衛星携帯で大佐に連絡を取り、電話口で頭を下げていた。

「こっぴどく叱られました。位置発信器の電波で私を追っていたために大佐はすぐ近くにいるようです」

携帯を切った加藤は額に汗をかいていた。

「本当だ」

運転をしている宮坂と浩志が同時に声を上げた。

前方二百メートルの路上に停めてある車の助手席から、大佐が身を乗り出して手を振っていた。

五

林芝県八一鎮はヤルツァンポ川に合流する支流の尼洋河《ニャンジュ》の東岸に位置する。ユンリらゲリラ組織〝スタグ〟の残党が拘束されている軍の倉庫は、尼洋河の西岸にあり、周囲にフェンスはないが西側を除いて防砂林に囲まれた軍の敷地の中にあった。防砂林と東側を流れる尼洋河との距離は百十メートル、北側の二百メートル先は蛇行した川が西の方角から流れている。

軍用地の西側は一キロ先に小さな丘があるが、そこまでの遮蔽物《しゃへい》はない。倉庫の入口は西側にあり、省道に通じる道は敷地の西側から南にまっすぐに延びている。また、倉庫から二キロ南に民間のアパートが建っているが、防砂林の上から倉庫の屋根が見えるだけなので軍の倉庫とは見ただけでは分からない。

浩志が脱出した輸送機は午前八時に離陸している。予定通りなら瀋陽桃仙国際空港に午後零時前には着陸する。貨物室内にいた十人の監視兵は、四人が死亡、残りの六人は麻酔銃で眠らせてあるので、貨物室の異変は着陸までばれる心配はない。

浩志らは軍の倉庫の一キロ手前の路上で待機していた。

――こちら爆弾グマ、ターゲット発見、車両はターゲットを入れて三台。パトカーが一台先導、三台目は救急車です。

省道三〇六号の交差点で見張りをしている辰也から無線連絡が入った。ターゲットとは処刑バスのことだ。

「こちらリベンジャー。了解」

浩志は時計を見た。午前十時五十八分、処刑バスの到着が一時間早い。

特殊部隊の隊長孟明は、浩志が瀋陽に到着したら仲間の安否を確認させると言っていたが、全員と連絡を取らなくても誰か一人だけ生かしておけばすむことだ。処刑はそれ以前にはじまると睨んでいたが、予想は当たったようだ。だが、輸送機の着陸まで約一時間、つまり救出のタイムリミットも一時間しかないことになる。

「はじめるぞ！」

浩志は車の近くにいた瀬川らに声をかけて後部座席に乗り込んだ。

リベンジャーズを今回は三つのチームに分けた。

浩志がリーダーとなるイーグルチームは、どんな乗り物も運転、操縦できるというオペレーションのスペシャリスト〝ヘリボーイ〟こと田中俊信と、追跡と潜入のプロ〝トレーサーマン〟こと加藤豪二、それに傭兵代理店のコマンドスタッフである瀬川里見、それに大佐を加えた五名。

パンサーチームは、爆弾のプロ〝爆弾グマ〟こと浅岡辰也にスナイパーの名手〝針の穴〟と呼ばれる宮坂大伍、スナイパーカバーとして〝クレイジーモンキー〟こと寺脇京介の三人。イーグルチームのカバーとして、あえて人員は減らした。

そして、間に合うかどうかは疑問であるが、ワットがリーダーとなり、黒川と中條の三人をワーロックチームとした。彼らは三十分前に林芝空港に到着しており、迎えに行ったガイドの王偉傑と陸丹が連れてくることになっている。チベット自治区内ではガイドがいなければ空港から出ることもできない。王らを同行させたことは正解だった。

ランドクルーザーはボンネットを開けて道の真ん中に停めてある。公安のパトカーがすぐ後ろに停車し、クラクションを鳴らした。パトカーには運転席と助手席に公安の警察官が乗っている。

「すみません。故障して立ち往生しているんですよ」

運転席から降りた大佐が大袈裟なジェスチャーをしながら、パトカーの運転席にゆっくりと歩いて行った。同時にボンネットを覗き込んでいた加藤が、笑顔でパトカーの助手席に接近をはじめた。二人とも手には何も持っていない。

「道の外にすぐ出すんだ。さもないと公務執行妨害で逮捕するぞ」

運転席の警官が窓を開けて怒鳴った。

「すみません。すぐどかしますから、これで勘弁してください」

大佐はジャケットに右手を突っ込んだ。途端に警官の顔が緩んだ。もちろん賄賂を期待してのことだ。

「あいにくだったな」

大佐は浩志から借りた九ミリ拳銃を出して、警官のこめかみに突きつけた。同時に加藤が助手席の警官ののど元にナイフを当てていた。

一部始終を見ていた処刑バスの運転手が慌てて車を動かそうとしたときには、トンプソンM一短機関銃で武装した瀬川と田中がバスのドアから乱入し、あっという間に車内を制圧していた。二人は道端に穴を掘り、シートを被せて隠れていたのだ。

ランドクルーザーの後部座席に隠れていた浩志が三台目の救急車に駆け寄り、トンプソンM一短機関銃を運転席に向けて構えたところで、パンサーチームの辰也らが到着し、二人の公安警察官と、処刑バスに乗っていた医師も含めての五人に、救急車の二人をあわせた九人の中国人を拘束した。

警察官を裸にし、大佐と加藤が警官の制服に着替えた。その間に九人の中国人を厳重に縛り上げて処刑バスに乗せた。

「藤堂さん。救急車ですが、これが大量に積まれていました」

瀬川が救急車からアイスボックスのようなケースを持ってきた。

「これが、どうした？」

臓器売買のことを知らない浩志は首を傾げた。

「やつらは、処刑した人間から臓器を摘出して救急車で運ぶつもりだったんですよ」

瀬川は苦々しげに言った。彼は裏事情を知っていたようだ。

「何だと、臓器売買をしようとしていたのか」

浩志は眉を吊り上げた。

「以前から問題になっていましたが、この国では倫理面が遅れています。それに死刑囚の臓器売買は今やビジネスになっています」

「そういうことか。手加減する必要はないというわけだな」

浩志は大きく息を吐いた。

六

パトカーを先頭にボディに〝法院〟と書かれた処刑バス、それに救急車が土煙を上げながら三面を防砂林に囲まれた軍の敷地内に入った。

幅三十メートル、奥行き二十メートル、高さ十二メートルの倉庫が敷地の東端にあり、幅、奥行き、高さともに十メートルという、さいころのような倉庫がその南側に並んで建っている。どちらの倉庫も軍で廃棄になった装備の一時保管所として使われているので、普段は人の出入りはない。

大きな倉庫の前には八台の陸軍のジープ型四駆〃勇士〃が停められており、小さな倉庫の入口の前には〇三式自動小銃を構える二人の兵士が見張りに立っていた。ここに人質が囚われている可能性が高い。

パトカーは〃勇士〃の横に停まり、バスと救急車はパトカーを追い越して見張りの死角になる倉庫の間に停められた。バスと救急車に乗り込んでいた浩志らは、見張りの目を盗んで車を降りると倉庫の裏側に回った。

パトカーの助手席から警官に扮した大佐が降りて見張りに近づき敬礼をした。

「私は林芝地区公安分局の副局長、李剛《りごう》です。命令により処刑バスを先導してきました。孟隊長をお願いします」

大佐はパトカーの警官を銃で脅し、名前や任務などを白状させていた。

「すぐ呼んできます」

見張りの一人は敬礼して隣接する大型倉庫に入って行った。

「処刑する囚人は、こちらの倉庫にいるんですか？」

大佐は愛想よく尋ねた。

「そうです。こちらの倉庫に全員拘束しています」

兵士は銃を構えたまま答えた。

「それなら、都合がいい」

大佐はさりげなく兵士の〇三式自動小銃のセレクターを〇の安全装置にして、兵士の顎の下に九ミリ拳銃の銃口を押し当てた。

「声を出せば頭に穴が開くぞ」

大佐は銃を突きつけたまま、兵士から〇三式自動小銃を奪って肩にかけた。加藤は兵士のポケットを探り、倉庫の鍵を探し当てた。

「うん？」

大佐は周囲に気を配りながら見張っていたが、兵士が倉庫のドアを見て一瞬目を泳がせたのを見逃さなかった。

「いかん！　罠だ。逃げろ！」

大佐は兵士の股間を蹴り上げて突き飛ばし倉庫から離れた。

加藤も反射的に小屋から走って逃れた。その途端、倉庫のドアが開いて武装した兵士が飛び出しながら銃を乱射してきた。加藤が右太腿を撃たれて転げ、大佐は加藤の襟首を掴んで引きずりパトカーの陰に隠れると〇三式自動小銃で応戦した。

二人を狙った激しい銃撃音が倉庫の裏手まで響いてきた。

「辰也、大佐を助けに行け！」

倉庫の裏手に回っていた浩志はすぐさま辰也のチームを正面に急行させ、瀬川と田中を連れて倉庫の裏の南側にある窓の前に立った。

「私が行きます」

瀬川が窓を突き破って入り、二番手に田中が飛び込んだ。途端に激しく銃撃され瀬川はなんとか荷物の陰に転がり込んだが、田中は肩口を撃たれた。浩志は敵の位置を予測し、倉庫の外から壁越しに銃を乱射して敵兵を二人倒した。

倉庫の内部には大小様々な木箱やドラム缶などの廃材が、高さ二メートルから高いところでは三メートル近く積み上げられている。廃材の山は種類ごとに分類されているようで、ブロックごとに二、三メートル間隔に置かれていた。

浩志が倉庫に侵入すると、撃たれた田中は大丈夫だとサインを送ってきた。

瀬川と田中を右手の壁伝いに進め、浩志は援護をしながら廃材の隙間を縫って倉庫の奥へと進んだ。

キュイン！

銃弾が背後の壁で躍った。

ハンドシグナルで二人に援護をするように指示をし、浩志は三メートル先にある古タイヤの山に駆け込んだ。すると前方から放物線を描いて二つの黒い物体が飛んできた。

「手榴弾だ！」

大声で叫んで前方に飛んだ。二度の爆発音の後に激しい銃撃を受けた。

浩志は振り返ると瀬川が足に被弾したらしいが、大丈夫だとサインを出してきた。ハンドシグナルで二人に援護射撃を指示し、銃撃がはじまると同時に飛び出して倉庫の反対側の壁際にいる二人の兵士をまとめて撃った。射程距離が三十メートル以下の接近戦なら、トンプソンM一短機関銃は現代でも充分使えることがこれで分かった。

外の銃撃音が一段落した。

――こちら爆弾グマ、敵を五人倒しましたが、加藤が負傷しました。

辰也らは大佐らを救出し、倉庫で待ち伏せしていた敵を殲滅したようだ。敵は戦闘がはじまって五分足らずで九人失ったことになる。

「こちらリベンジャー、針の穴は倉庫内を狙撃できる場所に移動。残りの者は倉庫の北側から攻撃せよ」

――こちら針の穴、了解。

倉庫には明かり取りの天窓と隣の倉庫が見える小さな窓もある。宮坂なら狙撃ポイントを見つけることができるはずだ。

「神崎！　貴様だろう。攻撃を止めて出てこい。さもなくば、囚人は一人残らず殺すぞ」

孟明の声が倉庫の奥の方から聞こえてきた。待ち伏せが失敗したことで焦っているに違いない。

「二人を直ちに処刑するぞ。出てこい、神崎」

先に囚われていたペマとガワンを盾にして、五人の兵士が倉庫の中央まで出てきた。

ハンドシグナルで浩志は瀬川と田中を呼び寄せて指示を与えて行かせた。

「人質を撃つな。話がある」

浩志は銃を高く上げてタイヤの陰から出た。

「おまえだけじゃない。仲間を一人残らず倉庫の中央に出させるんだ」

孟の声だけが聞こえる。用心深い男だ。

「イーグル、前へ」

浩志は声を上げて命じた。すると瀬川と田中が負傷した二人の敵兵を連れてきた。浩志が最初に壁越しに倒した二人の兵士だ。

「こちらにも人質はいる。部下を死なせたくなかったら、人質を解放しろ」

倉庫の奥に向かって声を張り上げた。すると十人の兵士が銃を構えて整然と歩いて来た。その後ろをさらに二人の部下に守られて孟は姿を現わした。これで五人の兵士がまだ倉庫の奥にいることになる。おそらく人質を監視しているのだろう。

「俺がここに来ることが分かっていたのか」

浩志は手を上げたまま尋ねた。

「飛行中の輸送機から脱出するとは信じられなかった。たまたま副パイロットが貨物室を覗かなければ、君らの襲撃は完璧に成功していたのだろうが、残念だったな」

孟は忌々しそうに言った。

「おしゃべりが好きなようだな。それならついでに聞かせろ。瀋陽駅で北朝鮮の正恩を暗殺する計画はやらせなんだろ。そのわけも教えてくれ」

浩志は話をすることで時間を稼いだ。宮坂が狙撃の準備をしているはずだからだ。

「何だと、どうして……」

孟の表情が一変して凶悪になった。

「おまえは俺の名前を知っていた。と言っても本名じゃないがな。だが今、神崎という名を知っている者は限られる。おまえは米国のＣＩＡのエージェントとつるんで国家的な犯罪をしているんだ」

「なっ、何を」

孟は両眼を見開き、眉間に皺を寄せた。

「俺はＣＩＡの命令で、甘南チベット族自治州の違法なウラン鉱山とヤルツァンポ川のダムを破壊した。仕上げに北朝鮮の次期総書記の暗殺未遂事件。これらはテロ組織の犯行を利用し、現政権の弱体化を狙った党内部の権力闘争なんだろう？」

「貴様！」

孟は自分の九二式拳銃を抜いて浩志に向けた。

「図星か」

右手を上げると、瀬川が胸ポケットから衛星携帯を取り出して浩志に渡してきた。

「今は便利なんだ。今までの会話をインターネットで配信するつもりだ。取引きしよう。人質を解放すれば、データを消してやる」

浩志は瀬川に会話を録音するように指示しておいたのだ。それは、北朝鮮の次期総書記の暗殺事件に利用される百人以上の人々が闇に葬られることを防ぐためだった。

「事件はこれから一時間以上先のことだが、証拠になる音声が事件の前に流れたらどうなるかな」

話しながら孟を観察した。そのうち暴発するはずだ。その前になんとしても黙らせねばならない。宮坂からの連絡が遅いことに浩志は焦りはじめていた。

「止めろ！　それ以上口をきくな！」

孟は浩志の顔面に銃を向けた。

――藤堂さん、針の穴です。倉庫の屋根の上にいます。天窓から見えるのですが、十センチ、左に寄ってもらえますか？　頭が邪魔です。

宮坂からの通信がハンドフリーのレシーバーから聞こえてきた。浩志は両手を上げたまままさりげなく左に寄った。

――ありがとうございます。動かないでくださいね。

浩志は右手の拳を握って合図をした。

ダーン！

孟の眉間に赤い穴が開き、床に崩れた。

「動くな！　銃を捨てろ！」

倉庫の奥から〇三式自動小銃を構えた辰也のチームが、ユンリらチベット人の若者十人を引き連れて乱入してきた。指揮官を失って戦意を喪失した敵兵は銃を捨てた。ユンリの首に巻かれていた爆弾はなくなっていた。辰也が解除したようだ。

浩志はチベット人の若者らを笑顔で迎えた。

七

マンハッタン、ミッドタウンにあるニューヨーク・ヒルトンのメインロビーに、スターバックスがある。店内は高級ホテルにあるだけに他の路面店よりゆとりを感じさせる。

夕暮れ時、西五十三丁目側のウインドー席に、ワットはつまらなそうな顔をして座っていた。ワットは戦闘にはタッチの差で間に合わなかったが、チベット自治区の軍の倉庫で浩志と再会できた。それから三日が過ぎていた。

「久しぶりだな」

ビジネスマン風の白人の男が、エスプレッソのカップをテーブルに置いて隣に座った。

「居場所は分かったか？　ニック」

ワットは仲間とすぐに別行動を取って〝タイガー〟ことブライアン・リーを追って、単身ニューヨークにいるＣＩＡの友人ニコラス・リチャードソンを訪ねてきたのだ。

「相変わらず、せっかちだな。あの男にはもう会えない。あんたが俺に送ってきた資料で、やつが国家反逆罪だと証明されたからね。それからあいつの上司も失脚したよ」

上司とはＣＩＡの国家秘密本部のアジア担当局長だったデボルト・シャープトンのことだ。リーとつるんでワットを恫喝《どうかつ》してきたのだ、当然と言えば当然だ。

「捕まったのか。惜しかったな。金正恩暗殺計画なんて、大それたことに加担するからだ」

瀬川の衛星携帯に録音された孟明の会話が、事前にインターネットに流されたために、計画は行なわれなかった。また、瀋陽の空港に着陸した輸送機は瀋陽軍区の部隊に接収され、拘束されていたチベット人たちは送還された。実行犯に仕立てられていたチベット人たちも浩志たちが救った家族と再会できた。

「あれはやらせで、暗殺計画は未遂で終わる予定だったらしい。あの事件の真の狙いは、瀋陽地区のセキュリティシステムをすべて不能にすることだったようだ」

「どういうことだ？　銀行でも襲う計画があったのか」

「まさかな。胡錦濤主席の息子である胡海峰《こかいほう》が狙いだったんだ。胡海峰は今でこそビジネスから手を引いて政府系のシンクタンクのトップに就いているようだが、最近までハイテク企業〝威視公司《いしこうし》〟の社長をしていた。現在中国全土に行き渡っているセキュリティシステムは、彼が社長のときに父親の威光で導入されたものだ」

胡海峰氏は〝威視公司〟に在任中、海外での不正事件に関わっていると問題になったこともある曰く付きの人物だ。

「セキュリティシステムが不能になっていたら、胡錦濤の責任も問われたというわけか」

「そういうことだ。親の威光で息子は大金持ちになった。そのことも蒸し返されただろうな。胡錦濤にとっては案外息子がアキレス腱なのだ」

ニックはエスプレッソを啜りながら笑った。

「しかし、誰がそんなことを画策したんだ。まさかリーじゃないよな」

「リーは、組織の力を利用して武装集団のテロをお膳立して、中国側から多額の報酬をもらっていた。つまり二重スパイだったのだ。あの藤堂も軍事衛星で行動を監視し、行方不明になっていたのを見つけ出して利用したというわけだ。これは推測に過ぎないが〝上海閥〟が黒幕だったと俺は思っている」

リーはＣＩＡでの立場を利用し、中国側の依頼を受けて作戦を実行させていたようだ。

「なるほどな」

ワットはそこまで聞かされて、おおよその見当はついた。胡錦濤が総書記の引退後も権力を温存することを、次の政権の後ろ楯になる〝上海閥〟が嫌ったのだろう。それで引退前に権力を弱体化させるために、ゲリラ組織を使って現政権に揺さぶりをかけたのだ。

「リーにひと言、挨拶をしてやりたかったな」

ワットはどうしてもリーを一発殴ってやりたかった。できれば、腕の一本もへし折ってやろうと思っていた。浩志を一年もの間マインドコントロールして利用していたのだ、それぐらいは許されるはずだ。

「それは一生できそうにないな。あいつは、もうこの世にいないと思ってくれ」

ニックは淡々と言った。

「終身刑で独房から出られないということか？」

「言葉通りだ」

「そういうことか」

ワットはスタバラテを口にして苦笑した。

クアラルンプールにて

クアラルンプールの中心からやや東寄りに有名なザ・ロイヤル・セランゴール・ゴルフクラブがあり、緑豊かなゴルフクラブと大通りを挟んで最新の設備を誇る病院、プリンスコートメディカルセンターがある。

高級ホテルのような外観を持つ病院の表玄関は大通りを背にして反対側にあり、裏の芝生の庭からゴルフクラブの豊かな緑を眺望することができる。

裏庭にある一階のテラスで、美香は車椅子に座り風にそよぐゴルフ場の緑を眺めていた。四日前に中国を出国し、クアラルンプールに着いたその日から入院している。マレーシアの政財界に顔が利く大佐が、便宜を図ってくれたおかげだ。設備はホテル並みで、傭兵代理店の友恵が付き添ってくれているために何の不自由もない。

美香はこの病院で脊髄の手術を受けることになっていた。だが、危険が伴うらしくまだ手術を受ける勇気が湧いてこない。だがそれは口実で、本当は手術前に浩志に会いたかったのだ。池谷からはすでに浩志が無事だったことは聞いている。だが、出国に手間取っているのか、あるいはまたどこかに行ってしまったのか、まだ会えていない。

緑の景色が陰り、夕闇が迫ってきた。そろそろ病室に戻らなければならない。

背後に人の気配を感じた。買い物に出かけた友恵が戻ってきたようだ。

真っ黒に日焼けした男の手が肩にかけられた。

「あっ」

悲鳴を上げる間もなく軽々と抱きかかえられ、懐かしい男の体臭がした。

「待たせたな」

何度も夢に見た顔がそこにあった。

「……うん」

美香はやっとの思いで返事をすると、涙が止めどもなく流れた。

参考文献

『環境について語る』　ダライ・ラマ法王十四世著
　ダライ・ラマ法王日本代表部事務所
『チベットにおける中国政府の現行政策』　ダライ・ラマ法王日本代表部事務所
『希望　チベット亡命五十年』　チベット亡命政権情報・国際関係省著
　ダライ・ラマ法王日本代表部事務所
『チベット　環境と開発をめぐって』　チベット亡命政権情報・国際関係省著
　ダライ・ラマ法王日本代表部事務所
『チベット入門』　チベット亡命政府　情報・国際関係省著　鳥影社
『中国はいかにチベットを侵略したか』　マイケル・ダナム著　講談社インターナショナル
『チベットの核』　チベット国際キャンペーン著　日中出版
『中国が隠し続けるチベットの真実』　ペマ・ギャルポ著　扶桑社
『「チベット問題」を読み解く』　大井　功著　祥伝社
『中国人民解放軍の正体』　鳴霞著　日新報道
『中国の狙いは民族絶滅』　テンジン、イリハム・マハムティ、ダシ・ドノロブ、
　林建良著　まどか出版
『中国人の世界乗っ取り計画』　河添恵子著　産經新聞出版

この作品はフィクションであり、登場する人物および
団体はすべて実在するものといっさい関係ありません。

一〇〇字書評

切り取り線

購買動機（新聞、雑誌名を記入するか、あるいは○をつけてください）	
□（　　　　　　　　）	の広告を見て
□（　　　　　　　　）	の書評を見て
□ 知人のすすめで	□ タイトルに惹かれて
□ カバーが良かったから	□ 内容が面白そうだから
□ 好きな作家だから	□ 好きな分野の本だから

・最近、最も感銘を受けた作品名をお書き下さい

・あなたのお好きな作家名をお書き下さい

・その他、ご要望がありましたらお書き下さい

住所	〒				
氏名		職業		年齢	
Eメール	※携帯には配信できません		新刊情報等のメール配信を 希望する・しない		

この本の感想を、編集部までお寄せいただけたらありがたく存じます。今後の企画の参考にさせていただきます。Eメールでも結構です。

いただいた「一〇〇字書評」は、新聞・雑誌等に紹介させていただくことがあります。その場合はお礼として特製図書カードを差し上げます。

前ページの原稿用紙に書評をお書きの上、切り取り、左記までお送り下さい。宛先の住所は不要です。

なお、ご記入いただいたお名前、ご住所等は、書評紹介の事前了解、謝礼のお届けのためだけに利用し、そのほかの目的のために利用することはありません。

〒一〇一-八七〇一
祥伝社文庫編集長 坂口芳和
電話 〇三（三二六五）二〇八〇

祥伝社ホームページの「ブックレビュー」からも、書き込めます。
http://www.shodensha.co.jp/bookreview/

祥伝社文庫

聖域《せいいき》の亡者《もうじゃ》 傭兵代理店《ようへいだいりてん》

平成23年2月15日 初版第1刷発行
平成30年6月30日 第4刷発行

著 者 渡辺裕之《わたなべひろゆき》

発行者 辻 浩明

発行所 祥伝社《しょうでんしゃ》
東京都千代田区神田神保町3-3
〒101-8701
電話 03(3265)2081(販売部)
電話 03(3265)2080(編集部)
電話 03(3265)3622(業務部)
http://www.shodensha.co.jp/

印刷所 萩原印刷
製本所 ナショナル製本

Printed in Japan ©2011, Hiroyuki Watanabe ISBN978-4-396-33641-7 C0193

祥伝社文庫の好評既刊

祥伝社文庫の好評既刊

柴田哲孝
オーパ！の遺産
幻の大魚を追い、アマゾンを行く！開高健《かいこうたけし》の名著『オーパ！』の夢を継ぐ旅、いまここに完結！

柴田哲孝
早春の化石
私立探偵　神山健介
姉の遺体を探してほしい――モデル・佳子《けいこ》からの奇妙な依頼。それはやがて戦前の名家の闇へと繋がっていく！

柴田哲孝
冬蛾《とうが》
私立探偵　神山健介
神山健介を訪ねてきた和服姿の美女。彼女の依頼は雪に閉ざされた会津《あいづ》の寒村で起きた、ある事故の調査だった。

柴田哲孝
秋霧《あきぎり》の街
私立探偵　神山健介
奴らを、叩きのめせ――新潟で猟奇的殺人事件を追う神山の前に現われた謎の美女。背後に蠢《うごめ》くのは港町の闇！

柴田哲孝
漂流者たち
私立探偵　神山健介
東日本大震災発生。議員秘書の同僚を殺害、大金を奪い逃亡中の男の車も流された。神山は、その足取りを追う。

柴田哲孝
下山事件
暗殺者たちの夏
昭和史最大の謎「下山事件」。「小説」という形で、ノンフィクションでは書けなかった〝真相〟に迫った衝撃作！